En 2018, Harlequin

Chère lectrice,

Comme vous le savez peut-être, 2018 est une année très importante pour les éditions Harlequin qui célèbrent leur quarantième anniversaire. Quarante années placées sous le signe de l'amour, de l'évasion et du rêve… Mais surtout quarante années extraordinaires passées à vos côtés ! Azur, Blanche, Passions, Black Rose, Les Historiques, Victoria mais aussi HQN, &H et bien d'autres encore : autant de collections que vous avez vues naître, grandir et évoluer, avec un seul objectif pour toutes – vous offrir chaque mois le meilleur de la romance. Alors merci à vous, chère lectrice, pour votre fidélité. Merci de vivre cette formidable aventure avec nous. Les plus belles histoires d'amour sont éternelles, et la nôtre ne fait que commencer…

40 ANS

À lui pour un mois

*

Pour l'amour de Mateo

SHARON KENDRICK

À lui pour un mois

Traduction française de
CÉLIA VAL

Azur

HARLEQUIN

Collection : Azur

Titre original :
THE PREGNANT KAVAKOS BRIDE

HARPERCOLLINS FRANCE
83-85, boulevard Vincent-Auriol, 75646 PARIS CEDEX 13
Service Lectrices — Tél. : 01 45 82 47 47

www.harlequin.fr

ISBN 978-2-2803-7977-9 — ISSN 0993-4448

1.

Ariston Kavakos se figea.

La femme qui incarnait tout ce qu'il détestait conversait tranquillement avec son frère… S'il ne l'avait pas connue, son regard aurait tout de même été attiré par elle. Nul ne saurait résister à l'attrait de pareilles courbes. Alors qu'il s'efforçait de contrôler son trouble, son traître de corps refusait d'entendre raison. Déjà, le désir l'assaillait.

Bon sang, qui avait donc eu l'idée saugrenue d'inviter Keeley Turner ?

Elle se tenait tout près de Pavlos, ses cheveux blonds cascadant sous les lumières de l'élégante galerie d'art londonienne où ils se trouvaient. Elle fit un geste de la main, comme pour appuyer un point de son discours, et Ariston ne put s'empêcher d'admirer la plus belle paire de seins qu'il lui ait été donné de voir.

Il déglutit, submergé par le souvenir de Keeley en bikini, sortant toute ruisselante des eaux bleues et cristallines de la mer Égée. Elle représentait à la fois un fantasme et un souvenir pour lui, une aventure entamée mais jamais conclue. Huit ans s'étaient écoulés et Keeley Turner exerçait toujours le même pouvoir sur lui. Quand il se trouvait en sa présence, plus rien ni personne d'autre n'existait. Les grandioses photographies de son île grecque — une île privée —, qui ornaient les murs de la galerie, lui semblaient soudain dépourvues d'intérêt.

Son frère était-il sous le charme, lui aussi ? Il espérait bien que non, mais c'était hélas probable : le couple était plongé en pleine conversation et leur langage corporel excluait le reste du monde.

Ariston s'approcha d'eux, mais s'ils le virent arriver, ils choisirent de n'en rien laisser paraître. Une étincelle de colère flamba en lui, vite réprimée, car la colère est contre-productive, il le savait bien. Un calme glacé est plus efficace pour gérer les situations difficiles et il avait souvent utilisé cette tactique avec succès.

La manière dont il avait remonté les finances de sa société familiale au bord du gouffre pour en faire une entreprise en plein essor lui donnait la réputation, tel Midas, de changer en or tout ce qu'il touchait. Le règne dissolu de son père était bel et bien fini. C'était lui, l'aîné, qui tenait fermement les rênes du pouvoir. La société d'import-export Kavakos était aujourd'hui présente sur toutes les mers du globe et engrangeait de vastes profits. Ariston entendait qu'il en soit toujours ainsi.

La ligne de sa bouche se durcit. Il ne suffisait pas de travailler avec les meilleurs courtiers ni de surfer sur les dernières vagues de la politique mondiale, il lui fallait surveiller les maillons faibles de la famille. Car l'empire Kavakos drainait des sommes considérables et Ariston savait comment les femmes se comportent vis-à-vis l'argent. Une leçon en la matière lui avait été donnée assez tôt dans sa vie et depuis, il ne relâchait jamais sa vigilance. De ce fait, bien des gens le prenaient pour un tyran, mais Ariston se considérait plutôt comme un guide éclairé, le capitaine menant son bateau à bon port.

D'une certaine façon, la vie est une navigation à vue. Il faut se garder des icebergs et les femmes sont tout aussi dangereuses que ces montagnes de glace. On ne voit jamais que 10 % de ce qu'elles sont vraiment ; le reste, égoïsme et cupidité, est bien dissimulé sous la surface.

Ses yeux ne quittèrent pas la blonde, alors qu'il s'approchait. Si elle menaçait de devenir un problème pour son frère, il saurait s'occuper d'elle, et rapidement encore. Un bref sourire incurva ses lèvres. Elle se retrouverait hors-jeu avant même d'avoir compris ce qui lui arrivait.

— Eh bien, Pavlos, fit-il d'une voix douce en les rejoignant, conscient de la tension qui s'emparait soudain de la compagne de son frère. Pour une surprise, c'est une surprise. Je ne m'attendais pas à te voir ici, le jour du vernissage. Est-ce que tu t'intéresses à la photo ou est-ce la nostalgie de ton île natale qui t'a conduit ici ?

Pavlos ne parut pas l'air ravi de l'interruption, mais Ariston n'en avait que faire. Et d'ailleurs, il ne pouvait penser à rien d'autre qu'à ce qui se produisait en lui — et le mettait en rage. Car toutes ces années ne l'avaient pas immunisé contre la tentatrice aux yeux verts qu'il avait vue pour la dernière fois quand elle avait dix-huit ans.

La jeune femme s'était alors jetée à son cou avec un appétit de luxure inimaginable. Elle s'était offerte immédiatement, avec une soumission qui aurait été totale s'il n'y avait mis un terme. Il avait beau l'avoir méprisée, il avait dû exercer un contrôle d'acier sur lui-même pour la repousser. Il y était parvenu, heureusement, mais avait payé des mois durant le prix de cette frustration. Cette femme n'était qu'une traînée. Une petite garce prête à tout.

Telle mère, telle fille, songea-t-il sombrement. Et celle-ci était bien la dernière qu'il voulait voir son frère fréquenter.

— Oh ! salut, Ariston, fit Pavlos avec sa décontraction habituelle, sujet d'étonnement pour ceux qui apprenaient leur lien de parenté. C'est vrai que me revoilà. Je me suis décidé à cette visite pour revoir une vieille amie qui devait passer à la galerie. Tu te rappelles Keeley, n'est-ce pas ?

S'ensuivit un moment de silence, pendant lequel deux yeux d'un vert étincelant se portèrent sur lui. Ariston sentit les battements de son cœur s'accélérer, ce qui lui déplut fortement.

— Bien sûr que je me souviens d'elle, fit-il d'un ton rauque, conscient de l'ironie de la situation.

Car pour lui, toute femme était vouée à l'oubli, un simple moyen de parvenir à ses fins. Oh ! bien sûr, il lui arrivait de se souvenir d'une poitrine exceptionnellement belle, ou de jolies fesses rebondies. Si celle qui passait par son lit s'était avérée particulièrement douée avec sa bouche ou ses mains, elle pouvait lui arracher un sourire de regret. Mais Keeley Turner était d'une autre classe et il n'avait jamais été capable de la chasser de son esprit. Était-ce parce qu'elle lui avait donné un avant-goût de son incroyable douceur, avant qu'il ne soit obligé de la repousser ? Ariston n'en savait rien. Ce sentiment en lui était aussi puissant qu'inexplicable et il se surprit à étudier Keeley intensément.

Elle était d'un petit modèle, avait des courbes de rêve et ses longs cheveux tombaient en ondoyantes vagues d'or pâle. Le jean qu'elle portait était tout à fait ordinaire, de même que son gilet et pourtant, cela n'affectait en rien l'incroyable impression qu'elle dégageait. Avec un corps comme le sien, on peut se vêtir d'un sac et avoir l'air torride. Le coton de son haut gonflait sous la plénitude de ses seins et le denim bleu collait aux courbes de ses fesses. Sa bouche nue, sans rouge, était d'autant plus attirante et les longs cils de ses yeux n'avaient eu besoin que d'une touche légère de mascara. Elle semblait se moquer de la mode et pourtant, il y avait en Keeley Turner quelque chose d'indéfinissable qui atteignait Ariston au plus profond de son être. Il aurait voulu lui arracher ses vêtements et la prendre avec sauvagerie pour la faire crier de plaisir.

Mais il voulait encore plus l'écarter de son chemin que la mettre dans son lit, et peut-être serait-il bien avisé d'agir sans tarder, car les yeux verts de Keeley l'étudiaient avec méfiance. L'excluant délibérément de la conversation, il tourna vers son frère un sourire neutre.

— Je ne savais pas que vous étiez amis.

— Nous ne nous étions pas revus depuis des années, depuis ces fameuses vacances.

— Que ni toi ni moi n'avons envie d'évoquer, ajouta Ariston, prenant plaisir à voir Keeley rougir. Donc, vous êtes restés en contact…

— Via les réseaux sociaux, expliqua Pavlos avec un petit haussement d'épaules. Tu sais comment c'est.

— En fait, non. Tu connais mon avis sur ces réseaux :

aucun ne trouve grâce à mes yeux, fit Ariston avec une franchise glaciale. J'ai besoin de te parler seul à seul, Pavlos.

Son frère fronça les sourcils.

— Quand cela ?

— Maintenant.

— Mais je viens à peine de retrouver Keeley. Ça ne peut pas attendre ?

— J'ai bien peur que non.

Il vit Pavlos adresser un coup d'œil contrit à la jeune femme, comme s'il s'excusait des manières peu raffinées de son frère. Mais Ariston ne s'encombrait pas de raffinement. Il avait travaillé dur pour éviter à Pavlos d'être impliqué dans un scandale du genre de celui qui avait à une époque fait sombrer sa famille. Il avait décidé que son jeune frère ne suivrait pas le même pitoyable chemin que leur père et l'avait inscrit dans un pensionnat réputé en Angleterre, puis dans une université en Suisse. Il avait soigneusement fait le tri parmi ses amis — et petites amies. Et cette jolie croqueuse de diamants, en dépit de son regard tentateur, allait apprendre que Pavlos était absolument hors de sa portée.

— Un problème lié à nos affaires, précisa-t-il.

— Oh ! des soucis dans le Golfe, encore ?

— Quelque chose dans le genre, rétorqua Ariston, agacé que son frère ne sache pas tenir sa langue. Allons-y.

On ne discutait pas affaires devant des étrangers !

— Mais Keeley ?

— Ne te soucie pas de Keeley, elle trouvera quelque chose à faire, j'en suis persuadé. Il y a beaucoup à voir, ici.

Ariston se retourna vers elle pour lui décocher un des sourires glacés dont il avait le secret. Il remarqua alors que les jointures de ses doigts, crispés sur le fin tissu de son châle, avaient blanchi. Pour la première fois, il s'adressa directement à elle, réduisant sa voix à un murmure soyeux que ses adversaires avaient appris à reconnaître comme dangereux.

— Il y a ici une foule d'hommes qui seraient ravis de prendre la place de mon frère, Keeley. Je suis sûr que tu pourras passer d'agréables moments en leur compagnie, donc, nous n'allons pas te retenir plus longtemps.

Keeley se figea. Si seulement elle avait pu trouver une phrase bien sentie pour remettre à sa place ce Grec impudent autant que puissant ! Il lui parlait comme si elle était une racoleuse de bas étage. Mais en vérité, elle avait peur d'ouvrir la bouche, craignant que n'en sortent des sons incohérents.

Car c'était l'effet qu'Ariston Kavakos produisait sur elle. Sur toutes les femmes, d'ailleurs. Même lorsqu'il leur parlait avec un insondable mépris, il pouvait leur inspirer un désir inouï. Il provoquait les fantasmes les plus fous, en dépit de son côté sombre, de cette noirceur qu'il exsudait.

Elle avait vu la façon dont sa propre mère le regardait. Elle voyait les regards que lui jetaient les autres femmes présentes dans la galerie, pleins de désir mais aussi méfiants. Toutes semblaient observer une espèce nouvelle, dont elles ne sauraient trop comment gérer l'humeur. À l'évidence, le salut était dans la fuite et pourtant, ces femmes ne pouvaient s'empêcher de vouloir jouer avec le feu.

Keeley était bien mal placée pour les juger… car ne s'était-elle pas jetée au cou d'Ariston Kavakos, il y a une éternité de cela ? Ne s'était-elle pas pressée contre son corps en priant pour qu'il la délivre du besoin qui la rongeait ? Ne s'était-elle pas conduite comme une idiote en interprétant à tort un simple geste de sa part ? Elle n'avait réussi qu'à rendre une situation complexe bien pire encore.

La dernière fois qu'elle avait croisé son chemin, sa vie avait implosé et huit ans plus tard, elle en était toujours à éteindre l'incendie.

La bouche de Keeley se serra. Elle en avait trop vu pour laisser l'arrogant milliardaire la culpabiliser. Le défi moqueur de son regard bleu avait pour but de la faire rentrer sous terre, et disparaître en s'excusant. Eh bien, elle ne lui ferait pas ce plaisir. Une rébellion posée naissait en elle, se consolidait. Pensait-il vraiment avoir le pouvoir de la chasser de cette galerie, comme il l'avait jetée hors de son île ?

— Oh ! je n'ai besoin d'aucune compagnie, répliqua-t-elle, et elle vit son regard noircir. Je suis ravie d'admirer ces photos de Lasia. J'avais oublié à quel point cette île est belle et j'ai largement de quoi m'occuper jusqu'à votre retour. Je t'attendrai, Pavlos. Prends tout le temps que tu voudras.

Elle avait ponctué ces derniers mots d'un sourire, et sa réponse n'était évidemment pas celle qu'Ariston anticipait. Elle nota l'irritation qui durcissait son beau visage.

— Comme tu voudras, fit sèchement Ariston. Je ne peux pas garantir que notre entretien sera bref.

Elle soutint son regard d'un bleu de glace.

— Ne t'inquiète pas, répondit-elle avec un sourire léger. Rien ne me presse.

— Parfait, fit-il en haussant les épaules. Allons-y, Pavlos.

Il s'éloigna en compagnie de son frère et Keeley, bien malgré elle, se retrouva à le suivre des yeux, comme tout le reste de la galerie.

Elle avait oublié comme il était grand, taillé dans le roc. Et si elle l'avait oublié, c'était volontaire : elle s'y était efforcée. Keeley avait purgé sa mémoire d'une sensualité qui l'avait bouleversée comme nulle autre. Elle avait chassé de son esprit le souvenir de sa peau bronzée, et des mèches de cheveux noirs qui effleuraient le col de ses chemises. Elle avait évacué l'image de ce corps puissant, qui semblait presque contraint dans son costume gris admirablement taillé. Les jeans effrangés qu'il portait à Lasia lui convenaient mieux, ceux qui mettaient en valeur ses cuisses musclées lorsqu'il plongeait dans les eaux bleu saphir qui entouraient son île.

Au fond, ce qu'il portait ou ce qu'il pouvait bien dire n'avait aucune importance, car rien n'avait changé. Il suffisait qu'elle le regarde pour qu'elle ait immédiatement envie de lui. La vie était décidément bien cruelle de lui faire désirer ainsi le seul homme qui la méprisait ouvertement.

Avec un effort conscient, elle le quitta des yeux et s'obligea à se concentrer sur l'une des photos de l'île qui appartenait aux Kavakos depuis des générations. Si Lasia était réputée pour être le paradis des Cyclades, ce n'était pas sans raison. Keeley avait vraiment eu l'impression de débarquer au paradis, le jour où elle avait posé le pied sur le sable argenté de l'île. Elle avait exploré avec délice l'intérieur de l'île à la végétation incroyablement riche, jusqu'à ce que la brutale disgrâce de sa mère interrompe leur visite. Elle n'oublierait jamais la horde des journalistes et les crépitements des flashs qui les attendaient à la descente du bateau les ramenant au Pirée, le port d'Athènes. Ni les gros titres ravageurs de la presse à leur retour en Angleterre, ni surtout les interviews insupportables qu'avait données sa mère et qui n'avaient servi qu'à empirer les choses. Keeley avait été atteinte par le scandale, victime innocente de circonstances qu'elle ne contrôlait pas. L'effet dévastateur s'en faisait toujours sentir sur elle.

N'était-ce pas la raison qui l'avait fait venir ici aujourd'hui, pour rencontrer Pavlos et se rappeler la beauté de leur île ? Était-ce une façon pour elle de tirer un trait sur le passé, définitivement ? Elle avait espéré éradiquer les mauvais souvenirs et les remplacer par de meilleurs. Elle avait vu la photo d'Ariston dans les journaux avec, à son bras, une superbe rousse qui se collait à lui comme le lierre à un arbre. Et, avec toutes ses occupations, elle ne s'attendait pas à le voir ici. Sinon, n'aurait-elle pas changé ses plans ?

Bien sûr que si ! Jamais elle n'aurait mis les pieds ici, si elle avait su qu'elle le croiserait !

— Keeley ?

Elle se retourna pour voir que Pavlos était de retour… en compagnie d'Ariston, qui la provoquait de son regard bleu, l'air triomphal.

— Eh bien, dit-elle en rougissant malgré elle sous la brûlure de ses yeux, vous n'avez pas mis très longtemps.

Une expression de regret traversa le regard de Pavlos et Keeley sut ce qui allait arriver.

— Non, effectivement, fit Pavlos sombrement. Désolé, Keeley, je vais devoir me désister pour ce soir. Ariston a besoin de moi et je dois filer au Moyen-Orient pour m'occuper d'un bateau.

— Comment, ce soir même ? ne put s'empêcher de s'étonner Keeley.

— À l'instant, précisa Ariston de sa voix de velours. Pavlos aurait-il dû solliciter ton autorisation ?

Pavlos se pencha pour effleurer ses joues d'un baiser bref, lui évitant d'avoir à répondre.

— Je t'envoie un texto plus tard, d'accord ?

— Bien sûr, fit-elle avant qu'il ne la quitte, cette fois sans être suivi d'Ariston.

Ce dernier était toujours derrière elle, mais Keeley ne se faisait pas assez confiance pour affronter son regard. Elle tenta de se concentrer sur la photo qu'elle admirait, une baie abritée où des tortues géantes nageaient dans l'eau cristalline. Peut-être Ariston allait-il comprendre qu'elle ne souhaitait nullement sa présence, peut-être allait-il partir et la laisser entreprendre une fois encore son travail d'oubli.

— Je n'arrive pas à décider si tu es complètement indifférente à ma présence, fit-il de sa voix profonde, ou bien si tu t'amuses à faire semblant de m'ignorer.

Il s'était rapproché d'elle et Keeley leva les yeux vers lui, aussitôt captive de son regard de saphir. L'assaut brusque du sang dans ses veines lui fit presque tourner la tête. Ses seins s'étaient dressés. Sa bouche s'assécha. Comment pouvait-il lui faire un pareil effet ? Cependant, elle parvint à se composer un visage impassible.

— Pourquoi, tu as l'habitude que les femmes te remarquent dès que tu entres dans une pièce ?

— À ton avis ?

Ce fut à cet instant que Keeley comprit : il s'amusait et elle n'était pas obligée de le suivre sur ce terrain. Il ne lui était rien. *Arrête de te conduire comme s'il avait un quelconque ascendant sur toi.* C'est vrai, elle avait fait une erreur stupide, longtemps auparavant. Mais c'était du passé. Elle était alors jeune, naïve, et elle avait payé pour ses erreurs. Elle ne lui devait donc rien, pas même la moindre politesse.

— Honnêtement ? jeta Keeley avec un rire bref. Je crois que tu es incroyablement arrogant, en plus d'être doté de l'ego le plus surdimensionné que j'aie jamais vu chez un homme.

Il haussa un sourcil.

— Et j'imagine que tu en as croisé plus d'un.

— Oh ! ce n'est rien auprès du nombre de femmes que tu as séduites, si on en croit les magazines.

— Je ne nie rien. Et si tu veux jouer aux additions, je crains que tu ne sois perdante. Personne ne t'a donc expliqué que les règles diffèrent pour les hommes et les femmes, *koukla mou* ? fit-il avec un regard étincelant.

— Seulement dans l'univers dépassé qui est le tien. Pour ma part, je vis au XXIe siècle.

Il afficha une moue sceptique.

— C'est sans doute injuste, mais c'est ainsi, Keeley : il est admis pour les hommes ce qu'on désapprouve chez une femme. XXIe siècle ou pas.

Sa voix avait baissé pour devenir caresse, et son velours avait le pire des effets sur elle. Comme elle se sentait rougir, Keeley voulut avancer.

— Laisse-moi passer, s'il te plaît, fit-elle en tâchant de garder son calme. Je ne vois pas pourquoi je devrais rester là à écouter ces stupides discours de macho.

— C'est vrai, rien ne t'y oblige, concéda-t-il, plaçant cependant une main sur son bras pour la retenir. Mais avant que tu ne partes, on pourrait en profiter pour faire le point.

— Sur quoi donc ?

— Tu sais très bien de quoi je veux parler, Keeley.

— Je ne pratique pas la divination, fit-elle en haussant les épaules.

— Alors laisse-moi préciser les choses, afin qu'il n'y ait aucun malentendu. Tu vas rester à distance de mon frère.

Il avait parlé d'une voix dure, brutale.

— Je te demande pardon ? demanda-t-elle, incrédule.

— Tu as bien entendu. Fiche-lui la paix. Trouve une autre proie. Je suis sûr que des tas d'hommes seront ravis que tu plantes tes jolies griffes dans leurs épaules.

Sa main était toujours sur son bras et on aurait pu croire qu'il s'agissait d'un geste affectueux. Mais Keeley n'était pas dupe : la marque de ses doigts était comme une brûlure au fer rouge. Avec un geste de colère, elle se libéra.

— J'ai du mal à croire que tu aies un tel culot.

— Je veille sur les intérêts de mon frère, c'est tout.

— Tu abordes toutes ses relations pour les écarter de lui ?

Il esquissa un sourire sans joie.

— Jusqu'à présent, je n'ai pas eu besoin de faire plus que surveiller ses fréquentations, pourtant aujourd'hui, il en va différemment. C'est curieux, non ? Je n'ai aucune idée de ton taux de succès parmi la gent masculine, mais je présume qu'il doit être élevé. Alors je préfère réduire tout de suite tes espoirs à néant : Pavlos a déjà une petite amie, une belle jeune femme, honnête et droite, à laquelle il est très attaché. Le mariage se profile. Donc, si j'étais toi, je ne perdrais pas mon temps avec lui. Compris ?

Keeley fut frappée par son autorité. Il devait être habitué à une obéissance sans faille, il lui suffisait de claquer des doigts pour que tout le monde soit à ses ordres.

— Et ton frère, il a son mot à dire ? Ou bien as-tu déjà choisi la bague de fiançailles, décidé du lieu du mariage et du nombre des demoiselles d'honneur ?

— Reste à l'écart, répliqua Ariston d'une voix tranchante. Pour le reste, ça me regarde.

Le plus drôle, c'était que Keeley n'avait jamais eu pour Pavlos qu'une affection platonique. Ils s'étaient beaucoup fréquentés, à une époque, mais simplement en amis et ils s'étaient perdus de vue des années durant. Leur relation actuelle se limitait à un « j'aime » ou à un « smiley » sur les réseaux sociaux, lorsque Pavlos postait une photo. Elle y découvrait alors son ami en compagnie d'un aréopage de beautés en tenue de plage, ou sur le pont d'un bateau qui rappelait à Keeley que bien longtemps auparavant, il lui avait fait découvrir les joies de la mer.

Le rencontrer ici avait été d'un grand réconfort à Keeley, car elle avait pu voir qu'il ne lui tenait pas rigueur de ce qui s'était passé quelques années plus tôt, cependant elle n'ignorait pas qu'ils évoluaient dans deux sphères différentes, à présent, rarement appelées à se croiser. Il était riche et pas elle, cela suffisait à les séparer. Elle se moquait bien qu'il ait une petite amie, dans la mesure où elle n'avait aucune vue sur Pavlos. Pourtant, l'interdiction qu'Ariston opposait à leur fréquentation l'agaçait comme un chiffon rouge agité sous le nez d'un taureau.

— Personne ne me dit ce que je dois faire, répliqua-t-elle calmement, et pas plus toi qu'un autre. Tu ne peux pas déplacer les gens à ton gré comme des pions sur un jeu d'échecs. Je vois qui j'ai envie de voir et tu n'as aucun moyen de m'en empêcher. Si Pavlos désire reprendre contact avec moi, je ne vais pas le repousser simplement pour t'obéir. *Compris* ?

À dessein, elle avait repris l'interrogation tranchante qu'il lui avait adressée quelques minutes plus tôt. Keeley vit l'incrédulité se peindre sur son visage, rapidement suivie par une expression de colère devant le défi ouvert qu'elle lui opposait. Il fulminait littéralement. À croire que personne ne lui résistait jamais…

Elle essaya de faire taire le pressentiment qui s'insinuait en elle, tendant chacun de ses muscles. De toute façon, elle avait dit ce qu'elle avait sur le cœur et elle avait eu raison. Il ne lui restait plus qu'à partir. Et vite, avant qu'elle ne se mette à revivre ce qu'elle avait ressenti quand il l'avait touchée.

Faisant volte-face, elle quitta vivement la galerie, sans s'apercevoir que son châle avait glissé à terre. Tout ce dont elle était consciente, c'était du regard d'Ariston fiché dans son dos, qui la brûlait.

L'ascenseur de verre ne se fit pas attendre, mais Keeley tremblait alors qu'il la véhiculait au rez-de-chaussée à une vitesse qui lui parut bien trop lente. Quand elle déboucha dans la rue londonienne où se bousculait la foule, compacte et pressée, son front était couvert de sueur.

2.

Le trajet qui la ramenait chez elle ne lui laissa aucun souvenir : Keeley ne se rappelait que le mépris qu'Ariston avait mis dans ses paroles. Le pire, c'est que sous son regard aussi arrogant que scrutateur, elle s'était sentie infiniment troublée. Ses seins s'étaient tendus, tandis que ce stupide désir l'assaillait, voyageant comme un souffle sur sa peau, chaque fois qu'elle plongeait les yeux dans ce regard bleu qui la consumait. À présent, il ne lui restait plus qu'à oublier… Encore une fois.

Une averse printanière l'accueillit à sa sortie du métro. Le temps d'avril était réputé pour ses caprices, mais elle avait oublié de prendre un parapluie et quand elle rejoignit enfin son petit studio, elle était trempée et tremblait de froid. Pourtant, au lieu d'agir raisonnablement en ôtant ses vêtements mouillés et en se préparant une bonne tasse de thé, elle s'affaissa sur une chaise et se tourna vers la fenêtre, lasse.

Elle entendait à peine le déluge de pluie qui tambourinait sur le toit. Soudain, elle n'était plus dans ce petit studio d'un coin sans intérêt de Londres, à frissonner de froid. Son esprit lui jouait des tours et elle se retrouvait sur une immense plage argentée, avec une montagne verdoyante en arrière-plan. Elle était au paradis. À Lasia.

Elle avala difficilement sa salive : le passé avait l'air si proche ! Elle se rappela son étonnement en découvrant Lasia, l'île de la puissante famille Kavakos, avec laquelle elle n'avait aucune connexion. Cet été-là, elle résidait sur une île voisine avec sa mère. Celle-ci, qui venait de divorcer d'avec le père de Keeley, passait ses vacances à se plaindre, tout en noyant son chagrin dans de trop nombreux verres de *retsina*.

Mais le père d'Ariston était l'un de ces hommes que fascinent les célébrités, même les ex-célébrités. Quand il avait appris qu'une actrice de séries B et sa fille se trouvaient dans les parages, il avait insisté pour qu'elles le rejoignent sur son île pour y finir leurs vacances avec les amis qu'il y invitait. Keeley n'avait aucune envie de débarquer à l'improviste chez un inconnu, hélas sa mère ne se tenait plus de joie à l'idée de retrouver un statut social plus avantageux. Et qui pouvait prédire la suite des événements, avec tous ces hommes riches gravitant dans les parages ? Pleine d'espoir, la mère de Keeley avait soigneusement maquillé son visage et sorti ses bikinis minuscules, peu adaptés à son âge.

Keeley redoutait ce genre d'invitations, car les mondanités l'ennuyaient. En dépit de son jeune âge, elle avait vécu son lot de soirées décadentes, où sa mère la traînait régulièrement. À dix-huit ans, elle essayait juste de se faire la plus discrète possible, se sentant davantage en sécurité dans l'ombre qu'en pleine lumière.

Au fil des années, l'attitude d'une mère qui s'accrochait désespérément à sa jeunesse l'avait poussée à prendre le contre-pied : elle était devenue une sorte de garçon manqué, malgré les courbes de plus en plus féminines qui la dérangeaient. Et quand elle avait rencontré Pavlos, garçon sportif et sympathique, mais pas du tout dragueur, leur amitié avait été immédiate. L'adolescent grec lui avait appris à plonger dans les baies transparentes de l'île et l'avait emmenée faire de l'escalade dans les montagnes couvertes d'un luxuriant manteau de végétation.

Aucune attraction physique n'avait gâché leur relation. Sans doute parce que, à l'instar de bien des enfants élevés par des parents dépravés, elle était d'une nature assez prude. Keeley n'avait jamais ressenti le moindre frémissement de désir et la sexualité lui apparaissait comme vaguement dégoûtante. Pavlos et elle étaient comme frère et sœur, brunissant au soleil, alors qu'ils exploraient l'île paradisiaque, ce royaume miniature qui leur semblait n'exister que pour eux.

Mais un matin, le frère aîné de Pavlos, nommé Ariston, était apparu aux commandes d'un bateau blanc. Il avait tout d'un dieu grec, tandis qu'il tenait la barre avec ses cheveux ébouriffés par le vent, sa peau bronzée et ses yeux couleur de mer. Keeley l'avait vu arriver de la plage et son cœur avait tressailli de façon inhabituelle. Elle se rappelait avoir senti sa bouche s'assécher quand il avait sauté sur le sable, les grains argentés collant à ses mollets bruns pour lui faire une armure scintillante.

Plus tard, on l'avait présentée à Ariston, cependant Keeley était si gênée en sa présence qu'elle osait à peine le regarder. Ce n'était pas le cas des autres invitées et sa mère n'était pas la dernière à tenter de se faire remarquer. Keeley avait eu honte de la façon dont elle flirtait avec lui, allant jusqu'à lui demander de lui étaler sa crème solaire sur les épaules. Elle se souvenait du frémissement imperceptible d'Ariston qui s'était empressé de confier la tâche à un membre féminin du personnel. Sa mère en avait été horriblement vexée.

Et puis était arrivée la nuit de la grande soirée, un rendez-vous impressionnant où se côtoyaient les personnes les plus en vue, dont le ministre de la défense. Keeley se rappelait l'atmosphère de fébrilité qui régnait parmi les invités et le regard désapprobateur d'Ariston à voir, au fil de la soirée, les gens boire de plus en plus et se conduire de moins en moins raisonnablement.

Elle n'avait pas oublié non plus avoir cherché sa mère, pour la découvrir enfin, prise en flagrant délit en compagnie du chauffeur du ministre, sur le siège arrière de la limousine officielle. Le chauffeur n'avait pas la moitié de son âge, et pour parfaire le tableau, quelqu'un les avait même filmés… C'était à ce moment-là que l'enfer s'était ouvert sous les pieds de Keeley.

Elle s'était enfuie sur la plage, trop consumée de honte pour affronter le regard de quiconque, trop effrayée à l'idée du dégoût qu'elle lirait sur les visages. Elle voulait simplement qu'on la laisse seule. Mais Ariston l'avait suivie et l'avait trouvée en pleurs. Ses mots avaient été d'une douceur surprenante, presque gentils. Il l'avait entourée de ses bras et elle s'était crue au paradis.

Était-ce parce que sa mère s'était toujours montrée avare de démonstrations affectueuses et que son père était trop âgé pour la prendre dans ses bras qu'elle avait confondu le réconfort qu'Ariston lui apportait avec autre chose ? Était-ce parce que le désir avait toujours été absent de sa vie qu'il avait surgi en elle avec une telle violence, l'enflammant jusqu'à lui faire faire ce qu'elle n'avait jamais osé imaginer ?

La nouveauté de ce sentiment l'avait ravagée. C'était si puissant… Comme une soif primitive qu'on se doit d'assécher. Elle avait pressé son corps contre celui d'Ariston et s'était haussée sur la pointe des pieds, ses lèvres tremblantes cherchant les siennes. Au bout de quelques instants, il avait répondu à sa sollicitation et sa réponse avait été tout ce dont elle rêvait. Son baiser s'était intensifié, il avait pressé sa bouche contre la sienne avec une urgence qui ne mentait pas. Elle avait senti le bout de sa langue entre ses lèvres et elle les avait ouvertes en une silencieuse invite. Puis les mains d'Ariston s'étaient posées sur ses seins frémissants, et ses doigts impatients avaient transformé en bourgeons durs les pointes de ses seins, avant qu'il ne guide la main de Keeley vers son entrejambe.

Il n'y avait eu aucune timidité en elle, simplement la glorieuse réalisation du pouvoir de sa propre sexualité, et de celle de son compagnon. Elle se souvint de son grognement quand elle avait posé la main sur lui et elle s'était émerveillée de le sentir durcir à son toucher. Alors, avec avidité, elle l'avait caressé sur toute sa longueur. La passion l'avait emportée, si poignante qu'elle l'aurait sans doute laissé faire n'importe quoi, ici même, sur le sable argenté. Mais soudain, il l'avait repoussée avec un regard qu'elle n'oublierait jamais de sa vie entière.

— Espèce de petite… traînée, avait-il lâché d'une voix

qui tremblait de rage et de dégoût. Telle mère, telle fille ! Aussi dévergondées l'une que l'autre !

Keeley n'avait jamais eu l'occasion de subir un rejet. Jusqu'à cette nuit-là, elle ne savait pas que les mots peuvent blesser, ni vous faire sentir sale. La honte l'avait submergée et elle s'était fait la promesse de ne jamais plus donner à quiconque l'occasion de la rejeter. C'était trop dur, trop humiliant…

Mais la violence de sa peine avait été dépassée par ce qui l'attendait à leur retour à Londres. Le style de vie que menait sa mère avait eu des conséquences sur sa santé. Depuis, Keeley en payait le prix.

Repoussant ces sombres souvenirs, elle se rendit compte qu'elle grelottait. Elle s'obligea à filer dans sa minuscule salle de douche, où le faible jet ne parvint pas à la réchauffer complètement. Elle se frotta donc énergiquement avec une serviette, et une tasse de thé bien chaud finit par venir à bout de ses frissons.

Keeley venait d'enfiler son uniforme lorsqu'on frappa à la porte. Elle fronça les sourcils. Son cercle d'amis était limité, car elle travaillait beaucoup et à des heures inhabituelles, et ses rares relations n'étaient jamais invitées chez elle. Elle ne voulait pas qu'on la juge sur le minuscule espace où elle vivait, ni qu'on se demande comment la fille d'une starlette qui avait eu son heure de gloire pouvait vivre si misérablement, d'autant que son père était un homme riche.

On tambourina plus fort à la porte et elle alla ouvrir, par curiosité. Mais sa gorge s'assécha quand elle découvrit son visiteur. Déjà, son cœur se déchaînait sous le feu du regard d'Ariston et elle s'accrocha de toutes ses forces à la poignée de la porte, craignant que ses jambes ne la trahissent.

Les cheveux noirs d'Ariston étaient plaqués par la pluie et son manteau dégoulinait de gouttelettes. Elle savait qu'elle aurait dû lui claquer la porte au nez, pourtant sa présence la troublait tant qu'elle hésita. Son corps la trahissait une fois encore. Car cet homme était terriblement séduisant, avec son physique de dieu grec… Il avait les traits d'une statue, qui ne comptaient que la petite imperfection d'une légère bosse au milieu du nez et celle-ci rendait son visage plus attirant encore.

— Que viens-tu faire ici ? demanda-t-elle froidement. As-tu songé à d'autres insultes que tu ne m'aurais pas encore jetées à la tête ?

Les lèvres d'Ariston s'étirèrent en un curieux sourire.

— Je crois que tu as oublié… ceci.

Elle baissa les yeux sur le châle qu'il tenait à la main. C'était une vieille étole qui avait appartenu à sa mère, d'un fin tissu de cachemire brodé de boutons de rose et de petites feuilles vertes. Les broderies s'étaient fanées avec le temps, mais le châle lui rappelait ce que sa mère avait un jour été, et son cœur se serra.

— Comment as-tu trouvé mon adresse ? fit-elle brusquement.

— Ce n'était pas très difficile. Tu as signé le livre d'or de la galerie.

— Mais tu n'étais pas obligé de me rapporter l'étole en personne. N'aurais-tu pas pu envoyer un de tes sbires ?

— Bien sûr que si. Mais je préfère ne pas déléguer certaines choses. Et d'ailleurs, nous n'avions pas fini notre conversation, si ?

Sans doute pas, et le non-dit pesait lourd, entre eux. Peut-être était-ce mieux ainsi, songea Keeley et pourtant, quelque chose la retenait de le mettre dehors. Après tout, il avait fait du chemin pour lui rapporter le châle et il était trempé.

Est-ce qu'il sentit son hésitation ? Quoi qu'il en soit, il fit un pas en avant.

— Tu ne m'invites pas à entrer ? dit-il d'une voix douce.

— Comme tu voudras, répondit Keeley, mais son cœur battait à tout rompre alors qu'elle reculait pour le laisser passer.

Elle entendit la porte qui se refermait et il fut là, en face d'elle, si viril et puissant que ses seins se tendirent à nouveau de désir. Pourquoi Ariston Kavakos était-il le seul homme qui la faisait vibrer ? Devant lui, elle se sentait plus vivante que jamais. Et c'était de la folie…

— Si tu comptes justifier ton attitude ridicule, fit-elle en haussant les épaules, n'essaie même pas, ce serait peine perdue. Tu débarques au milieu de la conversation que j'ai avec Pavlos et tu expédies ton frère à des centaines de kilomètres, juste pour l'éloigner de moi… N'est-ce pas un peu exagéré ?

Les lèvres d'Ariston perdirent leur sourire.

— D'une part, comme je te l'ai dit, il a déjà une petite amie. Une jeune doctoresse d'origine grecque, très qualifiée, on ne peut plus différente de toi. D'autre part, nos affaires dans le Golfe ne peuvent attendre et l'intervention de Pavlos était nécessaire. Tu te flattes si tu crois que j'ai inventé cela uniquement pour le débarrasser de toi. Mais je ne te mentirai pas : je suis soulagé qu'il soit parti.

Le souci d'Ariston pour son frère était sincère, elle le sentait sous le venin de ses paroles. Mais il n'était pas fondé. Il est vrai qu'entre elle et la petite amie de Pavlos, le contraste était évident. Et du point de vue — simpliste — d'Ariston, cela devait d'autant rabaisser Keeley, elle qui avait à peine fini ses études secondaires. Si Ariston avait montré moins de morgue, elle aurait pu consentir à ce qu'il voulait : lui donner sa parole qu'elle ne reverrait jamais Pavlos. Cela de toute façon ne l'engageait pas à grand-chose, car il n'y avait aucune raison qu'elle le revoie.

Mais Ariston ne savait pas demander gentiment, il exigeait. Et ce qui faisait enrager Keeley, ce n'était pas tant son regard méprisant que son absolu manque de respect. Il agissait comme si elle ne valait rien, ne comptait pas le moins du monde ! Comme si elle devait passer sa vie entière à payer une erreur de jeunesse…

— Si tu penses que tu peux me dicter ma conduite, tu te trompes lourdement, déclara-t-elle en relevant le menton.

Ariston se raidit. Elle osait le défier… et cela l'excitait. C'était la dernière chose dont il avait besoin. Il était venu au prétexte de lui rendre son étole, mais il avait surtout très envie de la voir, même s'il était vrai que les intérêts de son frère lui tenaient à cœur.

Sur le trajet menant chez elle, il avait plongé son visage

dans l'étoffe de cachemire et respiré le parfum léger et fleuri de Keeley. Avait-elle délibérément oublié son châle pour donner à son frère l'occasion de la contacter dès qu'il rentrerait ? Sentait-elle une faiblesse chez Pavlos, un intérêt qu'elle pourrait exploiter, afin de ruiner son futur mariage ?

Lors de ces fameuses vacances, Pavlos et Keeley avaient été très proches ; ils avaient passé tout leur temps ensemble dans les collines... On dit qu'un passé commun est un lien puissant entre les êtres. Keeley avait connu son frère à une époque où il était jeune et impressionnable. Bien avant ses vingt-cinq ans, année où il était entré en possession de son héritage, ce qui avait radicalement changé l'attitude de son entourage. Il en va toujours ainsi quand on devient riche. Est-ce que Pavlos était capable de compromettre l'avenir tranquille qu'Ariston lui préparait, pour vivre une aventure sentimentale avec Keeley ? Réalisait-elle qu'une fortune était à portée de sa main, pour peu qu'elle sache y faire ?

Il jeta un coup d'œil surpris à son appartement : celui-ci révélait que la blonde sexy avait à peine de quoi vivre. Il avait imaginé tout autre chose, un intérieur confortable et même luxueux, d'un luxe un peu criard qui aurait plu à sa mère dont, étrangement, il ne voyait aucune photo au mur. L'appartement était spartiate, bien rangé et d'une propreté rigoureuse.

La bouche d'Ariston se durcit. Était-ce un stratagème de Keeley, destiné à démontrer comme elle saurait bien tenir une maison, si un homme riche passait par là et envisageait de l'installer comme sa maîtresse ?

Ariston faisait de son mieux pour ne pas la regarder, car cela augmenterait son désir et aucun homme ne peut raisonner quand son sang se met à bouillir. Mais il se rendit maître de lui-même et bientôt, posa les yeux sur elle.

Elle portait une sorte d'uniforme, remarqua-t-il en fronçant les sourcils. Elle n'était pas infirmière, si ? Sur la robe bleu marine, coupée près du corps, un badge représentait un soleil barré d'une cuisse de poulet. Non, elle n'était pas infirmière.

— Tu travailles dans un supermarché ?

Il vit l'hésitation se peindre sur son visage, avant qu'elle ne le défie d'un nouveau coup de menton. Le mouvement lui donna envie de rabaisser son orgueil d'un baiser.

— Oui, fit-elle enfin.

— Et pourquoi ?

— Pourquoi pas ? rétorqua Keeley d'une voix agacée. Il faut bien que quelqu'un le fasse. Les produits ne se placent pas dans les rayons tout seuls, je présume que tu le sais.

— Tu remplis les rayons ? demanda-t-il, interdit.

Keeley prit une profonde inspiration. S'il s'était agi d'un autre, elle aurait pu avouer la vérité sur sa mère et toutes les affaires sordides qui l'avaient conduite à quitter un emploi après l'autre, si bien qu'au bout du compte, l'enseigne « Bien Moins Cher » lui était apparue comme une planche de salut. Elle aurait pu expliquer qu'elle étudiait dur pour rattraper toutes ces années de vie de bohême, suivant un cursus en ligne pour se diplômer en comptabilité et management. Elle serait peut-être allée jusqu'à évoquer les abysses de désespoir et d'impuissance où elle plongeait chaque fois qu'elle allait rendre visite à sa mère. Les traits expressifs du visage de celle-ci s'étaient figés en un masque impénétrable et son regard bleu ne fixait plus que le vide. Sa mère ne reconnaissait même plus celle à qui elle avait donné la vie…

Keeley ferma brièvement les yeux au souvenir de sa conversation avec le gérant de la maison de retraite. Il l'avait informée du coût grandissant des soins et de l'augmentation imminente des tarifs. Donc, si elle ne pouvait payer plus… Keeley avait protesté de toutes ses forces contre le transfert de sa mère vers un hospice moins onéreux mais moins confortable. Le gérant s'était contenté de hausser les épaules en disant qu'on ne peut rien contre les chiffres.

Mais pour révéler tout cela à Ariston, il aurait fallu qu'elle le croie capable de sentiments. Hélas, son cœur de pierre ne se soucierait ni d'elle ni de ses problèmes. Le milliardaire autocratique avait décidé qu'elle ne valait rien et elle ne risquait pas de l'émouvoir avec son histoire, aussi pitoyable soit-elle.

Soudain, elle ressentit de la compassion pour Pavlos,

dont le frère cherchait à contrôler toute sa vie. Pavlos ne pouvait même pas choisir ses amis. Le richissime Grec qui se tenait devant elle avait beau être sexy en diable, il n'en était pas moins mégalomane.

— Oui, c'est moi qui range les rayons, dit-elle doucement. Ça te pose problème ?

Ariston aurait voulu lui dire que le seul problème qui se posait à lui ici, c'était elle. Sa sensualité innée parvenait même à la rendre désirable dans cette minable robe de travail. Peut-être était-ce parce qu'il l'avait vue en maillot de bain, le tissu humide collant à ses courbes féminines. Comment aurait-il pu oublier que sous l'uniforme se dissimulait un corps de rêve ?

Pourtant, c'était un choc que de découvrir sa situation plus que modeste. Dans son rôle de femme fatale cherchant un homme pour l'entretenir, elle avait bien moins de succès que sa mère, puisqu'elle était obligée de se contenter de ce misérable appartement et d'un travail de manutentionnaire.

Son esprit se mit à fonctionner à toute allure. Elle était visiblement démunie et donc, facile à manipuler, mais en même temps, Ariston sentait qu'elle représentait un danger. S'il n'avait veillé de si près aux intérêts de Pavlos, il aurait rengainé le furieux désir qu'il avait de l'embrasser et l'aurait plantée là, une bonne fois pour toutes. Il aurait téléphoné à un mannequin célèbre de sa connaissance en lui demandant de tout laisser tomber pour le rejoindre, y compris sa culotte. Mais la vérité, même si elle le faisait enrager, c'est que le mannequin en question perdait tout attrait face à Keeley Turner, même fagotée dans cet uniforme à deux sous.

Était-ce le feu de ses yeux verts ou le tremblement indigné de ses lèvres qui la rendait si attirante ? Il voulait la soumettre à son désir. Était-ce pour l'empêcher de nuire à son frère ? Il avait envoyé Pavlos en mer pour qu'il gère la révolte d'un de leurs équipages, mais une fois l'affaire réglée, son frère allait revenir. Et de quoi ces deux-là seraient-ils capables alors ? L'immense pouvoir dont Ariston disposait ne serait pas suffisant à les séparer. La beauté presque irréelle de Keeley pourrait pousser Pavlos à bouder la jolie doctoresse qui l'attendait à Melbourne.

Soudain, une solution toute simple s'imposa à lui. Il ne savait pas d'où elle venait, mais elle était si évidente qu'il en eut presque le souffle coupé. Les hommes ne sont pas partageurs en matière de femmes et les Kavakos encore moins que les autres. Pavlos et lui avaient été élevés dans cette idée : on ne partage pas plus ses jouets que ses pensées, ni celles qu'on met dans son lit. Leur enfance triste et agitée avait renforcé ce sentiment, donc... S'il séduisait Keeley avant que Pavlos n'ait une chance de le faire, il réduisait considérablement les risques ! Jamais Pavlos ne s'intéresserait à une femme que son frère avait eue, et délaissée.

Ariston se sentit des ailes. Et en plus, s'il couchait avec Keeley, il parviendrait à la chasser de son esprit, définitivement. Car elle était restée présente tout ce temps dans une strate lointaine de sa mémoire, comme une fièvre lente qui parfois grimpe en flèche. Elle était la seule qu'il ait embrassée sans lui faire l'amour ensuite et peut-être ce besoin brûlant d'accomplissement venait-il de là.

Il scruta l'intérieur humble, la moquette râpée, les rideaux usés donnant sur la rue pluvieuse. Ce serait facile, finalement. Les femmes et l'argent... Il se rappela avec un rictus amer la transaction monétaire qui avait défini sa vie, alors qu'il n'était qu'un jeune garçon.

— As-tu besoin d'argent, *koukla mou* ? demanda-t-il. On dirait bien...

— Tu m'offres de l'argent pour que je reste à distance de ton frère ? Sérieusement ? Ce n'est pas ce qu'on appelle du chantage ? rétorqua Keeley d'un ton indigné.

— Je t'en propose pour venir travailler avec moi. Et cela te vaudra plus d'argent que tu n'en as jamais rêvé.

— Tu possèdes ton propre supermarché ? fit-elle, sarcastique. Et tu veux quelqu'un pour remplir les rayons ?

Il faillit sourire, mais se força à serrer les lèvres.

— Non, l'aventure du commerce de détail me laisse froid. Cependant, je possède une île, sur laquelle il m'arrive de recevoir. J'y repars demain pour organiser une fête. Plusieurs amis me rendront sous peu visite et j'entends les traiter fastueusement.

— Parfait. Mais je ne vois pas en quoi cela me concerne. Suis-je censée te féliciter d'avoir autant d'amis ? J'ai un peu de mal à imaginer que tu en aies un seul, en fait.

Une veine se mit à battre dans la tempe d'Ariston. Il n'était pas habitué à l'insolence chez ses interlocuteurs, encore moins quand il s'agissait de femmes. Et pourtant, cela lui donnait envie de prendre Keeley dans ses bras avant de la faire taire en écrasant sa bouche sur ses lèvres. Il n'avait qu'une envie : la plaquer au mur et glisser la main entre ses cuisses pour la faire gémir de plaisir.

Il écarta toutefois ces pensées importunes.

— J'en ai, figure-toi, et j'ai pensé que tu pourrais organiser ces soirées.

— Tu me reconnais donc des compétences ?

— N'exagérons rien. Mais le fait est que tu as besoin d'argent. Et je suis curieux, aussi. Je me demande comment tu as pu passer des jets privés et des soirées mondaines à ces circonstances pour le moins… défavorisées. Ta mère devait avoir accumulé un joli magot avec tous les hommes riches qu'elle a fréquentés et toutes les interviews données dans la presse à scandale. Elle ne t'a donc rien laissé ? Et toi, tu n'as pas su profiter de ses leçons ?

Il était à des années-lumière de la vérité. Mais Keeley n'allait pas lui raconter sa vie, cela ne servirait qu'à attirer sur elle de nouveaux sarcasmes, puisqu'il n'avait pas de cœur.

— Cela ne te regarde pas, trancha-t-elle fermement.

Ariston la contempla avec un regard calculateur.

— En tout cas, tes manœuvres pour te procurer de meilleurs revenus ne marchent pas. Tu n'es pas tentée par une somme qui te mettrait à l'abri du besoin ?

Elle le regarda d'un œil soupçonneux, cherchant à calmer l'espoir que sa proposition avait automatiquement fait naître en elle.

— Et il faudrait que je fasse… quoi, exactement ?

— Ton appartement est remarquablement bien organisé, donc, je pense que tu dois savoir tenir un intérieur.

— Tu me ferais assez confiance pour m'employer ?

Le regard d'Ariston la transperça.

— Je ne sais pas. À toi de me dire si j'aurais raison de me fier à toi… En tout cas, tu sais gérer ta pauvreté, c'est déjà ça. À défaut d'avoir su gérer ta carrière d'intrigante…

— Va au diable !

— Je présume que, bien payée, tu serais prête à faire un effort, poursuivit-il sans broncher. Admettons que je t'offre un mois comme domestique sur mon île, et l'opportunité de gagner assez pour transformer ta vie, qu'en dirais-tu ?

Le cœur de Keeley battait à tout rompre.

— Pourquoi ferais-tu une chose pareille ? murmura-t-elle.

— Tu le sais très bien. Je ne veux pas que tu sois à Londres quand Pavlos reviendra. Il doit prendre un avion pour Melbourne dans quinze jours, avec une bague de fiançailles dans la poche. Une fois qu'il sera là-bas, je me moque bien de ce que tu feras de ta vie. Disons que ton éloignement est une assurance que je m'offre. Je suis prêt à payer une grosse somme pour te tenir à l'écart de mon frère et protéger une union qui le rendra heureux. Inutile de te dire que ce n'est pas avec toi qu'il pourrait l'être. Alors, tentée ?

Tentée, elle l'était, de lui dire qu'elle n'avait jamais rencontré d'homme aussi méprisant et méprisable que lui. Ses insultes la salissaient. Mais une petite voix dans sa tête l'implorait de se montrer réaliste. Allait-elle refuser la seule occasion de s'en sortir, parce qu'elle abhorrait celui qui l'offrait ?

En fait, il lui proposait un poste de boniche pour nettoyer derrière lui et ses amis, pendant qu'il s'ébattrait sur la plage avec sa dernière conquête, sans doute la rousse superbe qu'elle avait vue dans les journaux. Il la regardait de haut, et son visage patricien n'exprimait que de la morgue.

Elle s'apprêtait à l'envoyer sur les roses, lorsqu'elle se rappela qu'elle n'était pas seule. Il y avait aussi sa mère, qu'elle ne pouvait se permettre d'oublier…

Sa mère qui pourrait intégrer une maison de retraite plus confortable, où on la coifferait, la manucurerait pour qu'elle puisse retrouver un peu de sa gloire d'antan. Même si, prisonnière de son cerveau malade, l'ancienne actrice ne se rendait plus compte de grand-chose, Keeley serait fière que des membres du personnel reconnaissent Vivienne Turner. Elle serait fière de la voir toujours coquette et bien mise. Donc, il fallait jouer le jeu, et voir ce qu'Ariston allait mettre sur la table. Voir s'il pouvait la supporter plus d'une minute.

— Et tu m'offres combien ? fit-elle audacieusement.

Ariston réprima son dégoût. Il savait qu'elle en viendrait là, or s'il n'avait que mépris pour l'avidité de la jeune femme, il ne pouvait s'empêcher de la désirer. Sa bouche s'asséchait à la simple pensée de coucher avec elle.

Car l'emmener sur l'île de Lasia, cela signifiait qu'elle serait bientôt à lui. Il n'imaginait pas qu'il puisse en être autrement. Cela leur vaudrait bien des satisfactions physiques et mettrait peut-être un terme bienvenu à leur histoire. En tout cas, l'avoir à sa disposition calmerait la fièvre qui agitait son sang.

Une fois Keeley repartie, il pourrait la rayer définitivement de ses pensées comme de sa vie. Il comptait la renvoyer avec une somme suffisante pour qu'elle n'ait jamais l'idée de reparaître à ses yeux. Et surtout, ce qui était le plus important, aux yeux de Pavlos…

Il mentionna une somme en souriant, s'attendant à la voir se confondre en remerciements. Au lieu de cela, il rencontra un regard vert glacial.

— Je veux le double, déclara-t-elle froidement.

Le sourire d'Ariston mourut sur ses lèvres, mais il sentit le désir courir plus vite encore dans ses veines. Car l'attitude de Keeley rendait son plan plus aisé. Toutes les femmes peuvent s'acheter, se rappela-t-il amèrement. C'était juste une question de prix. Il savait cela depuis l'enfance…

— Marché conclu, dit-il doucement.

3.

Lasia était aussi belle que dans le souvenir de Keeley. Peut-être davantage encore. Car à dix-huit ans, elle croyait que les jours heureux ne finiraient pas et que la beauté durerait à jamais. Comment aurait-elle pu imaginer alors que sa vie prendrait une telle tournure ? Elle avait cru qu'elle était à l'abri du besoin, elle avait cru…

Non. Elle regarda le ciel pur par la vitre de la voiture. Elle n'allait pas reculer. Elle se retrouvait sur cette île paradisiaque pour travailler, aux ordres d'Ariston Kavakos, et pour s'assurer ainsi, grâce à son salaire, des revenus suffisants pour s'occuper de sa mère, pauvre créature brisée. Il fallait voir le côté positif de cette aventure.

Une voiture luxueuse l'attendait sur le tarmac du petit aéroport. L'air conditionné rendait le véhicule délicieusement accueillant, car bien qu'on fût au printemps, le soleil de midi dardait des rayons impitoyables. Keeley s'était demandé si quelqu'un pourrait la reconnaître, parmi le personnel d'Ariston. Elle espérait que non. Le chauffeur, Stelios, était nouveau. Tout au moins nouveau pour elle.

Le véhicule avalait les lacets de la route montagneuse, en direction du domaine Kavakos, situé de l'autre côté de l'île. Si Keeley présentait un visage serein, elle tremblait intérieurement. Tout d'abord, elle avait abandonné son travail et le directeur du magasin lui avait ri au nez lorsqu'elle avait osé demander son mois de congés payés. Cela la soulageait cependant d'avoir tourné cette page, car elle sentait bien qu'elle n'était pas à sa place, ni là-bas ni nulle part, d'ailleurs, et surtout pas sur une île qui exsudait le pouvoir de l'argent. Ici, les yachts flottaient sur l'eau avec la même insouciance que des jouets de bébé dans un bain…

La voiture se mit à descendre en direction du domaine qu'elle avait quitté à l'âge de dix-huit ans… Le cœur de Keeley manqua un battement. La baie n'avait pas changé, non, avec sa crique bordée de sable blanc, mais la haute maison qui la dominait avait disparu. À sa place, dressée au bord de la plage, elle découvrit une construction moderne et magnifique, qui semblait faite de verre. Ses parois incurvées reflétaient les nuances variées du ciel et de l'eau, si bien que Keeley eut l'impression que tout était devenu bleu. Aussi bleu que le regard d'Ariston, se surprit-elle à penser, avant de se morigéner furieusement. Elle n'était pas là pour fantasmer !

À cet instant, comme si la force de son esprit l'avait fait apparaître, le magnat grec se matérialisa à l'une des fenêtres de la vaste demeure. Il était aussi immobile qu'une statue et regardait dans sa direction. Un sentiment de gêne et d'anticipation envahit Keeley. Même à distance, Ariston dominait tout. Les lieux étaient d'une beauté enchanteresse, elle aurait dû les admirer au lieu de contempler cet homme.

Mon Dieu, que penserait-il à la voir le dévorer des yeux comme une vulgaire groupie ? N'avait-elle pas déjà fait cette erreur ? On voyait où cela l'avait menée… Mais la chance d'une rédemption s'offrait à elle, à condition qu'elle reste insensible à son charisme. Il fallait qu'elle lui montre son désintérêt, et qu'il comprenne que les milliardaires cruels et irrespectueux n'avaient aucun attrait pour elle.

La voiture s'arrêta et Stelios lui ouvrit. Aussitôt, l'odeur des pins et des citrons, teintée d'iode marin, assaillit ses sens. Comme elle faisait un pas dans la cour baignée de soleil, une femme d'un certain âge vint à sa rencontre, sous la chaleur intense. Elle était vêtue d'un uniforme blanc immaculé.

— Voici Demetra, fit Stelios. Elle est officiellement cuisinière, mais en fait, c'est elle qui dirige tout ! Même Ariston l'écoute… Demetra va vous montrer votre logement.

Vous avez drôlement de la chance de résider ici. Tous les autres membres du personnel vivent au village.

— Merci, fit Keeley. Et cela fait longtemps que vous travaillez pour Ariston ?

— Assez longtemps pour savoir qu'il n'aime pas qu'on parle de ses affaires, fit le chauffeur en souriant.

Évidemment. Il ne fallait pas longtemps pour s'apercevoir qu'Ariston était un maniaque du contrôle. Pourtant, l'affection était perceptible dans la voix de Stelios. Qu'avait bien pu faire son exigeant patron pour la mériter ? Peut-être sa richesse lui valait-elle ce traitement de faveur... Tout le monde vous aime quand vous avez un compte en banque bien étoffé. Mais une fois la richesse envolée, les amis sont les premiers à se volatiliser.

Elle sourit à la cuisinière, se rappelant qu'il était important d'être en bonne relation avec les membres du personnel. Keeley allait travailler avec eux et voulait leur montrer sa bonne volonté. Le travail ne lui faisait pas peur.

— *Kalispera*, Demetra, dit-elle en tendant la main. Je suis Keeley, Keeley Turner.

— *Kalispera*, répondit la cuisinière, agréablement surprise. Vous parlez Grec ?

— Seulement quelques phrases, avoua Keeley avec un sourire penaud. Mais je serais ravie d'en apprendre plus.

— Je vous y aiderai volontiers. Venez voir votre maison.

Une maison ? Keeley suivit la cuisinière le long d'un sentier sablonneux qui menait à la plage, jusqu'à ce qu'elles atteignent un bungalow blanchi à la chaux. Le bruit des vagues s'échouant sur la plage était calme et régulier, le soleil se reflétait dans l'eau scintillante et le paysage était somptueux. Pourtant, tout ce que Keeley avait à l'esprit était le souvenir d'un chaos. N'était-ce pas ici, derrière ces rochers, qu'Ariston l'avait prise dans ses bras, lui offrant un aperçu du plaisir qu'il devait lui refuser par la suite ? Un vrai supplice de Tantale... Elle ferma les yeux et frissonna, en dépit de la chaleur.

— La petite maison vous plaît ? demanda Demetra, se trompant sur la raison de son silence.

— Oh ! oui… C'est… merveilleux.

— Tout Lasia est *oreos*, fit Demetra en souriant. Installez-vous tranquillement, puis je vous montrerai la demeure.

Keeley découvrit sa nouvelle résidence, simple mais fonctionnelle, avec un salon et une petite cuisine en bas, et à l'étage, une chambre de dimension modeste et une salle de bains plutôt sophistiquée. Les murs étaient peints à la chaux, les meubles étaient en bois clair et la lumière qui entrait à flot donnait à l'ensemble un aspect chaleureux.

Keeley défit ses bagages, se doucha et venait juste de passer un short et un T-shirt lorsqu'elle aperçut Ariston qui se dirigeait vers le bungalow. Rien n'aurait pu empêcher Keeley de tressaillir à sa vue.

Elle aurait voulu fuir. Fermer les yeux et faire disparaître Ariston… Et pourtant, elle mourait d'envie de le contempler. Sa démarche puissante, ses cuisses athlétiques, la largeur de ses épaules et le renflement des muscles de ses bras, sa peau tannée par le soleil contrastant avec la blancheur de son T-shirt, tout contribuait à la fasciner.

Sa bouche s'assécha, alors qu'elle remarquait la peau laissée nue par la taille basse de son jean délavé. C'était là l'homme dont elle se souvenait et non plus l'Ariston de Londres, sanglé dans son costume sur mesure. Un homme proche de la nature, de la mer, un mâle alpha tel qu'elle n'en avait jamais vu.

Mais il était essentiel de lui cacher ses émotions. Elle devait s'adresser à lui sans jamais rien laisser paraître de son trouble, dans la plus parfaite indifférence. Il lui suffirait de se persuader qu'il était comme n'importe quel autre homme… Même si c'était absolument faux. Pour aucun autre, elle n'avait éprouvé ce qu'il lui faisait ressentir. Elle prit une grande inspiration, tandis qu'il approchait. Le plus important était de se rappeler qu'elle ne l'aimait pas.

— Donc, te voilà installée, fit-il, ses yeux bleus la parcourant tout entière.

— Oui, répondit-elle, gênée, en tirant maladroitement sur le rebord de son T-shirt. Tu sembles surpris.

— Un peu. Je me demandais si tu n'allais pas changer d'avis à la dernière minute et rester chez toi.

Elle lui retourna un regard interrogateur.

— Aurais-je mieux fait de ne pas venir, de refuser ton offre généreuse ?

Alors qu'elle le fixait de ses yeux de chat, audacieuse et d'autant plus attirante, Ariston évalua les réponses qu'il aurait pu lui donner. À quelqu'un pour qui il aurait eu de l'affection, il aurait dit de rester éloignée avant d'être attirée dans son orbite et de s'y perdre. Mais il ne ressentait rien pour elle. Elle n'était qu'une commodité, une femme qu'il avait l'intention de séduire pour clore ce qui avait commencé entre eux, bien des années plus tôt. Et pourquoi la prévenir contre ce qui allait leur procurer à tous deux du plaisir ?

Il regarda la tresse épaisse de cheveux blonds qui reposait sur son épaule, se demandant pourquoi il lui était si difficile de la quitter des yeux. Il avait connu des femmes plus belles et qui étaient pour lui des partenaires plus convenables que cette séductrice en mal d'argent. Pourtant, tous ces beaux raisonnements ne diminuaient en rien l'attirance qu'elle exerçait sur lui, ses seins fermes repoussant le tissu d'un T-shirt de la couleur des citrons qui poussaient à l'état sauvage dans les collines. Son short de coton découvrait des jambes fuselées et épousait ses hanches rondes. Elle avait enfilé à la va-vite une paire de tongs et ainsi vêtue, elle paraissait si jeune ! Insouciante… Elle n'avait visiblement pas fait le moindre effort de toilette pour lui plaire et cela l'excita.

— Tu avais toutes les raisons de venir et tu as bien fait. Viens, je vais te montrer la maison. Tu verras que bien des choses ont changé, depuis la dernière fois.

— Demetra s'est proposée de m'accompagner, tu as sûrement trop à faire…

— Il se trouve que j'aime faire les choses moi-même, et si je dis que nous allons visiter la maison…

— Il n'y a qu'à s'exécuter, compléta Keeley.

— Exactement. Accepte et fais ce qui est demandé.

Sa volonté de tout maîtriser était ridicule, songea-t-elle. Comprenait-il à quel point son comportement était daté ? Elle s'agaçait de son attitude dominatrice, mais ne pouvait nier que son corps y réagissait, comme s'il avait été programmé pour lui répondre. Le visage en feu, elle ferma le bungalow et le suivit. Elle dut presser le pas pour rester à sa hauteur.

— Des questions ? fit-il en lui jetant un regard.

Oh ! il y en avait des millions. Elle aurait voulu savoir pourquoi, dans sa position, il n'était toujours pas marié. Elle se demandait ce qui l'avait rendu si dur, si fier et si sûr de lui. Est-ce qu'il lui arrivait de rire et si oui, de quoi ? Mais elle rengaina ces interrogations, qu'elle n'avait aucun droit de formuler.

— J'en ai une, rétorqua-t-elle alors qu'ils débouchaient sur la belle demeure. Pourquoi avoir supprimé l'ancienne maison ?

Ariston sentit sa gorge se nouer comme il ralentissait le pas pour ne pas la distancer. Il était ironique qu'elle ait choisi le seul sujet qui le mît mal à l'aise. Il se souvint des protestations quand il avait dévoilé son projet de démolition. Une vieille maison, toute chargée d'histoire !

Justement. Il s'agissait pour lui d'une renaissance nécessaire. Devrait-il expliquer qu'il avait voulu faire table rase du passé ? Il lui fallait éradiquer un lieu où sa mère le considérait comme un simple jouet. Un beau jour, elle s'était lassée de lui, le laissant ainsi que Pavlos à la garde de leur père. Ariston voulait oublier les soirées données ici, l'odeur écœurante et douceâtre de la marijuana et les femmes qu'on faisait venir pour amuser son père et ses amis, tous aussi blasés.

Allait-il avouer cela à Keeley qui, avec sa mère, avait fait partie de ces invitées destinées à plaire ?

— Après la mort de mon père, j'ai décidé de faire place nette. D'imprimer ma marque sur ce lieu.

— On peut dire que tu as réussi, commenta-t-elle, détaillant l'imposante structure de verre et d'acier.

Le ton de Keeley était admiratif, mais il crut entendre une forme de calcul dans sa louange. Le calcul d'une intrigante confrontée à la richesse… Pourtant, il ne put s'empêcher de ressentir du plaisir à la voir admirative. Sa voix était douce et il l'imaginait murmurant d'autres choses à son oreille.

Était-elle femme à parler pendant l'amour ? Ou se tenait-elle coite jusqu'à ce que l'orgasme lui arrache des cris ? Ses lèvres s'incurvèrent en un sourire impatient. Il avait hâte de savoir.

Il la fit passer devant lui et le roulement de ses hanches ne fit rien pour calmer son imagination. Les courts de tennis, la salle de gym, son bureau et deux salles de réception furent les premiers lieux qu'il montra, mais au moment de passer à l'étage, il se ravisa. Mieux valait laisser à Demetra le soin de lui montrer les chambres avec salles de bains attenantes, et surtout la sienne, songea-t-il, la gorge soudain serrée.

Il la conduisit dans le salon principal, qui était le cœur de la maison. Il donnait sur la mer par trois immenses baies vitrées et Ariston observa la réaction de Keeley. Immobile, elle ne semblait même pas remarquer l'œuf de Fabergé, antiquité hors de prix, qui ornait une console, ni la statue du sculpteur grec Lysippos, élève de Praxitèle, dont l'achat avait classé Ariston parmi les amateurs d'art les plus éclairés.

— Seigneur, murmura-t-elle, qui a conçu un si bel espace ?

— Un architecte qui a travaillé sous mes ordres. Je voulais maximiser l'entrée de la lumière naturelle, donner toute sa place au paysage. Ainsi, quand je travaille ici, je n'ai pas du tout l'impression de me trouver dans un bureau.

— C'est l'endroit le plus impressionnant que j'aie jamais vu, déclara Keeley, tournée vers lui. Et cela ne ressemble en rien à un bureau ! Les affaires marchent bien, je présume ?

— Mon frère ne t'en a pas parlé ?

Elle leva un sourcil étonné.

— Non, nous venions à peine de nous retrouver, quand tu l'as emmené.

— Eh bien oui, l'entreprise familiale continue à construire des bateaux, mais nous diversifions nos activités d'import-export en produisant du vin local et de l'huile d'olive. Ça marche très bien, car les gens recherchent les produits bios et tout est fait sur l'île, dans le respect des traditions. Nos productions se retrouvent à la table des plus grands chefs. Sans compter la mienne… Demetra te montrera tout cela, elle est fine cuisinière, et a l'avantage de disposer des meilleurs ingrédients. En parlant de table, j'attends du monde, comme tu le sais : cinq de mes amis viennent d'Athènes pour me rendre visite. Je compte leur offrir quelques jours de détente.

— Ils sont grecs, eux aussi ?

— Non, mais pourquoi t'intéresses-tu à eux ?

— Si je dois m'occuper de leur confort, la moindre des choses est de savoir d'où ils viennent, pour pouvoir les satisfaire au mieux.

— Et apprendre s'ils comptent parmi les hommes riches, ajouta Ariston d'un ton sec. Il y aura Santino Di Piero, magnat italien de l'immobilier, qui nous amènera sa fiancée anglaise, Rachel. Il y aura aussi un vieil ami, Xenon Diakos, et son assistante personnelle, Megan.

— Cela fait quatre convives, donc, fit-elle sans relever ses insinuations désagréables.

— Exact. Il y aura aussi Bailey Saunders, ajouta-t-il comme s'il venait tout juste de s'en rappeler.

— Oh… Il s'agit de la rousse qu'on voit partout avec toi, sur les couvertures des magazines ?

— En quoi cela te regarde-t-il, Keeley ?

Elle se sentit soudain stupide et terriblement vulnérable. Embarrassée, presque furieuse d'éprouver une jalousie qui n'avait pas lieu d'être, elle marcha vivement vers la baie vitrée et regarda sans la voir la mer étincelante. Allait-elle devoir assister aux ébats d'Ariston avec cette femme superbe ? Devoir changer leurs draps froissés au matin, recueillir l'évidence de leurs nuits passionnées ? Leur servir le petit déjeuner au lit, peut-être… Un frisson de révulsion la parcourut. Pourtant, Ariston ne lui était rien, et si elle perdait cela de vue, elle se préparait un mois bien difficile.

— Oh ! ce ne sont pas mes affaires, admit-elle avec raideur.

— Donc, tu cherchais à savoir si j'ai ou non une petite amie ? Si je suis… disponible ? fit-il en la rejoignant, précédé par un parfum subtilement citronné. Tu n'es pas la première à tenter ce genre de vérification, Keeley.

Elle chercha une réponse simple, n'importe quoi pour dissiper la tension qu'elle sentait croître, entre eux. Mais Ariston se tenait si près qu'elle se trouva incapable de proférer un son. Elle se sentait impuissante, comme si son corps, soudain, ne lui appartenait plus.

Elle leva les yeux vers lui pour découvrir son regard assombri. Comme s'il avait lu dans ses pensées, il posa la main en coupe autour de son visage. Puis il sourit. Le contact fit perdre tout contrôle à Keeley, dont le cœur battait déjà à folle allure. Le pouce d'Ariston caressa sa lèvre inférieure qui se mit à trembler. Ce n'était rien qu'un effleurement, et pourtant, il suffisait à la liquéfier. Ariston se rendait sûrement compte de son excitation, car les pointes de ses seins s'étaient durcies. Tout son être semblait s'embraser…

Était-ce parce qu'il était conscient de lui faire cet effet qu'il l'attira vers lui ? Son geste était naturel, comme s'il avait un droit sur elle. Déjà, il plaquait son corps dur contre le sien. En un éclair, sa bouche fut sur la sienne.

Keeley frissonna, car ce baiser ne ressemblait à aucun autre. C'était le baiser dont elle avait toujours rêvé, mais tous ses fantasmes n'incluaient-ils pas Ariston ? D'abord, l'étreinte fut douce, puis elle se fit exigeante et il approfondit son étreinte jusqu'à la faire gronder de plaisir. Elle en voulait plus, encore plus, entourer son cou de ses bras. Lui murmurer de faire d'elle ce qu'il voulait. Ce qu'elle désirait aussi plus que tout ! Il n'y avait que lui pour soulager l'impatiente frustration qui la dévorait. Et ensuite ?

Il la conduirait à son lit, et elle oublierait à quel point il la méprisait. Cela ne le gênerait-il pas de lui faire l'amour, alors même que Bailey Saunders devait arriver d'ici deux jours ? Non, car dans son monde, personne ne se formalise de rien. Tout est permis, tout est facile. Et rien ne compte.

Elle comptait pour rien. Ne s'était-il pas exprimé clairement sur le sujet ? Avec le peu d'estime de soi qui lui restait, Keeley serait folle d'entrer dans son jeu.

— Non ! cria-t-elle en s'arrachant à lui, malgré les protestations furieuses de ses sens. Que crois-tu faire, Ariston, en me sautant ainsi dessus ?

— Allons, *koukla mou*, fit-il avec un rire sec teinté de frustration, n'insulte pas mon intelligence ni la tienne. Nous savons bien que tu es excitée. Tu as voulu que je t'embrasse et je me suis trouvé ravi de le faire.

— C'est faux !

— Nier l'évidence est un mauvais départ pour une employée. L'honnêteté de mon personnel est primordiale.

— Et coucher avec tes employées te paraît acceptable ?

— Si tu arrêtais de me regarder avec ces yeux de braise, alors je parviendrais peut-être à te répondre non pas comme un homme, mais comme un patron.

Keeley se mordit les lèvres. Avait-elle eu une attitude d'invite ? Son cœur battit à tout rompre. Bien sûr que oui, et si elle voulait être honnête envers elle-même, n'avait-elle pas eu envie de ce baiser depuis qu'elle avait vu Ariston apparaître dans le chemin sablonneux qui menait à son bungalow ? Et même peut-être depuis ce jour, à Londres, pendant le vernissage, où il avait foncé sur elle, tel un dieu vengeur, le visage tendu par la colère.

Elle ne devait pas se laisser aller. Elle était ici pour sa mère malade, pour avoir les moyens de l'aider, pas pour flirter avec Ariston et repartir le cœur brisé.

Elle s'obligea à reprendre le contrôle de ses émotions.

— Je ne nie pas qu'il existe une attirance entre nous, dit-elle après une profonde inspiration. Mais cela ne doit mener à rien. Pas seulement parce que tu m'emploies et que c'est inapproprié, mais parce que nous ne nous apprécions nullement.

— D'après mon expérience, une petite pointe d'hostilité ajoute du piquant à une relation. Ta chère maman ne t'a pas appris cela, Keeley ? C'est pourtant un des fondamentaux dans l'art d'aimer…

L'insulte implicite approfondit la blessure que ressentait Keeley et elle eut envie de se jeter sur lui, de frapper de ses poings cette poitrine d'airain et de lui dire de garder ses opinions pour lui. D'ailleurs, il ne savait même pas de quoi il parlait. Mais se rapprocher de lui, même agressivement, c'était prendre un risque qu'elle ne se sentait pas prête à courir. Et puisqu'il voulait de l'honnêteté, elle allait lui en donner, même si cela lui valait de ravaler sa fierté.

— Je n'ai pas l'intention d'être proche de toi, Ariston, d'abord parce que tu n'es pas le genre d'homme que j'aime, et ensuite parce que je suis venue ici pour gagner une belle somme d'argent, et rien d'autre. Je vais travailler dur, et rester le plus possible à bonne distance de toi.

Elle se força à sourire et à adopter l'attitude de l'humble employée qu'elle était censée être.

— Je ne veux pas me retrouver de nouveau en position de vulnérabilité. Donc, si tu veux bien m'excuser, je vais voir si je peux aider Demetra en cuisine.

4.

Elle était en train de le rendre fou.

Fou furieux.

Inspirant profondément, Ariston plongea dans les eaux turquoise de la mer, au pâle soleil de l'aube. Il était beaucoup trop tôt pour que quiconque soit debout. Les employés n'étaient pas encore arrivés et les rideaux étaient tirés aux fenêtres du bungalow où dormait Keeley. Un symbole parfait de l'état actuel des choses entre eux, pensa-t-il, amer. Malgré toute la confiance qu'il accordait — avec raison — à son pouvoir de séduction, rien ne semblait se dérouler selon ses plans.

Durant de longues minutes, il s'appliqua à un crawl vigoureux, tâchant d'évacuer la frustration accumulée. Sans grand succès… Il dormait mal, ses rêves hantés par les visions érotiques du corps de Keeley, à divers stades de déshabillé. La diablesse tenait parole et malgré l'évidente alchimie sexuelle qui les liait, elle le maintenait à bonne distance.

Initialement, il avait pensé que son attitude visait à le mettre sur des charbons ardents, pour le plaisir. Mais il n'avait constaté aucune inflexion dans ses manières, rien qui puisse indiquer qu'elle se radoucissait. Formelles et frustrantes, leurs interactions suivaient invariablement le même schéma. Elle lui demandait poliment s'il voulait du café, ou des toasts. Elle gardait les yeux baissés, lorsqu'ils se croisaient. Et qu'importe le nombre de fois où il lui avait demandé de l'appeler par son prénom, sa demande restait lettre morte.

Keeley demeurait une énigme à ses yeux. Était-elle réellement insensible aux regards admiratifs qu'elle avait suscités chez ses avocats athéniens, lorsqu'ils étaient arrivés à Lasia pour le déjeuner, ou était-elle passée maîtresse dans l'art savant de la simulation ? Jouait-elle la candeur, alors qu'elle était parfaitement consciente de sa beauté ? Elle agissait comme si elle était de pierre, mais il savait que derrière la façade froide, se dissimulait une femme pleine de passion.

Il avait pensé, au début, qu'elle ne tarderait pas à succomber, que le souvenir du baiser échangé le premier jour l'aurait torturée jusqu'à ce qu'elle cède et s'offre à lui.

Mais il s'était trompé.

Ce baiser fugace avait été l'une des expériences les plus érotiques qu'il ait vécues depuis longtemps, et il devait aujourd'hui se faire à l'idée qu'il n'obtiendrait pas ce qu'il désirait. Chose qui n'arrivait pas, d'ordinaire.

Ariston s'était forcé à prendre de la distance, lui aussi, tentant de lui faire comprendre qu'il n'approuvait pas les comportements d'aguicheuse. Il s'était dit qu'elle finirait par le rejoindre, un soir où il serait seul. Elle poserait sa main sur son pantalon, le touchant enfin où il rêvait qu'elle le touche.

C'est ce que toutes les autres femmes auraient fait et Keeley avait de l'expérience dans le domaine. Si tout s'était déroulé comme prévu, il l'aurait déjà mise dans son lit et lui aurait fait l'amour tant et plus. À cet instant, son seul souci aurait dû être de trouver un moyen de lui annoncer qu'il s'était lassé d'elle et de son inévitable adoration pour sa personne.

Mais les choses ne se déroulaient pas comme prévu.

Keeley s'était investie dans son travail avec un enthousiasme qui l'avait déconcerté. Demetra lui avait rapporté que la jeune femme s'occupait fabuleusement bien de sa maison et que c'était une joie de l'avoir près d'elle.

Une joie que ne partageait pas Ariston… L'attitude glaciale que Keeley lui opposait était-elle censée fouetter son sang ? Parce que si c'était le cas, cela ne fonctionnait que trop bien. Sa tension montait dès qu'elle arrivait sur la terrasse, au petit matin, dans son uniforme impeccable. Sa robe de coton blanc lui donnait un air de sainte et ses cheveux blonds noués en un chignon sévère lui conféraient l'allure d'une servante dévouée. Prête à tout pour le satisfaire ? Le feu qui dansait dans ses yeux semblait le mettre au défi d'approcher, au risque de s'y brûler.

Ariston fit demi-tour vers la plage et sortit de l'eau, de fines gouttelettes dégoulinant de son corps dans le soleil déjà vif de la matinée. Il était temps de jouer à l'hôte parfait pour ses invités. Quatre d'entre eux étaient arrivés ; Bailey Sanders ne faisait plus partie de la liste. Il avait téléphoné pour lui proposer de repousser sa visite et elle avait accepté sans protester, ce qu'elle faisait toujours. C'était l'attitude qu'il attendait de la part d'une femme et il était temps que Keeley s'en rende compte : on ne résiste pas à l'inévitable.

— Pouvez-vous apporter le café en terrasse, Keeley ?

Keeley acquiesça à la demande de Demetra. Après avoir vérifié son uniforme, elle prit le plateau et sortit, la gorge nouée. Il lui faudrait croiser Ariston, qui finissait de déjeuner en bonne compagnie. Ses invités étaient tous plus glamours les uns que les autres…

Comme elle s'y attendait, il posa les yeux sur elle dès qu'elle apparut. Comme elle détestait ce regard, bien à l'abri de ses lunettes de soleil ! Comment oublier le baiser qu'ils avaient échangé, la réaction instantanée de son corps et la sensation de frustration et d'excitation qui la déchirait depuis ?

Elle ne pouvait s'en prendre qu'à elle-même.

Pourquoi ne l'avait-elle pas arrêté, lorsqu'il l'avait prise dans ses bras ? Impuissante, elle n'avait rien pu faire que contempler sa propre soumission. Elle voulait qu'il la prenne dans ses bras. Elle le voulait encore.

Keeley se mordit les lèvres. Elle avait fait de son mieux pour consigner ce souvenir aux tréfonds de sa mémoire, évitant Ariston le plus possible et restant concentrée sur sa tâche, professionnelle et efficace. Elle voulait faire taire les préjugés qu'il avait sur elle, lui montrer qu'elle était honnête, travailleuse et décente. Tout comme elle était déterminée à ne pas attirer l'attention des autres employés. Il fallait éviter les ragots sur une prétendue histoire entre elle et son patron. Tous devaient la voir comme une jeune femme dévouée qui n'avait pas peur de travailler dur.

Le soleil inondait la terrasse autour des cinq convives attablés à l'ombre d'un parasol géant. Xenon, Megan, Santino et Rachel lui avaient été présentés la veille, tous visiblement membres de la jet-set qu'elle avait soigneusement fuie. Keeley avait tout oublié de cette vie où les femmes portent quatre tenues différentes chaque jour, dépensent plus pour un chapeau de paille que ce qu'elle peut mettre dans toute sa garde-robe. Face à eux, elle était restée professionnelle et courtoise, sachant bien qu'en tant qu'employée, elle était invisible à leurs yeux. Seule Rachel, plus amicale que les autres, l'avait traitée avec humanité et engageait toujours la conversation lorsqu'elles se croisaient. La jeune femme lui sourit en l'apercevant, alors qu'elle apportait le café.

— Ah, bien ! J'adore ce café grec, puissant et doux à la fois.

— Je ne ferai aucune comparaison, lança Santino, narquois, attrapant aisément la serviette roulée en boule que Rachel, sa petite amie, lui lançait dans un faux accès de rage.

Celle-ci prit l'une des tasses sur le plateau.

— Merci, Keeley. Serait-il possible d'avoir de l'eau fraîche ? Il fait si chaud, vous devez cuire dans votre uniforme… Est-ce qu'Ariston vous autorise à vous rafraîchir dans la piscine, ou vous garde-t-il constamment aux cuisines ?

— Oh ! Keeley sait très bien que l'endroit est à sa disposition lorsqu'elle ne travaille pas, murmura Ariston. Mais elle a fait le choix de ne pas en profiter. N'est-ce pas ?

Tous les regards se tournèrent vers elle et Keeley se sentit gênée. Elle se trouvait mal fagotée dans son uniforme blanc : si la coupe était bonne, le vêtement mettait trop en valeur ses formes. Elle avait beau tirer sur le tissu, rien n'y faisait.

— J'ai toute la mer à ma disposition si j'ai besoin de nager, mais lorsque je ne travaille pas, je passe la plupart de mon temps devant mon ordinateur. Je prépare un diplôme en économie, répondit Keeley devant leurs regards scrutateurs.

— C'est admirable, mais il faut aussi penser à prendre du temps pour soi. Ne dit-on pas qu'il faut jouir de l'instant présent ? continua Rachel, avant de se tourner vers Ariston. Tu m'as bien dit que Bailey ne venait pas ?

— Non, elle ne vient plus, répondit Ariston d'un ton neutre.

— Alors, il va manquer une femme à notre table.

— Depuis quand te préoccupes-tu des plans de table, *cara* ? intervint Santino. Tu as assez de conversation pour compenser l'absence de n'importe qui.

— C'est vrai, admit Rachel en souriant. Mais pourquoi Keeley ne se joindrait-elle pas à nous ?

Ariston ôta ses lunettes de soleil et adressa à Keeley un regard insondable.

— Oui, murmura-t-il, son accent de velours doux comme une caresse. Pourquoi ne pas te joindre à nous pour dîner ?

— Non, je ne peux pas, fit Keeley en secouant la tête.

— Pourquoi pas ? insista Ariston. Tu peux prendre la soirée. Vois cela comme un ordre direct de ton employeur.

Son sourire était froid et déterminé.

— Je suis sûr que nous aurons assez de personnel sans toi, ajouta-t-il.

— C'est… très gentil de ta part, mais… Je n'ai rien à me mettre, de toute façon, conclut Keeley en posa la dernière tasse de café d'une main tremblante.

C'était une mauvaise défense. Pourquoi n'avait-elle pas simplement dit non ?

— Pas de problème, vous faites à peu près la même taille que moi, dit Megan en l'examinant du regard. Je vous prêterai quelque chose. Dites oui, Keeley, vous travaillez tant, vous méritez bien de prendre une pause. Je me ferai un plaisir de vous trouver quelque chose de joli.

Rachel et Megan semblaient décidées à la convaincre. Intérieurement, Keeley fulminait. Elle savait que les invitées ne cherchaient qu'à se montrer aimables, mais elle ne voulait pas de leur gentillesse. Il y avait de la condescendance dans cette amabilité, et elle haïssait le sentiment de vulnérabilité qui en découlait. Et puis, passer une soirée à côté d'Ariston ? Comment leur dire qu'elle voulait à tout prix éviter ce genre de choses, par peur de finir dans son lit ? Pourtant, il était inutile de résister. Elle était seule contre cinq…

Tu dîneras avec eux ce soir, se répéta-t-elle plus tard, sous le jet d'une douche bienvenue après le service. Il fallait simplement mettre une des robes de Megan et tâcher de rester agréable. Elle pourrait partir quand elle le désirerait. Elle n'avait pas à faire quoi que ce soit qui ne lui plairait pas.

Le soir venu, elle marcha vers la terrasse sous la lumière des étoiles, portant la seule robe de Megan adaptée à sa taille, la dernière des tenues qu'elle aurait choisie en temps habituel. L'ensemble était trop féminin, trop délicat. Trop échancré, aussi. La coupe de la robe rose pâle mettait en valeur sa poitrine et tombait parfaitement sur ses hanches, soulignant tout ce qu'elle tenait à cacher.

Keeley n'étant ni aveugle ni stupide, elle remarqua le regard d'Ariston lorsqu'elle arriva sur la terrasse. Elle sentit sa gorge se nouer, au point qu'elle avala une demi-coupe de champagne d'un trait et sentit l'alcool lui monter directement à la tête. Si l'opération calma ses nerfs, elle la rendit aussi moins vigilante.

Elle avait été, naturellement, placée à côté d'Ariston. Et Keeley était résolue à ne pas se laisser affecter par sa proximité. Après tout, cet homme n'était qu'un manipulateur, et se souciait peu de ses sentiments. Hélas, ses pensées ne semblaient pas influencer le reste de son corps, qui semblait s'animer d'une vie propre. Chaque fois qu'Ariston lui jetait l'un de ses regards énigmatiques et froids, ce qui arrivait bien plus souvent ce soir qu'à l'accoutumée, sa poitrine se soulevait d'émotion.

Pire encore, elle avait du mal à s'ajuster à la situation. Keeley n'avait pas pris part à un dîner aussi chic depuis bien longtemps et les invités semblaient authentiquement intéressés par son parcours, ce qui la gênait horriblement. Que pouvait-elle dire d'elle-même, à part résumer les petits boulots qui s'étaient succédé, après une éducation si désastreuse qu'elle n'avait réussi à obtenir aucune qualification universitaire ? Ariston ne serait pas franchement flatté qu'elle étale son manque de formation au vu et au su de tous.

Elle passa donc la soirée à éviter les questions, ce qu'elle avait appris à faire au cours des années. Lorsque les conversations prenaient un tour trop personnel, elle déviait habilement l'intérêt de tous, amenant un autre sujet sur la table, maîtresse dans l'art de la réponse évasive. Ce soir pourtant, son attitude paraissait avoir l'effet inverse et Santino, l'entrepreneur italien, la bombarda de questions toute la soirée. Rachel commençait probablement à regretter d'avoir insisté pour que Keeley se joigne à eux ! Si seulement l'homme d'affaires avait pu comprendre que Keeley n'avait aucun intérêt pour lui, qu'il n'y avait qu'un homme autour de cette table qui la fascinait, même si elle faisait d'énormes efforts pour n'en rien laisser paraître…

Ariston était magnifique, élégant et viril dans son costume de soirée. Sa chemise blanche était ouverte au col, laissant apparaître un triangle de peau qu'elle avait du mal à chasser de son esprit. Sous l'intensité de ses regards, elle sentait son estomac se contracter et laissa plusieurs plats passer sans y toucher. Les invités remarquaient-ils son manque d'appétit ? S'ils avaient pu savoir qu'elle ne songeait qu'à une chose, arracher sa robe d'emprunt pour se jeter sur Ariston !

— Tu t'amuses bien, Keeley ? demanda doucement Ariston.

— Beaucoup, mentit-elle avec aplomb.

Que pouvait-elle dire d'autre ? Que le moindre centimètre carré de sa peau frémissait, lorsqu'elle sentait son regard se poser sur elle ? Que son visage taillé à la serpe était le plus beau qu'elle ait jamais vu et qu'elle ne rêvait que de s'asseoir en face de lui pour le contempler ?

À 23 heures, Keeley se leva et les remercia tous pour un si charmant dîner. Elle réussit à garder la tête haute et une démarche assurée en s'éloignant, mais dès qu'elle fut hors de vue, elle se mit à courir. Elle dévala le chemin de sable et dépassa son bungalow pour atteindre la plage, heureuse que le bruit des vagues couvre un tant soit peu les battements désordonnés de son cœur. Puis elle s'approcha de l'eau, fascinée par le spectacle de la mer baignée par la lune.

Lorsqu'elle avait quitté son dernier emploi, juste avant de s'envoler pour Lasia, elle se sentait à la dérive. Aucune place n'était sienne dans ce monde. Ce soir, elle vivait la même tragédie. Elle n'était pas à sa place, aux côtés des convives fortunés d'Ariston. Non, elle n'était pour eux qu'une simple attraction pomponnée et habillée pour l'occasion, comme un objet précieux à exhiber. Un trophée… Ariston avait-il perçu son sentiment d'exclusion ou était-il trop occupé à la faire fantasmer pour s'en soucier ? Ne comprenait-il pas que ce qui pouvait s'apparenter à un jeu pour lui était bien plus important pour elle ?

Keeley sentit des larmes stupides lui monter aux yeux. Elle était en train de se prendre en pitié et il fallait que cela cesse. Elle devait se maîtriser face à un adversaire aussi redoutable. Elle s'essuya les yeux du revers de la main, tout en se félicitant d'avoir su lui résister.

Mais alors qu'elle se retournait pour rentrer chez elle, une silhouette familière vint à sa rencontre. Sous la lumière de la lune, Ariston était pâle et beau comme une statue de marbre. Keeley sentit des frissons parcourir sa peau. Elle avait fait tout ce qui était en son pouvoir pour le tenir éloigné. Pourquoi était-il là, bon sang ?

— Que fais-tu ici ? demanda-t-elle d'une voix assurée.

— Je m'inquiétais pour toi. Tu es partie sans un mot et je n'ai vu aucune lumière s'allumer dans le bungalow.

— Tu m'espionnes ?

— Je suis ton employeur. Je voulais juste m'assurer que tu allais bien.

Elle leva les yeux vers lui.

— Vraiment ? Quelle grandeur d'âme… Tu te soucies ainsi de tous tes employés ?

Il y eut un silence.

— Oui… Non, reprit-il d'une voix plus cassante. En fait, je ne comprends pas ce qui se passe, Keeley. Tout ce que je sais, c'est que je ne cesse de penser à toi, de nuit comme de jour. Tu m'obsèdes.

Keeley nota le changement en lui, la tension qui raidissait son corps, tout comme elle-même se sentait prête à craquer. Elle savait pertinemment ce qui était sur le point d'arriver, face à ce regard enflammé et à l'écho qu'il suscitait en elle.

— Ariston, murmura-t-elle.

Mais c'était plus une prière qu'une protestation et lorsqu'il la prit dans ses bras, elle se laissa faire, ignorant tout ce que lui criait sa raison.

Dès qu'elle fut contre lui, ce fut trop tard pour lutter.

Ariston l'embrassa et elle entendit son grognement triomphal lorsqu'elle lui rendit son baiser. Les lèvres de Keeley s'ouvrirent et il mêla sa langue à la sienne, approfondissant leur étreinte. Elle se pressa contre lui, ses mains venant s'accrocher au fin tissu de sa chemise, goûtant à ses lèvres, tandis que leurs corps entamaient une danse venue de la nuit des temps, urgente et dénuée de honte. Bientôt, la main d'Ariston se glissait sous sa robe, venant empaumer l'un de ses seins gonflés de désir et une nouvelle fois, elle le laissa faire. Comment lui dire d'arrêter, alors qu'elle avait tant envie qu'il poursuive ? Tant envie qu'il aille encore plus loin…

Il laissa échapper un grondement sourd en caressant tour à tour chacun de ses tétons. Keeley était excitée comme jamais. Allait-il lui faire l'amour, ici, l'allonger sur le sable sans lui laisser le temps de réfléchir ? Oui, et elle en serait ravie. Elle ne voulait pas laisser passer ce qu'ils attendaient tous deux depuis si longtemps.

Huit ans. Huit longues années arides à sentir son corps lui devenir étranger. Comme s'il mourait à petit feu…

Keeley ne voulait pas réfléchir à ce qui allait arriver, mais se laisser emporter par les vagues du plaisir, à l'unisson de celles qui léchaient le sable argenté. Un torrent d'étincelles déferla en elle, jusqu'à ce que subitement, elle se souvienne de ce qu'elle portait.

— La robe ! cria-t-elle en se dégageant.

Ariston lui adressa un regard surpris.

— La robe ? Que veux-tu dire ?

— Elle n'est pas à moi, tu te rappelles ? Je ne veux pas… qu'elle soit marquée…

— Bien sûr. La robe empruntée… Eh bien, nous allons faire ce qu'il faut pour la préserver.

Une flamme s'alluma dans ses yeux et avec un sourire carnassier, Ariston la prit dans ses bras et la souleva. Comme Keeley sentait ses pieds quitter le sol, il prit le chemin qui remontait vers le bungalow. Une fois arrivés, il ouvrit la porte d'un grand coup de pied.

5.

Dans les bras d'Ariston, qui la portait jusqu'à l'étage, Keeley pouvait sentir le désir et la masculinité qui irradiaient de lui. Elle lui rendait ses baisers, prise dans un tel tourbillon de plaisir qu'elle remarqua à peine qu'il lui enlevait sa robe. Subitement, elle fut nue devant lui, à l'exception de son minuscule string. Seins nus dans la lumière de la lune, elle aurait dû être prise de timidité, mais le regard d'Ariston produisit l'effet inverse. Le menton haut, elle se sentit subitement en pleine possession de ses moyens, appréciant le regard audacieux qu'il lui adressait.

— Tu es magnifique, murmura-t-il tout en prenant ses deux seins en mains pour les caresser.

Le geste l'excita encore plus que son regard. Tout l'excitait, d'ailleurs ; son corps affolé semblait prêt à recevoir tout ce qu'Ariston voudrait bien lui donner.

— Je vois que malgré tes tenues habituellement informes, tu sais t'habiller pour faire plaisir à un homme, fit-il en jetant les yeux sur son string. J'aime ça.

Son arrogance était irritante. Keeley aurait aimé lui dire qu'il se trompait sur toute la ligne, qu'avec une robe pareille, on ne pouvait porter que des strings, à moins de vouloir afficher la ligne de sa culotte et qu'en tout état de cause, elle était rarement nue sous ses vêtements… Mais il avait recommencé à jouer avec les bourgeons gonflés de ses seins et la sensation était d'une telle douceur qu'elle n'eut ni le désir ni la force de l'interrompre. Lorsqu'il l'avait portée dans la chambre, elle avait compris qu'elle avait dépassé le point de non-retour. Que l'idée lui semble bonne ou mauvaise n'avait aucune importance. C'était inévitable. Elle allait laisser Ariston Kavakos lui faire l'amour et rien ne l'arrêterait en chemin.

Keeley leva les yeux vers lui et le regarda déboutonner sa chemise, exposant son torse musclé.

— Joue avec tes seins, fit-il à voix basse.

Les mots auraient dû la choquer : ce ne fut pas le cas, peut-être parce que dans sa bouche, l'ordre était doux et grisant. Devait-elle lui dire que son expérience sexuelle était d'une pauvreté risible et qu'elle n'était pas sûre d'être très douée ? Puisqu'elle s'engageait dans cette voie, il fallait assumer, s'exécuter. Elle vint passer le bout de ses doigts sur chacun de ses seins, et une fois qu'elle eut dépassé ses inhibitions, elle se sentit terriblement sexy. Keeley imaginait les mains d'Ariston sur elle, parcourant sa peau offerte, et elle ferma les yeux en frissonnant.

— Non…

Un autre ordre, murmuré mais non négociable.

— Ne ferme pas les yeux. Je veux que tu me regardes, Keeley, je veux voir ton visage lorsque tu auras un orgasme. Et crois-moi, tu vas en avoir un, ma chérie. Tu vas jouir en me regardant dans les yeux.

Son langage était cru et sans détour. De toute évidence, il cherchait à la marquer de son emprise. Était-ce ainsi qu'il aimait coucher avec ses partenaires ? En gardant un contrôle total, en montrant qui donnait les ordres et en attendant qu'on s'exécute ?

Bientôt, toute pensée la quitta. Ariston était nu devant elle, impatient, son érection tendue à l'extrême. Les dimensions de son sexe semblaient défier la norme, mais Keeley ne fut pas intimidée. Elle avait trop envie de lui.

Il marcha vers elle, écartant les mains de Keeley pour placer sa propre bouche, agaçant ses tétons de manière experte, jusqu'à ce qu'elle laisse échapper un premier gémissement de plaisir.

— J'aime t'entendre gémir, fit-il en levant les yeux vers elle. Je te promets que tu vas gémir toute la nuit. Sais-tu combien de fois je nous ai imaginés comme ça, Keeley ?

Toi, nue devant moi dans la lumière de la lune, resplendissante comme une déesse ?

Une déesse ? Il était fou. Elle, l'employée de supermarché aux formes trop généreuses ? Une vague de panique monta en elle. Elle aurait voulu lui interdire ce genre de compliment, mais comment ne pas y succomber ? Elle aimait se sentir adorée. Et après tout, pourquoi serait-ce mal d'être révérée, caressée par ses mots, sublimée par son désir ?

Ariston savait y faire. Sa stratégie avait été rodée sur bien d'autres femmes. Des compliments interchangeables, sans souci de vérité… Cette méthode se pratiquait depuis des siècles, sans que cela semblât déranger personne. C'était sans importance, comme le sexe : voilà une des rares leçons que sa mère s'était chargée de lui apprendre.

— Est-ce que tu as rêvé de moi, toi aussi, Keeley ?

— Peut-être, admit-elle sans se compromettre.

Il émit un petit rire satisfait en passant sa main le long de la ficelle de son string.

— J'aime quand tu souffles le chaud et le froid. Je me demande combien d'hommes ont fait les frais de tes talents de manipulatrice…

Keeley se mordit les lèvres. L'image qu'il avait d'elle était incroyablement erronée, mais fallait-il vraiment le faire redescendre sur terre ? Il semblait convaincu d'avoir une croqueuse d'hommes entre les bras, Keeley ne ferait que perdre son temps à tenter de l'en dissuader. Et si le fantasme qu'il avait d'elle l'excitait, pourquoi ne pas jouer le jeu ? Elle n'avait qu'à se laisser porter par son instinct…

— Tu perds toujours autant de temps à parler ? le taquina-t-elle à voix basse.

La tension monta d'un cran. Ariston la souleva pour la porter jusqu'au lit, l'allongeant sur les draps.

— Pardon de ne pas avoir accordé plus de crédit à…

Il passa ses mains entre ses jambes, écartant le tissu de son string pour venir poser un doigt sur son clitoris.

— … Ton impatience, termina-t-il avec un sourire satisfait, en initiant de petits mouvements circulaires.

Incapable de répondre, Keeley se concentra sur la

douce chaleur qui montait en elle. Avec un gémissement étouffé, elle sentit le tissu de son string glisser le long de ses cuisses et la langue d'Ariston se poser sur elle. Son corps était déjà tendu, mais les sensations qui s'ensuivirent furent mémorables. Elle se cabra sur le lit, tentant à la fois d'échapper au supplice et de s'y abandonner. Mais Ariston tenait bon, les mains sur ses cuisses et elle resta prisonnière, impuissante, soumise au désir de son dieu grec.

Lorsque après avoir enflé et enflé encore, la rivière sortit de son lit, elle ne put s'empêcher de crier son nom. Peu à peu, elle reprit le contrôle de ses sens et seulement alors, ouvrit les yeux sur Ariston, penché au-dessus d'elle.

— Eh bien, vu ton expérience, je ne m'attendais pas à t'entendre crier de la sorte. Tu es toujours aussi enthousiaste quand tu jouis, Keeley, ou était-ce juste pour satisfaire mon ego ? On aurait dit que tu vivais ton premier orgasme.

Keeley ne savait pas quoi répondre. Se couvrirait-elle de honte en admettant qu'elle n'avait jamais expérimenté ce genre de plaisir auparavant ? Comment réagirait-il, si elle lui détaillait le vide de son expérience sexuelle ? *Ne l'effraie pas*, s'admonesta-t-elle en se mordant les lèvres. Pourquoi briser ce moment magique avec la sordide vérité ? *Dis-lui ce qu'il veut entendre. Sois celle que tu n'as jamais osé être.*

— À qui la faute ? Si tu n'avais pas été aussi bon, j'aurais été plus silencieuse, répondit-elle paresseusement.

— *Bon* ? Tu plaisantes ? Je n'ai même pas encore commencé.

Keeley cilla.

— Je n'ai pas…

Il riva son regard au sien.

— Pas quoi, Keeley ?

— Je ne prends pas la pilule, ou quoi que ce soit.

— Même si tu la prenais, je préfère prendre mes précautions, répondit-il en fouillant la poche de son pantalon.

Keeley le regarda mettre le préservatif avec des gestes habiles, dénués d'émotion. Elle avala sa salive. Comment pouvait-il en être autrement ? Pensait-elle réellement qu'Ariston Kavakos serait gauche, tendre et affectueux ?

— Embrasse-moi, le pressa-t-elle. S'il te plaît…

En lui donnant ce qu'elle avait demandé, Ariston sentit son cœur se serrer. Elle était… pleine de surprises. Séductrice à un moment, et en cet instant presque timide. Après l'avoir fait attendre plus longtemps qu'aucune femme, elle se montrait d'une douceur déstabilisante. Était-ce ce que lui avait appris sa mère ? Keeley l'étonnait constamment et c'était le meilleur moyen d'atteindre le cœur d'un homme qui possède tout et s'ennuie ferme.

Sans cesser de l'embrasser ni de la caresser, il entra en elle. Avait-il tant de fois fantasmé ce moment que l'aisance avec laquelle elle le reçut, moite et offerte, le déçut presque un peu ? Ne s'était-il pas dit, suite à la force de son premier orgasme, qu'elle était peut-être vierge et qu'il était le premier ?

Une seconde plus tard, il avait tout oublié. Le plaisir qu'il prenait était d'une intensité violente et bientôt, il accentua ses mouvements, les jambes de Keeley enroulées autour de ses cuisses. Il poussait de plus en plus fort, retenant son plaisir jusqu'à ce qu'elle n'en puisse plus et qu'il l'entende appeler son nom à nouveau, comme pour la délivrer du plus grand des supplices.

Soudain, elle fut submergée par un nouvel orgasme et il entendit son cri se briser, emportée qu'elle était par le plaisir, les yeux révulsés, le corps secoué de spasmes. C'était mieux que tous les fantasmes. La femme qui jouissait sous ses yeux n'avait rien d'un rêve. C'était Keeley Turner, tétanisée par de longues vagues de plaisir, les yeux mi-clos, les cheveux lâchés.

Ariston attendit que les gémissements meurent à l'orée de ses lèvres pour se libérer lui-même, l'explosion lui rappelant qu'il avait enfin atteint son but. Il avait conquis la femme qui le hantait depuis des années. Une conclusion qui avait mis huit ans à s'écrire.

Il s'endormit quelques minutes plus tard et se réveilla, le visage près de l'un de ses tétons. Il ne fallait pratiquement pas bouger pour le prendre en bouche et quelques secondes plus tard, il la titillait à nouveau de ses lèvres et de ses dents.

Avant d'avoir pu comprendre ce qui lui arrivait, il fut à nouveau en elle. Cette fois, ce fut plus long. Plus lent. Comme dans un rêve. Il jouit à nouveau et fit bien attention à la laisser se pelotonner contre lui après leur orgasme. Les femmes peuvent mal vivre le rejet, dans ce genre de circonstances, et s'il avait prévu de lui dire au revoir dans un futur très proche, ce ne serait pas pour ce soir.

Pour l'heure, il fallait qu'il réfléchisse à la suite : les jours à venir allaient requérir un niveau inhabituel de diplomatie de sa part. Distraitement, il caressa le ventre de Keeley et la sentit frissonner sous ses doigts.

— Eh bien, murmura-t-il, je ne peux pas imaginer de meilleure conclusion à cette soirée.

Keeley hocha la tête, tâchant de cacher sa déception. Aux yeux d'Ariston, elle n'était rien de plus qu'un dessert, avalé après un bon repas. Il fallait s'y attendre. Il n'allait pas lui dire qu'elle était la seule qui comptait et qu'il voulait une relation suivie avec elle.

Elle avait eu ce qu'elle voulait, pensa-t-elle, amère. Une intense et brève aventure. Cette relation ne déboucherait sur rien. Il fallait être folle pour s'imaginer un avenir avec Ariston. Elle se retourna de l'autre côté du lit, tâchant de trouver quelque chose à répondre.

— Effectivement, finit-elle par lâcher froidement.

Il y eut un court moment de silence, pendant lequel Ariston sembla chercher quelque chose à dire.

— Je suis surpris que Santino ne t'ait pas suivie pour essayer de t'avoir avant moi, finit-il par dire.

La remarque était inattendue et elle fronça les sourcils en se retournant vers lui.

— Et pourquoi aurait-il fait ça ?

Ariston haussa les épaules.

— J'ai remarqué l'attention qu'il te portait pendant le dîner.

— Vraiment ? répondit-elle, surprise.

— Mais oui. Après ton départ, Santino et Rachel ont quitté la table et on les a entendus se disputer jusqu'à leur chambre.

Elle se sentait mal, tout à coup.

— Ton nom est revenu plusieurs fois entre eux…, reprit Ariston. N'as-tu pas eu conscience que tu l'intéressais ?

— Et après ? s'irrita-t-elle. Tu pensais que j'avais juste envie d'un homme, Ariston ? Que je prendrais le premier à se présenter et que si Santino était arrivé avant toi, je serais couchée à ses côtés en ce moment ?

— Je ne sais pas.

Une fraction de seconde s'écoula avant qu'il n'ajoute :

— C'est ce que tu aurais fait ?

Keeley s'immobilisa, réprimant l'envie de planter ses ongles dans sa chair, de lui faire mal par n'importe quel moyen, de lui faire ressentir la même souffrance que celle qu'il lui causait. Il ne lui portait aucun respect. S'était-elle imaginé qu'il lui accorderait de la considération ? Qu'en l'ayant possédée, il finirait par l'admirer ? Elle n'avait été qu'une petite idiote.

— Sors d'ici, murmura-t-elle.

— Keeley, répondit-il doucement. Tu ne vas tout de même pas me faire une scène ? Tu m'as posé une question et j'y ai répondu franchement. Tu aurais préféré que je mente ?

— Sors d'ici, répéta-t-elle plus fort.

Il voulut la prendre dans ses bras, mais elle quitta le lit avant qu'il ne puisse le faire et le toisa, muette et déterminée.

Alors, il haussa les épaules et se saisit de ses vêtements.

— Je ne cherchais pas à t'insulter, lâcha-t-il en enfilant son pantalon.

— Vraiment ? Réfléchis un instant à tes paroles. Pour toi, je me moque des hommes tant que j'obtiens satisfaction ?

— Qu'est-ce que j'en sais ? Tu es la fille de ta mère, non ?

Keeley passa sa robe, ne répondant rien jusqu'à ce que son corps nu soit dissimulé.

— Pourquoi est-ce que tu as cherché à me séduire ? demanda-t-elle à voix basse. Vu ce que tu penses de moi…

Il fit une pause en ajustant sa chemise.

— Parce que je te trouve intensément attirante. Parce que j'avais une soif à étancher, et ce depuis des années. Peut-être que ça ira mieux, dorénavant.

— Et c'est tout ?

— Ça n'est pas assez ? fit-il, sourcils froncés.

Mais il semblait cacher quelque chose et subitement, Keeley voulut savoir, malgré la souffrance prévisible.

— Dis-moi la vérité, Ariston, comme tout à l'heure.

Une étincelle passa dans son regard.

— J'ai voulu t'avoir pour cette raison, commença-t-il en haussant les épaules. Mais aussi parce que…

— Parce que quoi ? Ne t'arrête pas.

— Parce que je savais que mon frère ne serait pas attiré par toi, s'il savait que je t'avais eue avant lui.

— Et tu aurais fait en sorte qu'il le sache, naturellement.

— Au besoin, oui, répondit-il froidement.

Un long silence tomba.

— Alors… C'était une manière de marquer ton territoire ? reprit-elle, incrédule. De t'assurer que ton frère ne soit pas tenté ?

— Je suppose, répondit Ariston sans ciller.

Keeley sentit ses jambes se dérober sous elle. C'était pire que ce qu'elle avait imaginé. Il fallait qu'elle se préserve, dorénavant. Pour souffrir le moins possible. Elle savait faire ça. Elle avait l'habitude.

— Tu sais qu'il va falloir que je quitte cette île. Je ne peux plus travailler pour toi. Pas après ça.

— Tu n'y es pas obligée, rétorqua-t-il.

— Vraiment ?

Elle laissa échapper un petit rire sans joie.

— Alors je continuerai à m'occuper des tâches domestiques et tu viendras occasionnellement me voir pour pouvoir profiter de mon corps ? Ou dois-je quitter l'uniforme pour me joindre à toi et tes amis, autour de la piscine ?

— Pas besoin de dramatiser, Keeley, répondit-il. On peut trouver un moyen…

— C'est là que tu te trompes, Ariston. Il n'y a rien à faire pour arranger les choses. Je ne passerai pas une minute de plus en compagnie d'un homme capable de traiter quelqu'un comme tu le fais. Cette nuit était une erreur, c'est trop tard pour rien y changer. Mais je ne resterai pas. Je veux partir, avant que les autres ne se réveillent.

Une ombre passa sur le visage d'Ariston.

— Tu sais que tu auras besoin de moi pour ça ? La piste d'atterrissage m'appartient, les avions aussi. Aucun engin ne décollera sans ma permission. Je ne suis pas sûr d'avoir envie de te laisser partir, Keeley, tu y as pensé ?

— Tu vas pourtant le faire, rétorqua-t-elle, la voix tremblante. Je suis très bonne nageuse. Si je dois rejoindre la prochaine île par mes propres moyens, je le ferai. Ou bien j'appellerai la presse pour dire qu'un de leurs milliardaires préférés me retient sur son île. Une prisonnière, cela devrait leur plaire… À moins que tu n'aies prévu de confisquer mon ordinateur, ce qui est tout aussi répréhensible aux yeux de la loi. Alors écarte-toi, Ariston, et prépare l'un de tes avions. Je partirai pour l'Angleterre demain, à l'aube.

6.

Ariston, debout devant la fenêtre, contemplait son île. Mais la vision paradisiaque ne lui faisait pas l'effet habituel. À vrai dire, il aurait pu être détenu dans le plus sombre des cachots, vu le peu de réconfort que lui procuraient la mer couleur saphir et sa plage de sable blanc. Pour seul paysage, il ne voyait que deux yeux verts et des lèvres rose pâle, encadrés par une cascade de cheveux blonds qui semblait encore glisser entre ses doigts.

Bon sang, qu'est-ce qui n'allait pas chez lui ? Ariston se leva impatiemment. Pourquoi persistait-il dans cette humeur morose ? Plusieurs semaines s'étaient écoulées après que Keeley et lui avaient fait l'amour, un souvenir inoubliable, un acte urgent et intense au dénouement funeste. Elle était repartie à Londres sans lui accorder un regard, rien de plus qu'un petit « au revoir » jeté du bout des lèvres, avant qu'elle ne monte dans l'avion. Elle avait pris son argent, pourtant. Elle n'avait pas refusé non plus la somme qu'il avait envoyée en plus sur son compte. Il s'était attendu à recevoir un mail furieux lui détaillant ce qu'un versement pour « services rendus » impliquait à ses yeux. Mais Ariston n'avait rien reçu. C'était une femme, après tout. Quelle femme peut réellement se détourner d'un peu d'argent facile ?

Et ça avait été tout. Il n'avait pas eu de nouvelles depuis. Il avait commencé par se convaincre que c'était une bonne chose, qu'il avait atteint son objectif en couchant avec cette femme qui le hantait depuis des années. Mais rien n'avait changé, après cela. Pire, la situation avait empiré. À ce stade, il n'aurait plus dû penser à elle depuis longtemps ! Ni au fait que leurs lèvres étaient jointes, lorsqu'elle avait eu son dernier orgasme… Était-ce parce qu'il n'avait pas l'habitude d'être rejeté, ou parce qu'il ne pouvait s'empêcher d'admirer l'attitude fière et intransigeante de Keeley ? Ou parce qu'il n'avait jamais pris autant de plaisir avec une autre ?

Au cours d'une de ses nombreuses nuits sans sommeil, Ariston se demanda s'il arriverait à tourner la page. N'aurait-il pas dû lutter pour la garder à ses côtés, juste le temps de se la sortir de la tête ? Il aurait dû faire preuve de diplomatie et lui dire ce qu'elle voulait entendre, plutôt que la vérité. Il serra les dents. Tant pis. Il n'aimait pas les mensonges et il était trop tard pour faire machine arrière.

Au moins, Pavlos avait annoncé ses fiançailles avec la superbe Marina. Le mariage serait célébré l'année suivante. Son frère était heureux, il l'avait appelé la veille de Melbourne. Ariston avait rempli sa mission. L'avenir de la dynastie Kavakos était assuré et tout irait bien, si seulement il parvenait à retrouver le sommeil.

Il en fut autrement. Malgré de nombreux voyages en Asie et malgré la somme de travail qu'il abattait, Ariston fut incapable de trouver l'apaisement. Ce qui expliqua sans doute pourquoi le pilote de son jet privé reçut un matin l'instruction de se dérouter vers Londres. Bien calé dans son siège, Ariston se répétait qu'il était toujours utile de rendre une visite impromptue à ses équipes pour stimuler leur productivité. Et puis, il aimait Londres. Il y possédait un appartement et y allait régulièrement, lorsque la chaleur sur Lasia était trop intense.

Mais une fois à Londres, il se trouva incapable de se concentrer sur la construction de son prochain bateau. Il se persuada alors que c'était de la simple curiosité qui le poussait à prendre des nouvelles de Keeley. Peut-être s'était-elle calmée et pourraient-ils avoir une conversation civilisée. Il se sentait d'une humeur particulièrement impatiente.

Ariston avait demandé à être déposé devant chez elle, mais lorsqu'il frappa à la porte, personne ne répondit. Il s'assit sur le perron et laissa échapper un soupir de rage. Il pouvait laisser un message, un mot qui finirait probablement à la poubelle. Il pouvait essayer d'appeler, mais si son nom s'affichait sur l'écran, elle ne décrocherait pas.

Soudain, la porte s'entrouvrit et il se releva en hâte. Keeley le regardait par l'embrasure, son expression surprise, comme s'il était la dernière personne qu'elle s'attendait à voir. Ou voulait voir.

Il fronça les sourcils. Elle avait l'air mal en point. Ses cheveux blonds étaient ternis, son teint pâle, son regard creusé par des cernes violacés.

— Bonjour, Keeley, murmura-t-il doucement.

Keeley se raidit, une main agrippée à la poignée de la porte. Que venait faire Ariston chez elle et que devait-elle faire ? Elle pouvait lui claquer la porte au visage, mais elle avait déjà essayé sans succès et s'en sentait incapable aujourd'hui. Elle le méprisait, mais elle avait aussi besoin de lui parler et le destin lui en offrait la parfaite occasion. Au moins n'aurait-elle pas à se préoccuper de possibles avances de sa part, avec sa mine défaite. À l'heure actuelle, il devait plutôt se demander ce qui l'avait poussé à coucher avec elle !

— Eh bien, entre, l'invita-t-elle d'une petite voix.

Le visage d'Ariston se teinta d'une surprise compréhensible. Il avait dû penser qu'elle ne voudrait jamais le revoir… Pourtant, aujourd'hui, il le fallait. Elle devait lui parler, lui dire la vérité avant qu'il ne l'apprenne autrement.

— Qu'est-ce qui t'amène, Ariston ? demanda-t-elle lorsqu'ils furent face à face dans son minuscule salon. Laisse-moi deviner… Pavlos est de retour à Londres et tu as pensé qu'il fallait vérifier si je lui avais mis le grappin dessus ? Dommage, comme tu peux le voir, je suis seule…

— Pavlos est fiancé, répondit-il.

— Eh bien ! Félicitations ! Alors tu as eu ce que tu voulais.

Il haussa les épaules.

— Mon frère est dans une relation stable avec une femme tout à fait convenable et il est heureux. J'en suis satisfait.

— Mais si Pavlos est hors de ma portée, qu'est-ce qui t'amène ici ? lança-t-elle en fronçant les sourcils. Je ne me souviens pas avoir oublié quoi que ce soit sur l'île.

— J'étais à Londres et je me suis dit que j'allais venir voir comment tu te portais.

— C'est touchant. Tu fais ça avec toutes tes conquêtes ?

Un muscle agacé palpita à sa mâchoire.

— Pas vraiment. Mais il est vrai qu'aucune de mes conquêtes n'a jamais disparu comme tu l'as fait.

— Mon pauvre chéri. Ton ego en a souffert ?

— Je n'irai pas aussi loin, répondit-il sèchement.

— Tu voulais voir comment je vais. Tu as vu.

— Oui, et je n'aime pas ce que je vois. Que se passe-t-il, Keeley ? Tu as l'air malade.

Keeley avala sa salive. On y était. Il venait de lui offrir l'opportunité d'amener la nouvelle sur la table. Elle était surprise qu'il n'ait pas déjà deviné par lui-même. Il suffisait de jeter un coup d'œil à son large T-shirt pour comprendre. Elle ouvrit la bouche, mais hésita. Au fond d'elle, elle savait qu'à l'instant où elle parlerait, leurs vies respectives ne seraient plus jamais les mêmes.

— J'ai été malade, admit-elle, avant que les mots ne se précipitent hors de sa bouche. À vrai dire, je suis enceinte.

Il n'eut aucune réaction, comme s'il n'avait pas entendu la dernière phrase, ou choisi de n'en rien laisser paraître.

— Félicitations, dit-il enfin d'un ton égal. Qui est le père ?

Elle aurait dû anticiper sa réaction mais stupidement, Keeley sentit son cœur se serrer de douleur. Elle voulait lui dire qu'il n'y avait qu'un seul homme qui pouvait être le père, mais il ne la croirait probablement pas. Après tout, pour ce qu'il en pensait, elle tombait dans les bras du premier venu.

— Toi, répondit-elle en levant le menton. Tu es le père.

Son visage n'exprima aucune émotion, mais ses yeux changèrent de couleur pour devenir d'un bleu de glace.

— Pardon ?

S'attendait-il à ce que son ton glacial la force à admettre qu'elle mentait ? Qu'elle tentait de lui attribuer cette paternité pour s'assurer une vie luxueuse ? La tentation était grande de le conforter dans ses doutes, juste pour qu'il s'en aille, mais la conscience de Keeley prit le dessus. Parce qu'il était le père, il n'y avait d'autre solution que de l'affirmer. Malgré ses nausées du matin et son malaise, elle devait se montrer forte.

— Tu m'as entendu, répondit-elle calmement. Tu es le père.

Son visage s'assombrit pendant qu'il étudiait Keeley et elle eut un aperçu fugace du terrible adversaire qu'il pourrait être au tribunal.

— Comment sais-tu que c'est moi ?

Elle cilla.

— Parce que tu es le seul.

— Je n'ai que ta parole, Keeley. Tu n'étais pas vierge…

— Toi non plus.

Il eut un sourire cruel.

— C'est différent pour les hommes.

— Tu penses que je mentirais sur un sujet pareil ?

— Je ne sais pas, c'est bien le problème. Je te connais trop peu. Étant donné mes moyens, il y a des avantages à porter mon enfant. Alors était-ce un accident, ou pas ?

— Tu penses que j'ai fait exprès de tomber enceinte pour mettre la main sur ta fortune ? fit-elle, indignée.

— Dispense-toi de tes airs outragés, Keeley. Tu n'imagines pas de quoi les gens sont capables pour de l'argent. Ou peut-être le sais-tu trop bien…

— Tu sembles très doué pour rejeter la faute sur les autres, Ariston, mais je ne suis pas seule dans cette histoire. Selon moi, la contraception est la responsabilité des deux partenaires.

Ariston sentit une vague de culpabilité passer en lui. Ils avaient fait deux fois l'amour avant qu'elle ne prenne l'avion. Avait-il fait attention la deuxième fois, ou…

Son cœur manqua un battement. Il n'avait pris aucune précaution cette fois-là. Il était si excité et si peu réveillé qu'il l'avait pénétrée sans même songer à mettre un préservatif. Comment cela avait-il pu lui arriver, lui qui d'habitude ne laissait rien au hasard ?

Mais n'était-ce pas la meilleure chose du monde, que de se sentir en elle sans la barrière du caoutchouc ?

Le cœur d'Ariston cogna dans sa poitrine. Il la contempla, alanguie contre le montant de la fenêtre. Pour la première fois, il remarqua l'arrondi de son ventre. Ses seins étaient plus ronds, aussi, plus pleins. Elle était indéniablement enceinte. Devait-il la croire quant à sa paternité ?

Le souvenir de sa mère et de bien d'autres femmes le maintenait sur ses gardes. Il connaissait leurs mensonges et leurs subterfuges, il avait grandi en les observant. Il savait ce que la cupidité pousse à faire. Il avait appris à se méfier de la gent féminine dès son plus jeune âge, ce qui l'avait protégé aux pires moments sa vie. Pourquoi accorderait-il sa confiance à Keeley aujourd'hui ?

— Tu as raison, chacun doit prévoir une contraception. Mais ça ne répond pas à ma question. Comment peux-tu savoir que je suis le père de cet enfant ?

— Parce que…

Il la vit se mordre les lèvres, comme si elle tentait de retenir ses mots, mais bientôt ce fut un torrent qui franchit sa bouche.

— Parce que je n'avais couché avec un homme qu'une seule fois avant toi. Il y a des années de cela, et si tu veux tout savoir, cela a été un véritable désastre ! Est-ce que ça répond à ta question ?

Ariston ne put s'empêcher de sourire, empli d'orgueil. Tout devenait clair. Sa douceur étonnée, lorsqu'ils avaient fait l'amour. Son orgasme, puissant, initiatique. Tout cela venait d'une femme qui découvrait le plaisir, non d'une amante chevronnée. Mentait-elle ? Était-elle en train de déployer d'extraordinaires talents d'actrice, légués par sa mère ? Il lui faudrait demander un test de paternité, mais pas tout de suite. Quand l'enfant serait né.

Malgré ses doutes, quelque chose dans le teint pâle de Keeley le forçait à s'attarder. Pris de compassion, il s'obligea à réfléchir. Si elle manquait de qualifications, Keeley était loin d'être stupide. Elle devait se douter qu'il la poursuivrait avec la dernière des énergies si elle tentait un coup malhonnête.

Ariston jeta un coup d'œil autour de lui, tentant de mettre de l'ordre dans ses pensées. Il n'avait jamais songé à devenir père. Il ne croyait pas à l'amour, faisait encore moins confiance aux femmes et gardait férocement son intimité pour lui-même. Ces facteurs éliminaient de facto la possibilité d'un mariage. Il n'avait jamais ressenti le besoin d'apporter une pierre à l'édifice de sa lignée et chargeait Pavlos de donner un héritier à leur empire.

Mais cette découverte changeait tout. En quelques minutes, il avait senti le changement s'opérer en lui : s'il s'agissait de son enfant, il voulait être partie prenante de l'aventure.

Son cœur se serra. Comment pourrait-il en être autrement ? C'était sa chair et son sang. Il regarda Keeley dans les yeux, vit sa frayeur et comprit que cette situation était la dernière qu'elle aurait choisie. Un enfant imprévu d'un homme qu'elle haïssait. Et pas d'argent. Son avenir était mal engagé. Alors pourquoi ne pas lui offrir quelque chose qui leur conviendrait à tous deux ?

— Quand comptais-tu me le dire ? demanda-t-il. Jamais ?

— Si, bien sûr que si. J'attendais… juste le bon moment. Qui ne semblait jamais arriver. Et puis voilà que tu débarques ici… Le moment de parler s'est imposé de lui-même.

Il fronça les sourcils comme elle avouait sa culpabilité.

— Pourquoi ne pas t'asseoir, Keeley ? Tu n'as pas l'air au mieux de ta forme. Plus confortablement tu seras installée, mieux nous pourrons discuter. Parce que nous devons discuter. De l'avenir.

Elle ne le défia pas et vint s'asseoir, l'effleurant inconsciemment au passage. Malgré son apparence et son état, Ariston ne put empêcher son corps de réagir. Qu'y avait-il chez cette femme qui lui donnait envie de la faire sienne dès qu'elle s'approchait ?

— Parle, lança-t-elle, une fois installée.

— J'imagine que tu n'avais pas prévu de devenir mère tout de suite, commença-t-il.

— Effectivement, répondit-elle en haussant les épaules.

— Alors pourquoi ne pas te délivrer de ce fardeau ?

Il n'eut aucun mal à interpréter sa réponse, au vu des deux mains qu'elle posa instinctivement sur son ventre.

— Tu ne suggères tout de même pas, Ariston…

— Ce que je suggère, l'interrompit-il, c'est de déménager de cet enfer miniature pour prendre un appartement confortable, de ton choix. De consulter les meilleurs spécialistes pendant ta grossesse, qui te garantiront la meilleure santé possible, ainsi que celle de l'enfant. Après la naissance…

— Après la naissance, quoi ? murmura-t-elle, l'air paniqué, comme si elle devinait ce qu'il allait lui dire.

— Tu abandonnes ton bébé, confirma-t-il avec un sourire froid. Ou plutôt non, tu me le donnes.

Il y eut un silence.

— Est-ce que… Est-ce que tu pourrais répéter ça ? fit-elle d'une voix blanche. Juste pour être sûre que j'ai bien compris ?

— J'élèverai l'enfant, répondit-il. Quel est ton prix ?

Keeley ne répondit rien pendant un long moment et lorsqu'elle se releva, il fut surpris par la rage émeraude qui enflammait son regard. L'espace d'un instant, Ariston se demanda si elle n'allait pas se jeter sur lui à coups de poing, et fut étonné de se sentir… plutôt enthousiaste à cette idée. Enfin, une partie de lui l'était… Il avait envie de l'embrasser. Pas elle. Elle s'était levée d'un bloc et se tenait debout, le souffle court.

— Tu me proposes de vendre mon bébé ?

— C'est un peu mélodramatique, Keeley. Respire profondément et vois cela pour ce que c'est, une transaction, la chose la plus raisonnable dans ces circonstances.

— Est-ce que tu es fou ?

— Je t'offre l'opportunité d'un nouveau départ…

— Sans mon bébé ?

— Avoir cet enfant te ruinerait, Keeley. Je peux lui offrir tout ce dont il a besoin… Tu ne le peux pas.

— C'est là que tu te trompes, Ariston, répondit-elle, la voix blanche de colère. Tu as peut-être toutes les maisons, les yachts et les serviteurs du monde, mais il te manque l'essentiel. Il y a un trou béant à la place de ton cœur. Tu n'es qu'une brute froide dénuée de sentiments, prêt à priver ton bébé de sa mère, ce qui te place dans l'incapacité absolue de fournir à ton enfant la chose dont il a le plus besoin.

— Et de quoi s'agit-il donc ?

— D'amour !

Ariston se raidit. Il aimait son frère et il avait aimé sa mère, quand il était enfant, mais il connaissait ses limites. Il était incapable de l'étalage sentimental qui satisferait Keeley.

De toute évidence, elle se battrait pour obtenir sa garde, s'ils entamaient une procédure. Elle y mettrait toute sa force et cela ne ferait que compliquer les choses. S'imaginait-elle qu'il allait simplement signer quelques chèques et passer voir son enfant un week-end sur deux ? Ou pire, le rayer de sa vie ?

— Très bien, dit-il en relevant les yeux vers elle. Je prends bonne note : tu n'abandonneras pas ce bébé, et moi non plus. Ce qui ne me laisse qu'une solution : t'épouser.

Il vit le choc se peindre sur son visage horrifié.

— Mais je ne veux pas t'épouser, Ariston ! Ça ne marcherait jamais, tu dois t'en rendre compte. Moi, la femme d'un maniaque du contrôle qui ne m'aime même pas ? Jamais de la vie !

— Ce n'était pas une question, répondit-il simplement. C'était une déclaration. Ton avis m'indiffère. Ce qu'il reste à débattre, c'est simplement du jour où tu deviendras ma femme.

— Tu es fou, laissa-t-elle échapper dans un souffle.

— Non, simplement déterminé à garder ce qui m'appartient. Alors pourquoi ne pas réfléchir à tout ça, peut-être laisser la nuit porter conseil ? Je serai de retour demain à midi, lorsque tu auras eu le temps de te faire une opinion. Mais je te préviens, Keeley, si tu essaies de t'échapper…

Il fit une pause et lui décocha un dernier regard comme

une flèche empoisonnée, avant d'ajouter d'un ton qui ne laissait aucun doute sur ses intentions :

— Je te retrouverai et je te traînerai au tribunal jusqu'à obtenir ce qui est mien.

7.

Alors qu'elle se préparait pour la venue d'Ariston le lendemain, Keeley jeta un long regard à son reflet dans le miroir. Cette fois-ci, elle garderait son calme. Elle resterait formelle et civilisée. Elle lui dirait qu'ils ne pouvaient raisonnablement pas se marier, mais qu'elle était prête à faire des concessions.

Elle prit une douche et se lava les cheveux, passant une légère robe de coton, avant d'être saisie d'une envie de mettre un peu d'ordre dans son appartement. Elle nettoya sa chambre, le salon, et alla même acheter un petit bouquet de fleurs.

Il frappa à sa porte à l'heure prévue et elle se détesta du pincement éprouvé au cœur lorsqu'elle ouvrit. Alors, elle laissa entrer Ariston, magnifique dans son costume gris perle qu'il portait comme une seconde peau, détendu et contrastant terriblement avec son intérieur minable.

Elle aurait préféré ne pas réagir en le voyant, ne pas se souvenir de sa peau nue contre la sienne, mais les images les plus érotiques l'assaillaient. Pire, le sourire qu'il affichait montrait qu'il avait très bien compris son trouble et qu'il s'en amusait.

Il ne pouvait pas la forcer à faire quoi que ce soit contre sa volonté, se répéta-t-elle une nouvelle fois. Elle portait peut-être son enfant, mais elle était libre. Il ne pourrait pas la forcer à l'épouser.

— J'espère que tu as eu le temps de retrouver tes esprits, Keeley, annonça-t-il sans préambule.

— J'ai énormément réfléchi, oui, mais je crains de ne pas avoir changé d'avis. Je ne t'épouserai pas, Ariston.

Il murmura quelque chose dans sa langue natale et lorsqu'il releva les yeux vers elle, ceux-ci semblaient presque empreints de regret.

— J'espérais ne pas avoir à en arriver là.

— Arriver à quoi ? demanda-t-elle, confuse.

— Pourquoi ne m'as-tu pas parlé de ta mère ?

Keeley sentit le sang déserter son visage.

— Ma… Ma mère ?

Elle cilla pour ravaler ses larmes, parce qu'elle n'avait pas le droit de se montrer faible. Pas devant lui. Il en tirerait avantage sans le moindre scrupule.

— Comment l'as-tu appris ?

Il haussa les épaules.

— Apprendre n'est pas difficile quand on sait à qui parler.

— Mais pourquoi perdre ton temps à enquêter sur moi ?

— Ne sois pas naïve, Keeley. Tu es la mère de mon enfant et tu as quelque chose que je veux. L'information, c'est le pouvoir. Alors ? Qu'est-ce qui s'est passé ? Comment une femme encore jeune s'est-elle retrouvée dans un institut, entourée de personnes âgées. Et comment se fait-il qu'elle ne reconnaisse pas sa propre fille, lorsque celle-ci vient lui rendre visite ?

Keeley s'accrocha à la chaise la plus proche. Ses jambes ne la soutenaient plus.

— Tes enquêteurs ne t'ont rien dit ? demanda-t-elle, amère. N'ont-ils pas eu accès à ses dossiers médicaux ?

— Non. Je ne crois pas qu'il soit moral de faire ce genre de choses.

— Comment oses-tu me parler de morale ? lâcha-t-elle avec fureur. Je suis même surprise que tu connaisses le mot !

— Alors, qu'est-ce qui s'est passé, Keeley ? demanda-t-il encore, d'une voix plus douce.

Elle aurait voulu crier qu'il n'avait pas à fourrer son nez dans les affaires des autres, mais cela ne le ferait pas reculer. Et cela le concernait, après tout. Sa mère était la grand-mère de leur enfant.

— Qu'est-ce que tu veux savoir ? demanda-t-elle finalement, submergée par la tristesse.

— Tout.

Cela faisait beaucoup à raconter. Keeley s'assit, mais il se passa encore quelques secondes avant qu'elle ne commence son récit.

— J'imagine que tu le sais déjà, la réputation de ma mère comme actrice a vite été éclipsée par ce qui s'est passé… Tu sais… cet été-là, chez toi.

Il s'abstint de tout commentaire.

— Continue.

— Lorsque nous sommes revenues en Angleterre, beaucoup de journaux à scandale nous ont contactés, de vrais torchons. Ils ont appâté ma mère, disant qu'elle pouvait devenir le symbole d'une sexualité libérée chez la femme mûre… En réalité, ils lui ont fait avaler ces mensonges pour vendre le plus de papier possible.

Elle avala sa salive avant de reprendre :

— Elle leur a tout dit sur ses amants, surtout les plus jeunes. Elle pensait être l'égérie de la libération des femmes entre deux âges, mais tout le monde se moquait d'elle dans son dos. Elle n'a pas eu l'air de s'en rendre compte. Et puis, sa beauté s'est mise à décliner. L'alcool, le soleil, les régimes forcés… Tout cela avait eu raison de sa fraîcheur… Elle a fait appel à la chirurgie esthétique. Ça a été les sourcils d'abord, et puis, petit à petit, tout y est passé. Y compris son argent ! Elle a commencé à ressembler à… une caricature.

Keeley ferma les yeux en repensant aux couvertures des magazines sur la déchéance de sa mère. Les photos volées, tout sauf flatteuses. Très vite, Vivienne Turner était devenue la risée du pays, la parodie d'elle-même, étalée à la une des journaux à scandale.

— Un jour, un chirurgien lui a proposé une opération miracle, et elle n'a pas cherché à se renseigner sur son passé, ou les raisons du prix avantageux qu'il lui proposait. Personne ne sait vraiment ce qui s'est passé sur la table d'opération, mais son cerveau a été touché d'une manière ou d'une autre. Elle n'a plus jamais reconnu qui que ce soit, ni moi ni les autres. La possibilité d'un retour à la normale est « sévèrement compromis », comme me l'ont expliqué les médecins. Elle vit dans un institut depuis ce moment-là.

— Et tu viens la voir régulièrement.

— Chaque semaine.

Il fronça les sourcils.

— Même si elle ne te reconnaît pas.

— Bien sûr, confirma-t-elle calmement. C'est toujours ma mère.

Ariston cilla devant la dignité tranquille qui émanait de Keeley. Comment ne pas penser à sa propre mère dans cette situation ? L'amertume l'envahit mais il la repoussa, étudiant son interlocutrice. Elle avait l'air différent, ce matin, ses cheveux blonds tombant en cascade sur ses épaules. Le T-shirt informe de la veille avait été remplacé par une robe en coton, joliment discrète. Keeley paraissait douce, féminine et étrangement vulnérable.

— Pourquoi ne pas simplement me dire ce que tu veux, Keeley ? demanda-t-il abruptement.

Il décela dans ses yeux la peur du piège tendu.

— Je veux que mon enfant ait ce qu'il y a de mieux, avança-t-elle prudemment. C'est ce que voudrait toute mère.

Il jeta un coup d'œil circulaire à la pièce, incapable de réprimer une moue.

— Et tu penses qu'en vivant ici… tu pourras donner ce qu'il y a de mieux à ton enfant ?

— Les bébés naissent dans toutes sortes d'environnements.

— Pas un Kavakos, corrigea-t-il sans pouvoir s'en empêcher. Comment vas-tu faire ? Tu travailles toujours ?

Elle secoua la tête.

— Pas pour le moment. J'ai retrouvé un emploi lorsque je suis rentrée de Lasia, mais j'ai dû arrêter à cause de la grossesse, et vivre avec les fonds que tu m'avais donnés. Il n'en reste plus beaucoup, à vrai dire. L'institut où vit ma mère est onéreux et…

— Alors, bon sang, comment comptes-tu t'en sortir ? persista-t-il férocement.

Nerveuse, Keeley tentait de se maîtriser. Elle avait déjà

vécu des moments difficiles et elle en connaîtrait d'autres. Quoi qu'il puisse arriver, elle survivrait.

— Lorsque je serai moins fatiguée, je retravaillerai. Si je dois déménager pour un endroit moins coûteux, je le ferai.

— Mais ça t'éloignerait de ta mère, fit-il remarquer.

Elle lui jeta un regard de défi, face à la justesse de sa remarque. Pourtant, malgré son courage et la force de sa volonté, le poids de sa situation actuelle l'écrasait. Elle n'avait même pas de quoi acheter un berceau, et ne saurait de toute façon pas où le mettre dans cet appartement minuscule. Ariston lui offrait une occasion en or, sans pour autant se défaire de toute responsabilité. Au contraire, il semblait prêt à s'impliquer dans la vie de son enfant. Il lui offrait de l'épouser, de prendre son nom !

Pourtant, il avait proposé de lui acheter l'enfant pas plus tard que la veille, se souvint-elle. Parce qu'il en avait les moyens. Parce qu'il était riche et puissant, alors qu'elle était pauvre et faible. Il avait voulu la supprimer de l'équation, l'avait traitée comme une variable gênante sur une feuille de calcul, énième preuve de son impitoyable férocité en affaires. Une fois mariée, elle aurait au moins la loi de son côté, songea-t-elle, une sécurité dont elle aurait grandement besoin.

Keeley plongea son regard dans celui d'Ariston et réprima un frisson à l'idée de ce qu'elle s'apprêtait à faire. Hélas, quel choix avait-elle ?

— Si j'acceptais de t'épouser, commença-t-elle en appuyant sur chacun de ses mots, alors il te faudrait me traiter comme ton égale.

— Mon égale ? répéta-t-il, comme s'il découvrait la notion pour la première fois.

— Exactement. Et je ne ferai rien tant que tu n'accepteras pas mes conditions.

— Et de quelles conditions parle-t-on, Keeley ?

— Je veux avoir mon mot à dire sur le lieu où nous vivrons…

— Tu n'as pas besoin de te préoccuper de ce genre

de choses, l'interrompit-il. Je te rappelle que j'ai une île entière à ma disposition…

— Non ! Certainement pas ! Lasia n'est pas convenable pour élever un bébé.

Elle s'était laissée emporter avec véhémence, mais ne le regrettait pas. L'idée de se trouver sur une île isolée, à la merci d'Ariston, la faisait frissonner.

— J'y ai grandi, rétorqua Ariston.

— C'est exactement ce que je dis. On voit le résultat.

Une lueur amusée passa dans son regard, avant que la froideur du marchandage n'y reprenne sa place légitime.

— Ce n'est pas négociable. Lasia est mon foyer, Keeley.

— Et cet appartement est le mien.

— Ça ? Un foyer ?

La condescendance de sa réponse la choqua. Bien sûr, elle n'était pas arrivée à grand-chose dans la vie, mais ne s'était-elle pas battue pour cela ? Ariston ne connaissait rien des circonstances où elle avait grandi, du travail qu'il avait fallu abattre. Comment aurait-il pu l'imaginer ? Il pouvait tout avoir en claquant des doigts. Il pouvait même l'avoir, *elle*.

— Je veux rester à Londres, déclara-t-elle d'une voix butée. Ma mère est ici, c'est toi qui m'as fait remarquer que je ne pouvais pas m'éloigner d'elle. Je ne peux pas l'abandonner.

Ariston passa une main lasse dans ses cheveux et il ferma les yeux, ses longs cils noirs balayant ses pommettes brunes. Était-il en train de se demander s'il allait tolérer une vie entière aux côtés d'une femme dont il ne voulait pas réellement ? Cherchait-il une sortie de secours après sa hâtive proposition de mariage ?

Il ouvrit soudain les yeux.

— Très bien. Londres, alors. J'y ai un duplex dans le quartier des affaires.

Comme il se levait, Keeley hocha la tête. Bien sûr qu'il y avait un appartement. Il devait en avoir dans le monde entier.

— Juste pour savoir, lança-t-elle, combien de temps crois-tu que ce mariage va durer ?

— Le ton de ta voix semble indiquer que tu penches pour une union brève…

— J'estime plus que faibles nos chances de réussir, au vu des circonstances. Pas toi ?

— Non, à vrai dire. Non… Et je ne veux pas qu'un autre homme que moi élève notre enfant, ajouta-t-il doucement. Si tu veux continuer à jouer ton rôle de mère, nous resterons mariés. Je veux un foyer pour mon fils.

— Mais…

— Mais quoi, Keeley ? Qu'est-ce qui t'effraye tant ? Te rendre compte que je suis décidé à ce que cela fonctionne ?

— Mais comment est-ce que cela pourrait déboucher sur quoi que ce soit, si ce n'est même pas un vrai mariage ? répondit-elle, désespérée.

— Et si on apprenait à s'entendre ? Ça peut marcher, si on essaie. Je ne me fais aucune illusion sur le mariage et mes attentes en la matière sont très raisonnables. Je pense qu'on peut apprendre à bien se comporter l'un envers l'autre. À rester polis et attentionnés. Tu ne crois pas ?

— Ça n'est pas ce que je voulais dire et tu le sais, répondit-elle à voix basse.

— Tu parles du sexe ? demanda-t-il avec un sourire sardonique. Avec l'alchimie qui existe entre nous, ce serait stupide de ne pas capitaliser là-dessus. Et au quotidien, ça aide. Qui sait, cela pourrait même ramener un sourire sur ton visage.

— Et si… Si je refuse ?

— Pourquoi refuser ? Pourquoi combattre, alors que céder est si satisfaisant ? Tu y penses en ce moment même, Keeley. Tu te souviens du plaisir que tu as eu, lorsque j'étais en toi, que je t'embrassais, que je te touchais ?

Le pire n'était pas qu'il dise la vérité, mais bien qu'elle fût en train de réagir à ses paroles et qu'elle se savait incapable de lutter. C'était comme si son corps ne lui appartenait plus, comme si Ariston contrôlait le moindre de ses frissons. Ses tétons dressés frottaient contre la robe et elle sentait le désir la tarauder. Elle voulait Ariston, bien sûr, mais si elle s'offrait à lui à nouveau, n'en souffrirait-elle pas ? Ariston pouvait la blesser sans même avoir besoin d'essayer. Il lui suffisait d'être lui-même.

— Mais si je n'arrive pas à me faire à l'idée de coucheries froides avec toi ? continua-t-elle, déterminée.

— Avec moi, le sexe n'est jamais froid, Keeley, nous le savons tous les deux. Mais si tu persistais dans cette voie, si tu me fermais la porte de ta chambre, alors j'imagine que je trouverais une maîtresse.

Son visage s'assombrit et il ajouta :

— Je crois que c'est ce qui se passe, dans ce genre de circonstances.

— Dans l'univers parallèle où tu vis, tu veux dire.

— C'est celui dans lequel je suis né, rétorqua-t-il. C'est ce que je connais. Je ne m'astreindrai pas à un futur privé de sexe, parce que tu as du mal à accepter le fait que nous sommes attirés l'un par l'autre. Mais je ne t'insulterai pas et ne mettrai personne d'autre que toi dans le lit conjugal, si tu te conduis comme ma femme, Keeley. Si tu me donnes ton corps, je te donnerai ma fidélité. Je t'en fais la promesse solennelle.

Sur ces mots, il lui sourit, d'un sourire froid qui suggérait qu'il appréciait leur marchandage. De toute évidence, la lutte lui plaisait. Il était convaincu qu'il finirait par la conquérir. De toute manière, pour lui, tout ceci n'était qu'un contrat, négocié au plus juste.

— C'est à toi de voir, conclut-il.

Keeley sentit son cœur se serrer. Il parlait du mariage et du sexe de manière si primitive… Il était arrogant et fier et ses mots l'ensorcelaient, la rendant incapable de voir une alternative à ce qu'il mettait sur la table. Elle se souvenait de l'avertissement qu'il lui avait donné, lorsqu'ils en étaient venus à évoquer les tribunaux. Certains hommes auraient pu proférer cette menace à la légère. Pas Ariston. Pourtant les femmes ont des droits, non ? Elle pourrait rompre un mariage qui ne la satisferait pas. Et il ne pourrait la forcer à coucher avec lui en invoquant son devoir de femme mariée. Il ne pourrait pas être si primitif…

— Très bien. Je t'épouserai. Mais comprends que je le

fais pour la sécurité de mon enfant, déclara-t-elle en relevant le menton dans une posture de défi. Et si tu crois que je me laisserai traiter comme un jouet sexuel pour satisfaire tes accès de libido, tu te trompes lourdement, Ariston.

— Tu crois vraiment ?

Le sourire qui flottait sur ses lèvres était mêlé d'arrogance et de confiance en soi.

— C'est amusant, conclut-il, parce que je suis au contraire persuadé que tu feras exactement ce que je désire...

8.

— Eh bien ! Je n'avais jamais vu de mariée en rouge auparavant. C'est une nouvelle mode ? s'écria Megan.

Avant que Keeley ne puisse répondre, son tout nouvel époux parla à sa place :

— Au contraire, c'est une ancienne coutume grecque, dit Ariston, ses mots de velours caressant la peau de Keeley. Dans le temps, la mariée portait du rouge pour éloigner les mauvais esprits. Mais je crois que Keeley s'est librement inspirée du folklore pour y apporter une touche de modernité, avec sa couronne de roses incarnates, n'est-ce pas, chérie ?

Keeley leva les yeux pour plonger dans le regard bleu d'Ariston, tâchant de ne pas réagir lorsqu'il la prit par la taille pour la rapprocher de lui, avec l'attention aimante d'un jeune mari. Les apparences étaient sauves, pensa-t-elle amèrement. Ariston n'avait rien du jeune mari aimant, c'était un maniaque au cœur froid, ravi d'avoir pu conclure son projet en lui passant un anneau d'or au doigt. Il avait eu tout ce qu'il voulait et aujourd'hui, elle était son épouse, forcée à un mariage qu'il était déterminé à voir durer.

Ariston se pencha pour parler à son oreille et Keeley se maudit du frisson involontaire qui lui traversait la peau.

— Je vois que tu as fait des recherches sur le sujet, bravo, murmura-t-il. Suis-je l'esprit malveillant contre lequel tu essaies de te prémunir, Keeley ?

— Bien sûr, répondit-elle en se forçant à sourire.

Ces dernières semaines, elle avait découvert qu'elle était capable de jouer le jeu aussi finement que lui. Elle pouvait rougir sur commande, il suffisait de s'entraîner. Et pourquoi gâcher une journée comme celle-ci avec la fadeur de la réalité ? Pourquoi ne pas laisser les gens croire au conte de fées ? La fille méritante d'une ancienne actrice avait réussi à mettre le grappin sur l'un des hommes les plus en vue du moment.

Au fond d'elle-même, elle s'était demandé si le passé ne finirait pas par la rattraper, si Ariston ne finirait par regretter d'avoir épousé une femme comme elle. Mais lorsqu'un des tabloïds avait ressorti l'histoire de sa mère à l'arrière de la limousine ministérielle et qu'un journaliste avait demandé à Ariston si l'attitude de sa belle-mère ne laissait pas présager des agissements de sa nouvelle épouse, il avait fait une exception à sa règle d'or pour répondre.

— Ce sont des histoires anciennes, avait-il lancé, presque en bâillant. Et qui s'intéresse à ce qu'il connaît déjà ?

La situation était ironique, car Keeley n'avait pas oublié le battage qu'Ariston avait fait à propos de son passé. Mais il fallait croire que sa grossesse changeait tout. Ariston voyait désormais au-delà des transgressions de sa mère. Il se conduisait presque comme un propriétaire avec elle et ne s'en cachait pas.

À cet instant même, elle sentait ses doigts sur sa robe, passant doucement sur la courbe de son ventre comme s'il caressait un beau vase nouvellement acquis. Et après tout, c'était lui qui tirait les ficelles, maintenant. En tout cas celles de sa bourse. Il lui avait donné une carte de crédit et lui avait dit d'acheter ce qu'elle voulait. « Je veux que tu ressembles à la femme d'un Kavakos », avait-il ajouté, les yeux brillants. « Pas à une petite vendeuse de supermarché qui se trouve porter ma bague ».

Elle avait été tentée de refuser net. Peut-être que son défi finirait par le lasser et qu'il lui accorderait la liberté qu'elle désirait… Et puis, elle avait pensé au bébé, au fait qu'elle allait bientôt être mère. Il fallait se résoudre à en passer par ses volontés. Bien sûr, il n'était pas difficile de dépenser l'argent d'un milliardaire. Peut-être y avait-il plus de sa mère en elle qu'elle ne le croyait. Ou peut-être oubliait-elle ce que le luxe peut faire aux gens.

Durant son enfance dorée, Keeley avait vu sa mère se brûler les doigts avec l'argent. Parfois, lorsque celle-ci se sentait de bonne humeur, elle en avait même dépensé pour sa fille. Mais ses cadeaux s'étaient toujours révélés des échecs retentissants. Elle lui avait offert des robes trop grandes ou trop petites, des chaussures frivoles qui ne lui allaient pas, ou des rubans de petite fille. En fait, sa mère avait surtout cherché à revivre à travers elle l'âge tendre qu'elle avait connu et regrettait. Keeley avait donc grandi en s'habillant elle-même, mal.

Keeley s'était donc pliée à son rôle de future mariée enthousiaste et avait renouvelé sa garde-robe, se laissant même aider par le styliste amical qui s'était proposé dans l'une des boutiques de luxe qu'Ariston lui avait indiquées. Elle avait acheté des vêtements qui pourraient suivre l'évolution de sa morphologie, de nombreux ensembles de lingerie, de nouvelles chaussures et des sacs à main. Et après tout, ne s'enivre-t-on pas de la sensation du cachemire et de la soie lorsqu'on n'a connu que le coton et les tissus de piètre qualité ?

Elle s'était dit qu'elle ne faisait qu'obéir à ses ordres, mais le haussement de sourcil significatif d'Ariston, lorsqu'elle était revenue, chargée de paquets, avait laissé sa marque sur elle. Elle venait de confirmer l'un de ses stéréotypes sur les femmes…

Mais l'argent était libérateur. Il lui donnait des choix auxquels elle n'avait pas accès auparavant et cette sensation de liberté l'avait encouragée à acheter la robe de soie rouge, se délectant du regard choqué du styliste, lorsqu'elle lui avait appris qu'il s'agirait là de sa robe de mariée.

— Vous êtes un genre de femme fatale ? avait tenté de plaisanter le styliste.

— Non, avait-elle rétorqué en riant, simplement une femme qui réserve une surprise à son mari…

Et maintenant, au milieu de cette restreinte mais luxueuse réception, Keeley se rendait compte que la mainmise d'Ariston l'avait changée, qu'il la transformait de seconde en seconde, même à cet instant où il la regardait, admiratif.

— Spectaculaire, murmura-t-il. Vraiment spectaculaire… Cette soie rouge sur ta peau…

Elle se sentait mise à nu, et cette sensation l'excitait, ce qui était dangereux. Elle leva la tête vers lui, tentant de chasser le désir qui durcissait ses seins.

— Tu approuves ? demanda-t-elle.

— Comment ne pas approuver ? Cela aurait été tout à fait inapproprié pour une mariée aussi visiblement enceinte que de porter un blanc virginal !

Il lui adressa un sourire éclatant.

— Malgré ce choix surprenant et ton intention probable de te moquer de moi, laisse-moi te dire que tu fais une mariée ravissante, Keeley. Jeune, radieuse et intensément féconde.

— Je… Je vais prendre cela comme un compliment, bégaya-t-elle.

— C'était bien mon intention… Alors, continua-t-il, comment se sent mon épouse ?

Keeley n'était pas sûre de savoir comment répondre : la vérité était complexe et étrange. Pour la première fois de sa vie, elle se sentait en sécurité. Ariston ne laisserait jamais quiconque lui faire du mal. Il utiliserait toute sa puissance pour la protéger, quoi qu'il arrive.

Mais s'il se montrait attentionné à son égard, c'était uniquement parce qu'elle était le vaisseau de sa plus précieuse cargaison. C'était la seule raison de son attachement et elle ne devait pas se laisser accaparer par des espoirs romantiques, au risque de s'engager sur une route fort périlleuse.

— Je suis fatiguée, admit-elle. La matinée a été longue et je ne m'attendais pas à ce que la cérémonie soit… aussi prenante.

Elle n'en dit pas plus, ne voulant pas admettre l'émotion qui l'avait étreinte à l'instant de dire oui. Car Ariston, lui, avait prononcé les vœux qui le liaient à elle d'une voix parfaitement tranquille et posée. Fidèle à lui-même…

— Tu veux sauter le repas et rentrer ? proposa immédiatement son mari, sourcils froncés devant sa lassitude.

— Comment cela ? Tu crois vraiment que ça ne choquerait personne, si la mariée désertait le déjeuner donné en l'honneur de son mariage ?

— Je n'en ai rien à faire, affirma-t-il en passant une main sur sa joue. Ton bien-être importe plus que tout.

Le toucher de ses doigts la torturait et elle remarqua que Megan approchait son téléphone pour les prendre en photo. Quelque chose en elle lui disait de maintenir le vernis des apparences et elle se força à sourire sous le flash de l'appareil. Était-ce de la fierté ?

— Non, honnêtement, je vais bien. Rejoignons les autres, lança-t-elle. D'ailleurs, je commence à avoir faim.

Mais quelque chose la retenait, qui n'avait rien à voir avec la faim. Elle avait peur de revenir à cet appartement masculin et intimidant en tant qu'épouse officielle d'Ariston Kavakos. Elle avait logé au Granchester Hotel pendant les préparatifs du mariage, parce que Ariston avait insisté pour qu'elle ne franchisse la porte de leur appartement qu'une fois son épouse. Ce qui pouvait sembler étrange : il adoptait les manières d'un autre temps, alors que le tour de taille de Keeley démontrait l'inverse. Et de plus en plus. Au moins avait-elle eu le temps, à l'hôtel, de respirer un peu et de s'habituer à sa nouvelle vie, sans être incessamment troublée par sa présence. Cependant, plus l'échéance de leur vie commune approchait, plus sa terreur augmentait. Elle était paniquée à l'idée de partager un appartement, une vie avec lui. Parfois, elle se sentait plus enfant qu'adulte. Et pourtant, elle allait donner la vie sous peu. Était-ce normal ?

Mais il fallut mettre ces pensées de côté et bientôt, Keeley s'assit à table pour un déjeuner grandiose dont le thème, d'inspiration grecque, avait été choisi pour l'occasion. La liste des invités était réduite, mais on se sentait comme dans un vrai mariage. Ariston lui avait même demandé si elle voulait inviter sa mère. Keeley avait senti son cœur se déchirer à cette suggestion. Elle avait penché pour une invitation à la cérémonie, pour le symbole de la présence de sa mère. Mais au dernier moment, cette dernière avait contracté une angine de poitrine, réglant ainsi la question. Ce qui était probablement pour le mieux. Même si sa mère s'était rendu compte de ce qui se passait autour d'elle, que lui importait que Keeley se marie ? Il suffisait de voir ce qu'elle avait fait de ses propres noces…

Keeley s'était demandé pourquoi Ariston n'avait pas voulu un simple passage en mairie, en présence de quelques inconnus trouvés dans la rue. N'aurait-ce pas été plus approprié, au vu des circonstances ?

— Peut-être que je veux que cela se sache, avait-il affirmé.

— Quoi, comme une déclaration officielle ?

— Absolument. Tout le monde doit être au courant.

— Tu veux me marquer de ton empreinte, Kavakos, c'est cela ?

Elle avait vu des étincelles passer dans ses yeux.

— Fais-moi plaisir, Keeley. Juste pour cette fois.

Et, étrangement, c'était ce qu'elle avait fait. Elle avait même réussi à sourire, lorsqu'il s'était levé pour un discours teinté d'humour qui lui avait valu les rires de son frère et les applaudissements des convives.

— C'est drôle, avait observé Pavlos un peu plus tard, Ariston m'avait toujours juré qu'il ne se marierait jamais. Et il avait l'air sûr de lui. Je ne me serais jamais douté qu'il y avait quelque chose entre vous. Pas après votre rencontre à la galerie ! L'atmosphère était à couper au couteau.

Keeley n'avait rien dit. Comment réagirait Pavlos, s'il apprenait qu'Ariston l'avait mise dans son lit pour s'assurer que son jeune frère ne la toucherait pas ? En fin de compte, son plan s'était retourné contre Ariston. Il était maintenant marié à une femme qu'il n'aimait pas, aussi ingénieux soit-il à le dissimuler. Lorsqu'il avait levé son verre pour lui porter un toast, Keeley aurait dû le haïr pour la facilité avec laquelle il tenait son rôle. Au lieu de cela, elle n'avait ressenti qu'un grand vide et le besoin absurde de posséder l'impossible : un mari aimant. Si Ariston ressemblait à un mari, se conduisait comme tel, l'éclat froid de ses yeux racontait une tout autre histoire.

Il ne se soucierait jamais d'elle. Jamais elle ne devrait l'oublier.

Durant le trajet jusqu'à l'appartement, elle retira sa couronne de roses et fit voleter les confettis qui lui restaient dans les cheveux. Elle n'arriva pas à s'intéresser à l'imposant immeuble, ni au hall immense, aux portiers et aux employés qui lui adressaient des sourires entendus. Elle tirait sur son châle pour tenter de cacher sa robe. Pourquoi n'avait-elle pas prévu quelque chose de plus confortable après le repas ?

Un ascenseur privé les amena jusqu'au duplex et sa vue imprenable sur la Tamise et les vertigineuses tours londoniennes. L'appartement était immense, doté d'une piscine et d'une salle de gymnastique. La terrasse était couverte d'une magnifique végétation. On aurait pu y oublier qu'on était au cœur de la capitale.

Le châle toujours serré contre elle, Keeley jeta un coup d'œil au couloir aussi large que son ancien appartement.

— Alors, que fait-on maintenant ? demanda-t-elle, le cœur battant.

— Pourquoi n'irais-tu pas te changer ? suggéra-t-il. Tu frissonnes depuis que nous avons quitté la réception. Viens avec moi, que je te montre où est la chambre.

La chambre ? Leur chambre ? Elle leva les yeux vers lui. Avait-il mentionné une chambre commune ?

— Tu veux dire que nous allons… la partager ?

— Ne sois pas naïve, Keeley, répondit-il avec un sourire. Bien sûr que nous allons la partager. Je veux coucher avec toi, je croyais avoir été clair sur ce point. C'est probablement tout le propos d'un mariage.

— Mais les vœux que nous avons échangés n'étaient pas réels, Ariston.

— Non ? Alors peut-être devrions-nous les rendre réels. Et ne me jette pas ce genre de regard, ma chérie. On dirait ces personnages de vieux films attachés sur les rails et qui entendent le train arriver. Je ne compte pas me conduire comme un homme des cavernes, si c'est ce qui te fait peur.

— Mais tu as dit…

— J'ai dit que je voulais coucher avec toi. C'est la vérité. Mais il faut que le désir soit partagé.

Avec un sourire de prédateur, il ajouta :

— Et je ne parle pas de ces rencontres d'après minuit, où deux corps se rejoignent sans qu'un seul mot soit prononcé.

— Tu veux dire…

Elle fit une pause, alors qu'ils atteignaient la chambre. Le lit gigantesque lui rappelait l'autel d'un sacrifice.

— Tu veux dire, comme la nuit où nous avons conçu notre enfant ? acheva-t-elle.

Il eut un petit rire.

— Exactement. Cette fois, je veux que chacun soit tout à fait conscient de la situation… À moins que la soumission silencieuse soit ce qui t'excite secrètement ?

Il était temps qu'il comprenne qu'elle n'était pas un fantasme, mais une personne bien réelle. Elle se mordit les lèvres et choisit de tout dire d'un coup, avant de pouvoir mesurer les conséquences de son discours.

— Je te l'ai déjà dit, je ne connais pratiquement rien au sexe. Je n'avais jamais eu d'orgasme avant de coucher avec toi.

— Peut-être est-ce pour cela que je n'essaie pas de te séduire à tout prix, répondit-il, une étrange lueur dans le regard. Peut-être aimerais-je que tu arrêtes de me voir comme le grand méchant loup et que tu te détendes un peu… Le dressing est à côté, pourquoi ne pas aller passer quelque chose de plus confortable ?

Il ouvrit le chemin.

— Comme… Quoi ?

— Qu'importe le vêtement, du moment que tu te sens bien dedans. Ne t'inquiète pas, je pense que je pourrai me contrôler et ne pas me jeter sur toi, si c'est ce que tu veux.

— C'est ce que je veux, rappela-t-elle, avant qu'il ne ferme la porte du dressing après elle.

La nature humaine n'est-elle pas fascinante ? Keeley s'était préparée à repousser ses avances, tâchant d'être la plus forte possible, mais le désintérêt d'Ariston faisait naître en elle quelque chose qui ressemblait fort à de la déception. Elle ne savait jamais quoi penser avec lui, et se sentait comme une funambule sur le fil de ses sentiments. Elle défit la fermeture Éclair de sa robe de mariée, tâchant de se faire à l'idée que cette chambre immense qui donnait sur la Tamise était désormais à elle.

Non. Pas à elle. À lui. Tout lui appartenait. De la robe qu'elle venait d'enlever aux chaussures qu'elle retirait. Sauf l'enfant qui grandissait dans son ventre.

Dans la salle de bains, quelques instants plus tard, elle noua ses cheveux en un chignon lâche avant de faire couler un bain chaud qu'elle arrosa de sels parfumés. Puis elle entra dans l'eau fumante avec un râle de soulagement. C'était la première fois de la journée qu'elle pouvait se détendre et elle passa dans la luxueuse baignoire un temps infini, étudiant distraitement les contours de son corps à travers l'eau mousseuse. Au bout d'un long moment, elle fut brutalement tirée de son alanguissement par la voix d'Ariston, derrière la porte. Instantanément, elle sentit ses tétons se dresser.

— Keeley ?

Elle avala sa salive.

— Je suis dans la baignoire.

Il y eut une pause avant que sa voix ne résonne à nouveau.

— Tu comptes en sortir un jour ?

Elle retira la bonde et l'eau commença à se vider.

— J'imagine que je ne comptais pas y passer la nuit.

Après s'être séchée, elle choisit un pyjama de soie gris pâle et passa au salon, où l'attendait Ariston. À travers les fenêtres, l'infinie canopée des toits londoniens parsemait la nuit d'étincelles de lumières. Ariston avait enlevé cravate et chaussures et il attendait sur le canapé, parcourant un dossier aux feuilles volantes. Échancrée, sa chemise ouverte laissait apercevoir sa poitrine, et la ligne nette de ses pectoraux. Ses longues jambes étendues devant lui, il avait l'air étrangement détendu.

— Ça va mieux ? demanda-t-il en levant les yeux vers elle.

— Bien mieux.

— Approche-toi, tu es chez toi. Viens t'asseoir. Est-ce que tu veux quelque chose ? Un thé ?

— Ce serait parfait.

Keeley se fit la réflexion que leur conversation était tout à fait civile, tout comme celle de deux étrangers qui se seraient subitement retrouvés enfermés dans une même pièce. N'était-ce pas ce qu'ils étaient, après tout ? Que savait-elle réellement d'Ariston Kavakos ? Elle s'était attendue à ce qu'il appuie sur une sonnette élégamment dissimulée pour qu'une employée apparaisse comme par magie, mais à sa grande surprise, il se leva.

— Je vais t'en faire une tasse.

— Toi ?

— Je sais mettre de l'eau dans une bouilloire, répondit-il.

— Mais… La gouvernante n'est pas là ?

— Pas ce soir. J'ai pensé qu'il serait préférable d'avoir l'appartement pour nous deux. C'est notre lune de miel, après tout.

Il se retira dans la cuisine et Keeley s'enfonça sur le canapé moelleux, plutôt soulagée. Au moins pourrait-elle se détendre sans avoir à affronter les regards scrutateurs de domestiques en droit de se demander comment ils en étaient arrivés à servir l'une de leurs anciennes collègues…

Ariston revint bientôt avec un plateau chargé d'un thé à la menthe poivrée pour elle et d'un whisky pour lui. Il s'assit face à elle en prenant une gorgée du liquide ambré et une fois de plus, l'esprit de Keeley se perdit à tenter de cerner la personnalité de son hôte. Il fallait qu'elle en sache plus. En d'autres circonstances, il aurait rejeté toutes ses questions d'un revers de la main, mais ils étaient mariés désormais et elle ne pouvait passer le reste de sa vie au côté d'une énigme. Une énigme dont elle portait l'enfant. Elle s'était pliée à sa volonté, mais ce soir, c'était à lui de faire un effort.

— Tu te souviens quand tu m'as demandé si je désirais qu'on invite ma mère au mariage ? commença-t-elle.

Il fronça les sourcils.

— Bien sûr. Elle ne se portait pas à assez bien pour venir.

— Oui, c'est vrai. Elle n'était pas en état.

Keeley prit une grande inspiration avant d'ajouter :

— Mais tu n'as pas dit un mot sur ta propre mère et je me suis rendu compte que je ne sais rien d'elle.

Elle vit les jointures de ses doigts blanchir autour du verre de whisky.

— Et alors ? demanda-t-il froidement. Ma mère est morte. C'est tout ce que tu as à savoir.

Quelques mois plus tôt, Keeley aurait pu se satisfaire de cette réponse. Elle connaissait sa place dans la société et ne voyait pas l'intérêt de quitter le chemin tout tracé pour elle. Elle s'efforçait de tirer le meilleur de ce qui lui arrivait, tout en tentant d'améliorer ce qu'elle pouvait, avec ou sans succès. Aujourd'hui, les choses étaient différentes. Elle était différente. Elle portait l'enfant d'Ariston.

— Excuse-moi, mais je ne peux me contenter de cette réponse.

— C'est la seule que tu obtiendras de moi, répondit-il.

— Mais nous sommes mariés. C'est drôle… Tu parles ouvertement et sans honte de sexe, mais lorsqu'on en vient aux sujets réellement intimes, tu te rétractes.

— Peut-être parce que je ne donne pas dans l'intimité.

— Et tu ne penses pas qu'il faudrait essayer ? On ne va pas passer nos vies à parler du temps et de tasses de thé.

Il reposa bruyamment son verre.

— Pourquoi est-ce que ça t'intéresse tant, Keeley ? Tu cherches quoi, à amasser des preuves contre moi, en cas de divorce ?

— Tu crois vraiment que je m'abaisserais à cela ? demanda Keeley, choquée. C'est une forme de chantage !

— Ce n'est pas déjà ce que tu pratiquais quand tu as quitté Lasia contre mon gré ? Tu voulais parler à la presse…

Il fallut une seconde pour que Keeley se souvienne de sa bravade d'alors, après leur nuit passée ensemble.

— Tu insinuais que tu me forcerais à rester, rétorqua-t-elle. Aujourd'hui, c'est différent. Je porte ton enfant. Ça change tout.

— Vraiment ? Et en quoi ?

Elle avait l'impression d'être face à un tribunal, sans pouvoir s'empêcher pour autant de regarder les mains de son juge et de les imaginer sur son corps.

— Et si notre garçon…

L'expression d'Ariston changea brusquement. Son visage reflétait le même mélange de fierté et d'orgueil qu'il avait affiché dans le cabinet du médecin, lors de la récente échographie qui avait découvert le sexe de leur enfant. Pour un homme qui gardait ses émotions pour lui, il avait révélé bien des choses alors… Et ce souvenir, elle le gardait précieusement en mémoire.

— … Si notre garçon commence à poser des questions sur sa famille, comme le font tous les enfants ? continua-t-elle. Si je suis incapable de lui parler de sa grand-mère, parce que son père refoule constamment ses émotions, au point de refuser même d'en parler à sa femme ?

— Je croyais que nos vœux n'étaient pas réels.

Elle leva les yeux vers lui.

— Je croyais que nous devions les rendre réels.

Il y eut un instant de silence. Ariston reprit son verre et but une longue gorgée de whisky, avant de le reposer sur la table.

— Qu'est-ce que tu veux savoir ? grogna-t-il.

Elle aurait pu lui poser des millions de questions. Quel était l'événement qui l'avait rendu si arrogant, si déterminé à contrôler l'intégralité de sa vie ? Pourquoi restait-il constamment de marbre, si distant des gens ? La question qu'elle allait poser lui donnerait de toute façon des informations sur l'homme qu'il était aujourd'hui.

— Qu'est-ce qui lui est arrivé, Ariston ? demanda-t-elle d'une voix douce, observant son beau visage qui s'assombrissait. Qu'est-ce qui est arrivé à ta mère ?

9.

Le cœur d'Ariston battait à tout rompre. Keeley avait tous les droits de connaître son passé, mais son instinct lui dictait de se taire. S'il parlait, il se révélerait entièrement, intimement. Or, s'il savait très bien d'où lui venait son aversion pour l'intime, il n'avait aucune envie de changer cet état de fait. Il avait forgé les règles qui régissaient sa vie et l'inconfort qu'elles pouvaient provoquer chez les autres ne le concernait en aucun cas. Seules ses maîtresses l'avaient accusé d'être trop froid ou dénué de sentiments et il ne voyait aucune raison de changer pour elles.

Même Pavlos ne savait rien des souvenirs qui le hantaient encore. Et pour cause, Ariston avait passé son enfance à le protéger, envers et contre tout.

Et voilà qu'arrivait Keeley, tout juste devenue sa femme, enceinte jusqu'aux yeux, curieuse de tout, fouinant dans son passé ! Et l'on n'était pas au tribunal, où il aurait pu tuer dans l'œuf toute velléité de savoir. Il n'y avait qu'eux deux dans la pièce.

— Ma mère est partie, fit-il enfin en relevant les yeux.

Elle hocha la tête, observant un silence poli.

— Tu veux la vérité ? reprit-il. Pleine et entière ? Je te préviens, Keeley, on n'est loin du conte de fées.

— Je peux encaisser. Tu oublies que ma propre mère a enfreint à peu près toutes les règles qui existaient au sein de notre famille. Qui devraient exister dans toute famille…

— Pas à ce point. Tu n'imagines pas…

Il fit une pause avant de lâcher :

— Elle nous a vendus.

— Vendus ? répéta Keeley, incrédule. Comment… Comment est-ce que c'est possible ?

— Comment ? Eh bien, mon père a sorti son carnet de chèques, il a allongé l'argent pour qu'elle sorte de nos vies et elle s'est exécutée sans se faire prier.

— Et… Elle n'est jamais revenue ?

— Jamais.

Keeley cilla, l'air stupéfait.

— Mais… Pourquoi ? C'est… incompréhensible.

Les mâchoires crispées, Ariston pria silencieusement pour qu'elle se taise. Il ne voulait pas évoquer ce genre de souvenir.

— Parle-moi, Ariston, reprit Keeley, sur un ton presque suppliant. Toi et Pavlos, elle vous a abandonnés ?

Ariston eut un sourire amer. Pour Pavlos, cela avait été pire. Il était le bébé pour lequel une mère n'avait pas voulu se battre. Il sentit son cœur se serrer.

— Elle est partie, c'est tout. Je ne dis pas que ce n'est pas aussi la faute de mon père, fit-il. Loin de là. Il se prenait pour Dieu, c'était le fils d'un des entrepreneurs grecs les plus puissants du monde. C'était aussi un séducteur invétéré et il y avait toujours des femmes autour de lui. J'imagine que ma mère ne supportait plus ses infidélités permanentes.

— Je vois, commenta prudemment Keeley. Mais alors, pourquoi n'a-t-elle pas simplement demandé le divorce ?

— Parce qu'il lui a offert quelque chose de bien plus attractif qu'un divorce fastidieux, avec son cortège d'avocats et de procédures. Il lui a fait miroiter une montagne d'or, pour qu'elle disparaisse de sa vie. Elle n'a pas hésité longtemps. C'était mieux pour lui et mieux pour elle, mieux pour tout le monde. Elle n'avait qu'à signer un contrat qui stipulait qu'elle ne reverrait jamais ses deux fils.

— Et… Elle a signé ? fit Keeley, bouleversée.

— Elle a signé, confirma-t-il. Et elle est partie vivre sa nouvelle vie en Amérique. Je ne l'ai jamais revue. Pavlos n'était…

Il fit une pause et lorsqu'il reprit, elle vit l'effort qu'il faisait pour rester maître de lui-même. Mais sa voix semblait sur le point de se briser.

— Pavlos n'était qu'un bébé, acheva-t-il.

— Et toi ?

— Un enfant. J'avais dix ans.

— Et qu'est-ce qui s'est passé ? Je veux dire, après ?

Ariston se leva, saisissant machinalement ses dossiers pour les poser sur une table proche, alignant chacune des feuilles avant de répondre.

— Mon père était très occupé à célébrer ce qu'il considérait comme une victoire. Après tout, il avait réussi à se débarrasser de son ex-femme. Il a fait appel à une série de gouvernantes pour nous élever, mais, même à mon âge encore tendre, je voyais bien qu'il les avait choisies pour leur apparence plutôt que pour leurs compétences. Elles étaient incapables de s'occuper d'un bébé perdu et effrayé qui réclamait sa mère.

Le regard dans le vague, il resta un instant silencieux.

— C'est moi qui me suis occupé de Pavlos, dès lors, reprit-il sombrement. C'était ma responsabilité. Je n'allais pas risquer qu'on l'abandonne encore. Je lui ai donné son bain, je l'ai changé, calmé lorsqu'il pleurait… Plus tard, je lui ai appris à nager et à pêcher. Je lui ai enseigné tout ce que je sais, tout ce qui est bon, décent, parce que je voulais qu'il grandisse comme un petit garçon normal. Lorsque le moment est venu, je me suis battu pour qu'il parte à l'école en Suisse, parce que je voulais l'éloigner le plus possible du style de vie débauché de mon père. Je l'ai encouragé à suivre son rêve de devenir un bon marin. Au moins sur l'eau, on n'est pas gâché par l'argent. Il n'y a que le vent et les vagues, dans toute leur simple sauvagerie. C'est à peu près tout ce que je connais de tangible et de sûr. La nature. Avec elle, pas de faux-semblants.

En quelques minutes, Keeley avait plus appris sur Ariston Kavakos qu'en plusieurs années. La constante protection de son petit frère, son besoin de tout contrôler… Dès l'enfance, sa vie avait été une bataille dont il fallait sortir vivant, un chaos total et démesuré. Son passé expliquait aussi l'attitude qu'il avait eue envers elle, lorsqu'il l'avait vue avec son jeune frère. Pour Ariston, elle n'était alors que la fille de sa mère et ne pouvait donc rien apporter de bon. Tout ce pour quoi il s'était battu aurait été menacé et il n'était pas prêt à mettre en danger l'avenir de son Pavlos, son petit frère chéri.

Elle comprenait aussi pourquoi il avait menacé de la traîner en justice, pour l'enfant. Ariston n'aimait pas les femmes. Il savait pertinemment qu'une femme n'est pas automatiquement la plus qualifiée du couple pour s'occuper d'un enfant et que son seul sexe n'est pas suffisant pour justifier une garde. Il avait connu le pire en matière de lien maternel. Il s'était battu pour protéger sa chair et son sang et elle comprit qu'il ferait exactement la même chose pour son propre fils, à l'exact opposé de ce que leur mère avait fait pour eux.

Mais sa mère était-elle aussi mauvaise que cela ? Ne se contentait-il pas d'une seule facette de l'histoire ?

— Peut-être n'aurait-elle pas réussi à vaincre ton père au tribunal, si elle s'était battue pour la garde, observa-t-elle.

La réponse d'Ariston tomba, froide comme un couperet.

— Elle aurait pu essayer. Ou venir nous voir. Ou nous écrire. Ou nous appeler.

— Elle était peut-être déprimée ? tenta Keeley une dernière fois, dans un effort désespéré pour comprendre l'attitude de sa mère.

Car pour elle, c'était une totale énigme : comment pouvait-on laisser son bébé derrière soi ? Et son fils de dix ans ? Comment pouvait-on tourner la page et oublier la chair de sa chair ?

L'homme qui lui faisait face, lui, s'était occupé de son frère comme une mère digne de ce nom se serait occupée de son fils. Mais en retour, qui s'était occupé de lui ?

— Déprimée ? Non, franchement pas. Elle était trop occupée à faire la fête. Je lui ai écrit, une fois. Juste avant l'anniversaire des cinq ans de Pavlos. J'ai même envoyé une photo de lui, à côté d'un château de sable que nous avions construit ensemble sur la plage d'Assimenos. Je pensais que la photo l'émouvrait, qu'elle lui donnerait envie de revenir. À l'époque, je pensais encore qu'elle nous aimait.

— Et ?

— Rien. La lettre est revenue, elle n'avait pas été ouverte. Quelques semaines plus tard, on a appris qu'elle avait pris une dose d'héroïne plus forte que ses injections habituelles.

Il s'interrompit et lorsqu'il reprit la parole, elle crut déceler une forme de satisfaction dans sa voix.

— On l'a retrouvée étendue dans la salle de bains, la seringue dans le bras. C'était fini.

Keeley passa une main sur son visage, comme pour chasser l'image sordide qui s'imposait à son esprit. Ariston se leva et marcha jusqu'à la fenêtre, les épaules basses, comme s'il portait tout le poids du monde. Cherchait-il à lui cacher sa douleur ?

— Pauvre femme, observa-t-elle à voix basse.

Il se retourna d'un bloc, son masque impassible à nouveau bien en place.

— Tu la défends ? Tu défends l'indéfendable ? Tu es vraiment convaincue que nous sommes tous capables de rédemption… Ou peut-être penses-tu qu'une femme a toujours des excuses ?

— J'essayais juste de voir les faits sous une autre perspective, c'est tout, répondit-elle. Je suis désolée de ce qui t'est arrivé, ainsi qu'à Pavlos. Tellement désolée…

— Tu peux te dispenser de compassion. Elle est bien inutile, jeta-t-il, quittant la fenêtre pour se rapprocher d'elle. Je ne t'ai pas raconté tout cela, parce que je voulais que tu me prennes en pitié.

— Non ? Alors, pourquoi ?

Elle sentit un frisson la parcourir, tandis qu'il avançait vers elle. Lorsqu'il fut à quelques centimètres d'elle, elle voulut à nouveau qu'il la touche. Ariston la dominait de tout son corps, vibrant d'une énergie froide et puissante.

— Je t'ai dit tout cela pour que tu comprennes ce qui est important pour moi, dit-il d'une voix rauque. Ce qui compte vraiment. Et pour que tu comprennes que jamais, au grand jamais, je ne me séparerai de mon fils.

Elle leva les yeux vers lui, le cœur battant. Où se situait-elle, dans tout cela ? Quel serait son rôle ? Serait-elle continuellement écartée, en vertu des péchés de sa mère ? Serait-elle comme toutes les femmes qu'il avait connues, un sujet de mépris et de suspicion perpétuelle ? Il lui avait dit qu'il ne tolérerait pas un mariage sans rapport sexuel, qu'il prendrait une maîtresse s'il y était forcé. Mais il lui avait aussi juré fidélité tant qu'ils coucheraient ensemble et elle le croyait.

Keeley détourna le regard vers les mains d'Ariston. À l'annulaire brillait l'alliance neuve qu'elle avait récemment passée à son doigt. Pas un symbole d'union, pour lui, mais de propriété, de possession, même s'il n'y avait pas encore eu de possession physique. Pourquoi le désirait-elle tant, en dépit de ce qu'elle savait, de son incapacité à l'aimer pour ce qu'elle était, et non simplement parce qu'elle portait son fils ? Elle le voulait pour elle et ce qu'il venait de lui dire ne faisait que renforcer son envie, probablement parce qu'il avait paru plus humain qu'à l'habitude. Il lui avait dévoilé le côté sombre de son âme et elle y avait gagné une meilleure compréhension de son mari. Pourraient-ils se rapprocher un jour ? Ne devraient-ils pas au moins essayer ?

Elle voulait goûter le sel de sa peau, redevenir prisonnière de ses bras puissants. Elle voulait le sentir en elle à nouveau. Et c'était à elle de prendre la décision, comme il le lui avait dit plus tôt. Elle pouvait agir par fierté, rester distante et le pousser dans les bras d'une autre, si c'était ce qu'elle voulait, mais quelque chose en elle semblait combattre l'idée de toutes ses forces.

Elle se mordit les lèvres. Savait-il seulement qu'elle était terrorisée à l'idée de séduire un homme aussi expérimenté que lui ? Jusqu'ici, ils n'avaient partagé qu'une nuit de passion dénuée de sentiments, un moment spontané, inattendu. Ce soir, tout semblait faux, calculé. Devait-elle se lever et passer ses bras autour de son cou, coller son corps au sien comme on le fait dans les films ? Et si elle essayait d'endosser un rôle qui ne lui convenait pas, ne s'en rendrait-il pas compte instantanément ?

— Ariston…, commença-t-elle, levant les yeux vers lui en une prière muette.

Ariston lut le consentement dans ses yeux verts chargés de désir et il sentit son corps répondre en écho. Il s'était confié à elle plus qu'à aucune autre femme et quelque chose lui soufflait qu'il était encore trop vulnérable pour la toucher. Il fallait que les souvenirs s'en aillent, qu'il se libère d'eux.

Mais il avait tant envie d'elle. Comment attendre ? Quelle ironie… Cette femme portait son enfant, pourtant il ne connaissait que très peu son corps. Il avait à peine exploré l'arrondi de ses seins, perdu ses lèvres dans son trésor intime. Le cœur battant, il se leva et l'attira à lui, la laissant se couler dans ses bras.

— Un vrai mariage ? demanda-t-il en prenant son menton dans sa main. C'est ce que tu veux, Keeley ?

— Oui, répondit-elle simplement. Aussi vrai que possible.

Tout en défaisant la queue-de-cheval qui retenait ses cheveux, Ariston pensa qu'il fallait être honnête avec elle. Il fallait qu'elle comprenne une bonne chose : les confidences qu'il avait faites ce soir ne deviendraient pas une base régulière de leurs échanges dans le mariage. Il avait répondu à ses questions pour qu'elle comprenne d'où il venait. Mais il fallait qu'elle accepte ses limites.

— Je ne serai pas l'homme de tes rêves, Keeley, prévint-il d'une voix rauque. Je ferai tout pour être le meilleur père, amant et mari possible, mais je ne pourrai pas t'aimer. Tu comprends ? Si tu acceptes ça et que tu es prête à vivre avec, alors peut-être que nous réussirons à faire fonctionner notre couple.

Elle hocha la tête, entrouvrant les lèvres comme pour parler, mais il écrasa sa réponse dans un baiser fiévreux. Il en avait fini avec le dialogue. Il la voulait. Mais pas ici. Ariston la prit dans ses bras et la souleva, notant son hoquet de surprise alors qu'il la portait jusqu'à la chambre.

— Je suis trop lourde ! protesta-t-elle faiblement.

— Tu crois vraiment ?

Il ouvrit la porte d'un coup de pied et l'allongea sur le

lit, repoussant gentiment les mains de Keeley qui couraient déjà sur ses épaules.

— Laisse-moi me déshabiller d'abord.

Ariston constata avec stupeur que ses mains tremblaient comme celles d'un adolescent lorsqu'il retira sa chemise. Quelle emprise avait-elle réellement sur lui, cette petite blonde aux yeux verts qui le faisait trembler de désir ? Était-ce parce que, sous son pyjama, elle portait leur enfant et que ce fait le rendait faible et fort à la fois ?

Il vit ses pupilles se dilater, alors qu'il se débarrassait de sa chemise et de son pantalon, mais se garda de ponctuer le moment d'un de ses commentaires cyniques habituels. Était-ce parce que ce soir semblait… différent ?

Il se reprit. Les vœux qu'il avait prononcés plus tôt n'allaient certainement pas lui entrer sous la peau. Il fallait garder la tête froide.

— Ariston, murmura Keeley, troublée.

Elle sentait confusément que l'humeur d'Ariston s'était assombrie à nouveau. Avait-il des doutes ? Non et il suffisait de l'observer pour s'en rendre définitivement compte. Elle aurait dû être plutôt effrayée par ce mélange de masculinité virile et de faim animale, pourtant, elle tremblait d'excitation.

Elle porta ses lèvres à la rencontre des siennes, mais son baiser semblait sans conviction, comme donné pour la forme alors qu'il lui retirait son pantalon de pyjama, la laissant uniquement vêtue de ses sous-vêtements.

Keeley remercia silencieusement le styliste qui lui avait conseillé un large choix de lingerie de maternité, dont un ensemble magnifique au prix exorbitant. Le soutien-gorge lilas s'ouvrait sur le devant et répondait parfaitement à la culotte délicate qui lui allongeait les jambes. Alors que le regard d'Ariston s'attardait sur son corps, son appréciation silencieuse l'enivra et la fit se sentir éminemment féminine.

La main d'Ariston vint se poser sur l'un de ses seins et son téton durcit en réponse.

— Je te veux, dit-il d'une voix presque mal assurée.

— Je te veux aussi, répondit-elle dans un soupir.

Il se pencha sur elle et jeta un coup d'œil à son ventre et à sa petite culotte.

— Je n'ai jamais couché avec une femme enceinte.

Keeley lui adressa un air de reproche.

— J'espère bien que non.

— Eh bien, c'est tout à fait…

D'une main experte, il ouvrit son soutien-gorge et les seins de Keeley jaillirent. Il inclina la tête pour venir prendre un téton en bouche.

— Nouveau pour moi…, acheva-t-il.

— Pour moi aussi, gémit-elle, sa tête retombant dans l'oreiller.

Il prit son temps. Plus de temps qu'elle ne l'en aurait cru capable, au vu de l'état alarmant de son érection. Son corps était tendu vers elle, comme attiré par un aimant, mais Ariston ne cédait pas et caressait délicatement la peau de Keeley du revers de la main, comme s'il tenait à prendre le temps de découvrir le corps nouveau qu'elle lui présentait ce soir.

Keeley adorait ça. Les doigts d'Ariston se perdaient sous sa culotte, frôlant puis caressant son bourgeon sensible jusqu'à la faire trembler. Jusqu'à ce qu'elle crie au supplice, ses deux jambes inconsciemment ouvertes pour l'accueillir, jusqu'à ce que sa voix brisée exige qu'il la fasse sienne. Alors il la pénétra et Keeley laissa échapper un long gémissement, sentant toute sa longueur. Il s'immobilisa immédiatement et la chercha des yeux.

— Je te fais mal ?

— Non. Pas du tout. Tu…

Son instinct parla pour elle et elle porta ses hanches en avant pour l'accueillir plus profond en elle, peut-être parce que c'était plus simple que de lui dire qu'il était le plus bel homme qu'elle avait jamais vu et qu'elle n'en revenait pas d'être sa femme.

Ariston recommença à bouger en elle et il sourit, reconnaissant un gémissement familier. C'était celui d'une femme qui gémissait son prénom. Il se força à se concentrer sur le plaisir de Keeley, pour rendre cette nuit de noces inoubliable. Parce qu'une femme satisfaite est une femme docile, ce qui lui convenait parfaitement.

Il était sur le point de perdre le contrôle lorsqu'il sentit les digues de Keeley céder, son corps secoué de spasmes. Le cri de son orgasme vint se briser au seuil de ses lèvres et seulement alors, il s'autorisa à la rejoindre. Mais Ariston n'était pas préparé à la violence de sa propre jouissance et au plaisir qui le saisit alors qu'il se répandait en elle dans un flot libérateur.

10.

Les yeux mi-clos, Keeley s'étira longuement, encore dans un demi-sommeil. Comblée, l'odeur persistante du sexe prisonnière des draps, elle étendit le bras pour toucher Ariston, mais l'espace qu'il occupait dans le lit était froid.

Elle attrapa sa montre. Il était à peine 6 heures, pourtant Ariston était déjà debout, prêt à partir, ajustant ses boutons de manchettes.

— Tu pars travailler ?

Il revint sur ses pas pour la rejoindre.

— J'en ai bien peur.

— Mais… C'est samedi…

— Et alors ?

Keeley repoussa les draps, s'instruisant mentalement de ne pas insister. Ne venaient-ils pas de passer la plus extraordinaire des nuits ? Peu importait qu'il parte au travail, alors que la majorité des Londoniens dormaient encore. Le dévouement d'Ariston à son entreprise faisait partie du prix à payer.

Il lui fut difficile, pourtant, de ne pas se sentir maussade : comme il aurait été agréable de passer la matinée au lit à ses côtés, pour une fois ! Faire comme les autres jeunes mariés. Rire, se chamailler, parler de tout et de rien… Mais Keeley n'était pas une jeune mariée ordinaire. Elle était la femme d'un milliardaire qui l'avait épousé pour le seul bien de leur enfant. Elle se força à sourire.

— Alors, à quelle heure est-ce que tu rentres ?

Ariston attrapa sa veste et lui jeta un coup d'œil au passage, admirant le corps qu'elle lui dévoilait sans pudeur, ses seins gonflés tendant la soie de la petite nuisette qu'elle avait dû passer pendant la nuit. Il s'éclaircit la gorge en repensant aux heures précédentes, sa sensualité, leur férocité commune. La veille, il était arrivé à la maison les bras chargés de fleurs achetées sur un coup de tête à un vendeur de rue, bien différentes des luxuriants bouquets composés qu'il faisait livrer par sa secrétaire pour excuser ses nombreux retards. Keeley avait été touchée et elle avait enfoui son visage dans les roses odorantes, portant le bouquet jusqu'à la cuisine pour le mettre dans l'eau.

Le cœur d'Ariston se gonfla de plaisir au souvenir des joues empourprées de Keeley, de l'étincelle qui avait éclairé ses yeux lorsqu'elle s'était dressée sur la pointe des pieds pour l'embrasser. Après le dîner, il l'avait attirée sur ses genoux, jouant distraitement avec ses cheveux jusqu'à ce qu'elle se tourne vers lui, les yeux pleins d'une prière silencieuse. Il l'avait portée jusqu'à la chambre.

Ariston la regarda chasser une boucle blonde derrière son oreille, le mouvement de l'épaule faisant ressortir ses seins contre le tissu de la nuisette ; il se força à détourner les yeux et à se concentrer sur sa propre tenue.

Se rendait-elle compte de l'emprise grandissante qu'elle exerçait sur lui ? Un frisson glacé le parcourut. C'était évident. Même quelqu'un d'aussi candide qu'elle ne pouvait ignorer qu'il perdait toute notion de temps et de lieu lorsqu'elle levait vers lui ses grands yeux émeraude. Peut-être cherchait-elle à étendre cette emprise ?

— Ariston, demanda-t-elle à nouveau. Il faut vraiment que tu y ailles ?

— Je le crains. Anatoly Bezrodny arrive de Moscou lundi et il y a encore une ou deux choses qu'il faut que je règle.

Elle se décala imperceptiblement vers lui, le corps en avant, ses lèvres pulpeuses figées dans une moue ensorcelante.

— Tu passes plus de temps au bureau qu'ici…

— Peut-être voudrais-tu t'occuper de mon agenda pour moi, désormais ? la taquina-t-il. Glisser quelques mots à mon assistante pour qu'elle t'appelle avant chaque rendez-vous ?

— Mais tu es le patron, protesta-t-elle, malgré son gentil reproche. Tu n'as pas à accumuler autant d'heures de travail.

— C'est justement parce que je suis le patron que je le dois. Je dois montrer l'exemple, Keeley. C'est aussi pour cela que tu as une belle maison et des tenues élégantes. Alors arrête de faire la tête et embrasse ton mari qui part au travail.

Il marcha jusqu'au lit et se pencha vers elle.

— Tu n'as pas oublié pour le dîner, ce soir ?

Elle lui tendit ses lèvres.

— Bien sûr que non. J'ai hâte.

Elle l'embrassa, d'un baiser plus paresseux que passionné, et Ariston, qui n'acceptait que la complète capitulation, prit son visage entre ses mains pour approfondir leur baiser jusqu'à ce qu'il l'entende gémir. Mais sa voiture attendait en bas de l'immeuble.

— Plus tard, promit-il, s'arrachant à contrecœur à ses lèvres. Nous nous rattraperons.

Après son départ, Keeley se laissa tomber sur l'oreiller, ravalant les larmes stupides qui avaient jailli au coin de ses yeux. Qu'est-ce qui n'allait pas chez elle ? Elle s'attendait à tout ça en épousant Ariston. Elle savait qu'il était accro à son travail et il ne lui avait jamais promis son cœur. Il avait été honnête depuis le début : il ne l'aimerait jamais. Et elle avait accepté cela.

Avec un soupir, elle ferma les yeux. Ce n'était pas la faute d'Ariston si les sentiments qu'elle éprouvait à son égard étaient en train de changer. Si elle en voulait plus que les termes de leur contrat…

Elle se leva et dégusta le succulent petit déjeuner préparé par le chef, avant d'appeler le chauffeur pour lui dire qu'elle n'aurait pas besoin de la voiture aujourd'hui. Elle attrapa son sac à main. Qu'allait-elle faire de sa journée ? Une balade au cœur de Hyde Park, pour y voir les arbres jaunis par l'automne ? Non. Elle prit le chemin qui menait à la gare la plus proche… Elle monta dans un train. Était-ce la nostalgie qui la poussait à retourner dans le quartier où elle avait habité ? Cherchait-elle à retrouver celle qu'elle était avant qu'Ariston ne surgisse dans sa vie pour la bousculer de fond en comble ?

Elle longea des avenues familières, s'aventurant dans les rues de son ancienne vie jusqu'à arriver au pied de son vieil immeuble. Immobile, elle jeta un long regard à sa fenêtre. Imaginait-elle les regards soupçonneux des passants sur elle ? N'était-elle vraiment plus à sa place, dans ce quartier populaire, avec ses vêtements de luxe et son sac hors de prix, traquant d'insaisissables fantômes ?

Keeley déjeuna dans un café et passa chez le coiffeur dans l'après-midi, puis rentra se préparer en vue du dîner, incapable de se défaire de sa mélancolie. Elle ne savait pas exactement ce qu'elle attendait de son mariage avec Ariston, mais ça ne pouvait pas être la solitude qu'elle avait ressentie toute la journée… Elle savait qu'il était distant, exigeant et complexe, mais… Elle avait nourri quelque espoir.

Pensait-elle vraiment que la vie commune et le sexe, aussi fantastique soit-il, suffiraient à les rapprocher ? Que ce qui n'était finalement qu'un mariage blanc pourrait, avec le temps, se teinter de sentiments ? Les femmes comme elle ont besoin de proximité, de compagnie, surtout si près de mettre un enfant au monde. Elle avait franchi une frontière invisible lorsqu'il lui avait parlé de son enfance et elle avait prié pour que cela inaugure un nouveau départ pour leur couple. Après la passion torride de leur nuit de noces, elle avait attendu un nouvel élan. En vain.

Et maintenant ?

Elle passa sa robe de soirée noire. Il fallait qu'elle accepte la dure réalité de ce mariage : Ariston ne faisait pratiquement pas attention à elle lorsqu'elle était habillée. Il partait tôt chaque matin et ne rentrait que pour dîner, organisant ses journées sans accorder plus de temps à sa femme qu'à ses rendez-vous. Bien sûr, il l'avait accompagnée à chacun de ses rendez-vous chez le médecin et murmuré ce qu'elle voulait entendre lorsqu'ils avaient vu leur fils s'agiter à l'échographie.

De temps à autre, rarement, ils regardaient un film ou partaient à la campagne ensemble, petites attentions qui lui faisaient entrevoir la possibilité d'une intimité basée sur autre chose que leur simple compatibilité sexuelle. Mais à chaque fois, ses espoirs étaient douchés par le mutisme qu'il lui opposait par la suite, l'énigme de son visage fermé à toute confidence.

Ariston arriva en retard et fila sous la douche, émergeant quelques minutes plus tard, élégant et viril dans son costume de soirée. Il marcha vers Keeley et se mit à masser ses épaules que la robe laissait nues. Instantanément, elle sentit le désir naître en elle.

— Ariston, murmura-t-elle dans un souffle en sentant ses doigts se déplacer de ses épaules à son ventre.

— Ariston quoi ? Je ne fais que rattraper le temps perdu ce matin. Et puis, comment ne pas avoir envie de te toucher ? Tu es magnifique dans cette robe.

Keeley fixa une opale à son oreille.

— Je ne me sens pas particulièrement magnifique.

— Tu l'es. À vrai dire, j'ai très envie de t'amener jusqu'au lit pour te montrer à quel point tu m'excites. Ça te plairait ?

Bien sûr que cela lui plairait. Mais le sexe comme seule forme de communication est une chose dangereuse dans un couple. Le contraste entre l'implication physique d'Ariston et sa distance habituelle était déconcertant. Chaque fois qu'il lui faisait l'amour, c'était comme s'il lui volait une partie de son âme… Keeley commençait à redouter qu'il finisse par ne plus rien rester d'elle qu'une coquille vide et obéissante.

— Nous n'avons pas le temps, dit-elle en fixant la seconde boucle d'oreille.

— Prenons-le.

— Non. Je ne veux pas que tes invités me voient arriver les joues rouges et les cheveux en bataille, après le temps que j'ai passé chez le coiffeur.

Elle avait parlé avec fermeté, le menton haut.

— Alors n'y va pas, la prochaine fois, répondit-il sèchement, jetant un coup d'œil aux entrelacs savants de ses boucles blondes. Si ça te met de cette humeur…

Il était frustré, donc agressif. Une fois installée sur les

sièges en cuir de la limousine, elle posa sa main sur la cuisse d'Ariston, sentant ses muscles se contracter à son toucher.

— Désolée pour tout à l'heure, murmura-t-elle.

Il tourna vers elle un visage sculpté par les lumières filantes de la nuit citadine.

— Ne t'inquiète pas, répondit-il d'une voix douce. Ce sont probablement les hormones.

Elle aurait voulu lui hurler que tout ne concernait pas ses satanées hormones, ce qui la contredirait de fait, et donc elle préféra rester silencieuse. Puis elle leva les yeux vers lui. Pourquoi ne pas lui dire ce qu'elle avait sur le cœur, après tout ? D'autant qu'il s'agissait d'un problème concret, dont la résolution pourrait améliorer leur vie commune…

— Ariston, commença-t-elle.

— Oui, Keeley ?

Elle hésita avant de poursuivre :

— A-t-on vraiment besoin d'autant d'employés ?

Il fronça les sourcils.

— Comment ça ?

— Eh bien… La gouvernante, les femmes d'entretien, le cuisinier, le chauffeur, la secrétaire, le jardinier…

— Où est le problème ? C'est un grand appartement, avec terrasse. Ils ont chacun leur rôle à jouer.

— Je sais mais… Je me disais juste que je pourrais peut-être… Tu sais, aider.

— Aider ? En faisant quoi ?

— Je ne sais pas, trois fois rien, mais… J'ai envie de me sentir réelle, d'avoir des choses à faire, plutôt que d'être une poupée dont toutes les envies sont prises en charge. Quand j'ai offert à Maria de l'aider à l'épluchage l'autre jour, j'ai eu l'impression de déclencher une crise diplomatique !

Il prit son temps pour répondre, choisissant ses mots.

— Peut-être pensait-elle que ce ne serait pas… approprié.

— Et pourquoi pas ?

Il soupira, visiblement irrité.

— Parce que tu ne fais plus partie de mon personnel, Keeley. Tu es maintenant la maîtresse de cette maison et il serait bon que tu commences à te comporter comme telle.

— On dirait que tu as honte de moi ! jeta Keeley, choquée.

— Ne sois pas ridicule. C'est juste que tu ne peux pas éplucher les légumes et demander qu'on te serve le thé cinq minutes plus tard. Il faut que tu endosses ton nouveau rôle, que tu l'assumes en face des autres. Tu comprends ?

Keeley tenta de sourire.

— Je crois que je vois l'idée, oui.

Il lui prit la main, conciliant.

— Les choses s'apaiseront quand l'enfant sera là.

— Oui, peut-être. Voilà au moins quelque chose que je pourrai faire moi-même, dit-elle, amère. M'occuper de lui.

Il y eut un instant de silence, pendant lequel Ariston lui caressa la main.

— Bien sûr, toi et… la nourrice.

Il lui sembla qu'elle avait mal entendu.

— Je te demande pardon ? demanda-t-elle, le cœur cognant dans la poitrine.

— Je crois qu'on les appelle des puéricultrices ? C'est ça ?

Keeley sentit la sueur lui couvrir le front.

— Mais… Je pensais que puisque tu as élevé Pavlos, puisque tu tiens tant à ta famille, tu ne voudrais pas qu'un étranger s'implique dans l'éducation du bébé… Tu vas y participer, non ? Je me trompais aussi sur ce point, Ariston ?

Elle vit une ombre passer sur son visage. Était-il énervé qu'elle ait mentionné son frère, rouvrant un sujet qu'il avait scellé lors de leur nuit de noces ?

— Je serai au travail toute la journée, Keeley. Et même si tu restes en charge du bébé, nous aurons besoin d'une nourrice qui sache parler grec. C'est un héritage capital pour un Kavakos…

Les mots d'Ariston résonnaient encore dans sa tête lorsqu'ils entrèrent dans le restaurant grec huppé, l'un des seuls du cœur de Londres qui « valait le coup », comme le précisa Ariston alors qu'on les guidait vers la meilleure table.

Mais Keeley n'avait que faire des prouesses culinaires de l'établissement. Elle se força à réciter mentalement les prénoms des invités, comme une enfant ses tables de multiplication : Théo, Anna, Nikios, Korinna… Il ne fallait pas se tromper.

Lors du repas, elle eut du mal à suivre les conversations : Ariston et ses amis revenaient spontanément au grec, ponctuant leurs discours de phrases incompréhensibles. Après tout, c'était leur langue maternelle et même s'ils se tenaient à l'anglais pour l'inclure, Keeley ne se sentait pas à sa place. Il fallait qu'elle s'habitue à ce sentiment : elle le ressentirait à nouveau avec son fils. Elle resterait à la périphérie de chaque événement, de chaque conversation. La mère anglaise, incapable de parler avec son fils à moitié grec. La perspective était effrayante…

À moins, bien sûr, qu'elle n'y fasse quelque chose, qu'elle passe à l'action au lieu de laisser les autres décider à sa place. Depuis quand baissait-elle les bras ? Si sa vie ne lui convenait pas, elle devait faire évoluer la situation.

— Je pense apprendre le grec, lança-t-elle de but en blanc, en regardant Korinna.

La jeune femme jouait avec son sorbet, sans participer à la conversation qui animait les autres invités.

— Bien ! fit celle-ci en souriant. Mais la langue est ardue…

— Je m'en doute, répondit Keeley. Mais si je n'essaie pas…

Alors qu'elle se rendait aux toilettes, un peu plus tard, elle croisa un jeune serveur qui s'adressa à elle avec déférence.

— Tout va bien, madame Kavakos ?

— Absolument, c'est parfait. Mes compliments au chef.

Encouragé par sa mine affable, le serveur poursuivit :

— Excusez-moi, mais je n'ai pu m'empêcher d'entendre vos propos tout à l'heure. Vous voulez apprendre le grec ?

— Je cherche encore le meilleur moyen de m'y prendre, mais c'est un projet, oui, fit-elle en souriant.

Le serveur lui sourit en retour.

— Je peux peut-être vous aider… Ma sœur enseigne à l'école grecque de Camden, elle cherche à donner des cours particuliers. Voudriez-vous sa carte ?

Keeley hésita un instant, mais n'était-ce pas un cadeau

tombé du ciel ? Les cours particuliers sont un bon moyen de progresser rapidement. Ariston ne serait-il pas fier de constater qu'elle s'efforçait de se rapprocher de sa culture ? Elle allait lui montrer de quoi elle était capable.

— Merci, répondit-elle avec un sourire, glissant la carte dans son sac à main.

11.

Intrigué par les sons qui provenaient du salon de musique, Ariston ferma doucement la porte de l'appartement derrière lui. Quelqu'un dont il ne reconnaissait pas la voix récitait lentement l'alphabet grec. Immobile, il fronça les sourcils en entendant une deuxième personne buter sur la lettre omicron, traditionnellement difficile à prononcer pour les étrangers. C'était la voix de sa femme ! réalisa-t-il soudain.

Il longea le corridor et découvrit une scène étonnante. Une jeune femme inconnue était assise dans l'encadrement d'une fenêtre, tandis que sa femme, assise au piano, lisait à haute voix ce qui ressemblait à un livre d'écolier. Il pénétra dans la pièce et les deux femmes levèrent les yeux vers lui. Les mots que Keeley prononçait moururent sur ses lèvres.

— Que se passe-t-il ici ? demanda-t-il, plus rudement qu'il ne l'aurait voulu.

— Ariston ! Je ne m'attendais pas à te voir.

— Visiblement, non.

Il haussa les sourcils et ajouta en direction de l'inconnue :

— Et vous êtes ?

— Eva, répondit Keeley. Ma professeure de grec.

— Je ne savais pas que tu apprenais le grec, fit-il après une pause.

— Je ne te l'ai pas dit. C'était supposé être une surprise.

Eva ramassa à la hâte ses cahiers pour les ranger dans sa sacoche en cuir.

— Je… Je ne vais pas vous déranger plus longtemps, balbutia-t-elle. Je vais y aller.

— Certainement pas, s'interposa Keeley. Il reste une demi-heure.

— Je peux revenir, tenta Eva d'une petite voix qui suggérait l'envie du contraire.

Ariston attendit que Keeley ait raccompagné la jeune femme, et l'accueillit d'un visage impassible lorsqu'elle regagna le salon.

— À quoi joues-tu, bon sang ? s'insurgea Keeley.

— Je pourrais te retourner la question. Que faisait cette inconnue dans mon salon ?

— Je te l'ai dit, c'est ma professeure de grec. Ce n'était pas assez évident à tes yeux ?

— Ta professeure de grec, répéta-t-il. Et où l'as-tu trouvée ?

Keeley soupira.

— C'est la sœur du serveur qui s'est occupé de nous, lorsque nous étions au restaurant Kastro, l'autre soir. Il m'a entendue parler à Korinna de mon souhait d'apprendre le grec et m'a proposé la carte d'Eva, alors que j'étais allé me rafraîchir.

— Répète-moi ça, s'il te plaît ? C'est la sœur d'un type inconnu croisé dans un restaurant ?

— Et après ? Ça te pose problème ?

— Évidemment ! s'étrangla-t-il. Réfléchis, Keeley, tu ne connais même pas ces gens !

— Je les connais aujourd'hui.

— Keeley ! explosa Ariston. Te rends-tu compte des conséquences possibles de la présence d'étrangers chez moi ?

— C'est aussi chez moi, rétorqua-t-elle, la voix tremblante. Ou tout du moins, est-ce censé l'être.

Il fallut un effort à Ariston pour se calmer, et tenter de parler d'une voix qui ne serait pas étranglée par la fureur.

— Ne joue pas sur les mots. Tu sais que certaines choses sont différentes avec moi, en raison de ma fortune.

— Ah oui, ta fortune… Je ne pense pas que je pourrais l'oublier un jour, jeta Keeley. Que veux-tu que je fasse, Ariston ? Que je fouille la sacoche d'Eva à la fin de chaque leçon pour m'assurer qu'elle n'embarque pas l'argenterie ?

Ariston resta muet. Au lieu d'être irrité par son indignation, il admirait sa femme. Elle était encore plus jolie lorsqu'elle était en colère. Ses cheveux blonds volaient autour de son visage, ses yeux verts semblaient lancer des éclairs. Sans chercher à se contrôler, il s'approcha et la prit dans ses bras.

Les pupilles de Keeley se dilatèrent sous l'effet de la surprise. Elle tenta tout d'abord de cogner des poings contre son torse, mais gémit tout de suite lorsqu'il l'embrassa, gémissant plus encore quand il caressa ses seins gonflés. Elle lui rendit son baiser avec férocité et il poussa son bassin contre le sien pour lui faire sentir toute la puissance de son excitation. Les hanches de sa femme vinrent à sa rencontre, comme animées d'une vie propre.

Sur le point de la porter sur le divan, Ariston s'immobilisa subitement.

— Non, gronda-t-il en la repoussant, le cœur battant à tout rompre. Je ne veux pas, Keeley. Pas pour le moment.

— Tu ne veux pas ? rétorqua-t-elle, l'air incrédule. Tu es sûr ? Ce n'est pas comme ça que tu règles chacune de nos disputes ?

Réprimant un grognement, il recula d'un pas.

— Je ne te ferai pas l'amour comme ça, pas après ce qui vient de se passer, répondit-il, la voix rauque. Je suis en colère et j'ai peur d'être plus… physique encore qu'à l'accoutumée.

— Et ?

— Et ce n'est probablement pas la meilleure idée du monde, avec ta grossesse.

Keeley sentit tout désir la déserter. Qu'importe ce qu'elle disait, ce qu'elle faisait, qu'importe si elle essayait de faire tenir ce mariage, Ariston serait toujours celui qui donnerait les ordres. Elle pouvait bien devenir bilingue, ça ne ferait aucune différence. Ce qu'elle voulait n'avait aucune importance. Les intérêts d'Ariston auraient toujours la priorité, parce qu'il était le maître de maison, le maître de sa vie. Il fallait qu'elle apprenne à rester à sa place. Il n'aimait pas voir des étrangers chez lui et maintenant qu'elle le savait, elle se plierait à sa volonté.

L'appartement était une prison, Ariston son inflexible geôlier. Et la raison pour laquelle il avait refusé de lui faire l'amour à l'instant n'avait rien à voir avec sa grossesse. Son visage était aussi fermé que la fois où il lui avait parlé de sa mère et soudain, Keeley comprit pourquoi. Il n'aimait pas l'homme qu'il était à son contact. Il n'aimait pas perdre le contrôle de lui-même, ni, pire encore, que quelqu'un le voie perdre le contrôle.

Si elle restait, elle passerait le restant de sa vie à se soumettre à ses envies, ou devrait-elle dire ses lubies ? La condition à laquelle elle avait accepté de l'épouser n'était pas respectée. Ils ne seraient jamais égaux. Quel exemple serait-ce pour leur fils ?

Passant une main lasse sur son visage, Keeley leva les yeux vers lui.

— J'arrête, Ariston, déclara-t-elle. J'arrête.

Il fronça les sourcils.

— De quoi est-ce que tu parles ?

— Toi. Moi. Nous. Je suis désolée. Je n'en peux plus. Je ne peux pas continuer à jouer la mariée heureuse.

Il eut un sourire cruel. Elle n'avait pas vu ce sourire sur son visage depuis longtemps et il lui rappela l'incroyable violence qui sommeillait en lui.

— Mais tu n'as pas le choix, Keeley, murmura-t-il. Tu es enceinte de mon enfant et je ne te laisserai pas partir.

Elle haussa le menton dans une posture de défi.

— Tu ne peux pas m'en empêcher.

— Oh ! tu verras bien vite que j'en ai les moyens, répondit-il. J'ai l'expérience et l'argent. Tu n'as rien. Je ferai plier n'importe quel tribunal, n'en doute pas, même si c'est un chemin que je préférerais ne pas prendre. Ne m'y oblige pas, Keeley. Pourquoi ne pas nous calmer, discuter ?

Il lui jeta un long regard avant d'ajouter :

— Peut-être ai-je été un peu déraisonnable…

— Peut-être ? fit Keeley, au bord du désespoir. Tu ne comprends donc pas, Ariston ? Ce n'est pas un mariage, c'est une farce ! Et je ne parle pas seulement de ton manque de confiance ou de ton attitude de geôlier, parce que j'ai osé inviter quelqu'un chez toi !

— Keeley…

— Non, tu vas m'écouter, Ariston, je te le garantis. Tu veux entendre ce que c'est, que d'être mariée avec toi ? Tu veux savoir la vérité ? Tu passes tes journées et tes soirées au bureau, tu tolères à peine ma présence quand tu rentres. L'intimité ne se forge pas à coups d'orgasmes et de sorties occasionnelles au théâtre, mais j'imagine que j'aurais dû comprendre que tu ne veux pas de réelle intimité. C'est toi qui me l'as dit et j'avais cru à l'époque que je pourrais y changer quelque chose, mais je sais maintenant que je me leurrais. Parce que tu te moques de moi, Ariston, la seule chose qui t'intéresse, c'est ton fils.

— Keeley…

— Arrête de m'interrompre ! hurla-t-elle. Quand je t'ai dit que je me sentais perdue au milieu de tes employés, que j'ai évoqué la possibilité d'aider, tu m'as regardée comme si j'étais une gamine qui ne comprenait rien à la vie. Alors qu'est-ce que je suis censée faire, toute la journée ? Hanter les magasins comme un fantôme et dépenser ton argent ?

— Beaucoup de femmes s'en contenteraient.

— Pas moi ! Si tu veux le savoir, ça m'ennuie à mourir ! Courir les magasins m'a amusée cinq minutes avant le mariage, mais ce n'est pas ce que je veux faire de ma vie. C'est vide ! Ma vie est vide, sans intérêt, sans passion !

— Keeley…

— Je n'ai toujours pas terminé ! lança-t-elle d'une voix glaciale. Tu parles grec, moi pas, ce qui veut dire que je serai toujours laissée de côté dans tes conversations et à l'instant où j'ose faire preuve d'initiative, tu me rabroues ?

— J'entends ce que tu dis, finit-il par dire, et je comprends que j'ai mal réagi. Bien sûr que tu peux prendre des leçons, mais au moins laisse-moi choisir quelqu'un de convenable pour t'apprendre. Tu ne peux pas juste engager la sœur d'un inconnu croisé par hasard au restaurant.

— Pourquoi pas, si elle me convient ?

— Parce qu'elle n'a pas été validée, gronda-t-il. Par moi.

Ce fut le coup de grâce. À partir de ce moment-là, Keeley sut qu'ils avaient franchi le point de non-retour. Son cœur cognait dans sa poitrine, mais elle réussit à maîtriser sa voix.

— Alors qu'est-ce que je dois faire ? Rester bien sagement assise pendant que tu choisis ceux avec qui je peux éventuellement avoir une relation ? Tu tiens vraiment à m'emmurer, comme tu t'es enfermé toi-même, Ariston ?

— Qui réagit mal, en ce moment ? dit-il d'un ton accusateur.

— Pas moi ! Crois-moi, ce que tu me fais vivre vaudrait même une réaction plus forte ! Je pensais que les choses pourraient changer lorsqu'on serait mariés, mais au lieu du rapprochement que j'attendais, je n'ai eu que de la colère et des soupçons. J'ai pitié de toi, Ariston. Voir le monde d'une manière aussi cynique finira inévitablement par gâcher ton existence. La mienne aussi, si je reste. Et je ne permettrai jamais que mon fils grandisse dans un pareil environnement. Je ne veux pas qu'il connaisse ton cynisme et ta méfiance, je ne veux pas qu'il se demande pourquoi son père et sa mère n'ont pas la moindre affection l'un envers l'autre. Je veux qu'il grandisse dans un environnement sain et c'est pour ça que je m'en vais.

— Essaie, lança-t-il, dressé dans une posture de défi.

Elle hocha la tête, amère.

— Tu vas jouer au tyran financier, en plus du tyran émotionnel ? Tu es en train d'y penser, n'est-ce pas ? Tu irais aussi loin, Ariston, après tout ce que tu as vécu ? N'hésite pas, tu as ma bénédiction. Mais si tu fais ce choix, je filerai chez mon avocat et je réclamerai une pension. Ou je vendrai ces breloques, ajouta-t-elle en montrant le diamant à son doigt et le bracelet scintillant à son poignet. Peut-être même que j'irai voir les journalistes. Histoire de leur raconter ce que c'était, que d'être mariée au milliardaire grec qu'ils aiment tant. Je ferai tout ce qui est en mon pouvoir pour assurer le futur de mon bébé, et tu ne me le prendras pas. Qu'importe ta fortune, je ne me séparerai jamais de mon enfant. Je ne suis pas ta mère, Ariston.

Elle le vit vaciller sous l'effet de sa dernière pique, mais à ce stade, plus rien ne l'arrêterait.

— Maintenant si tu veux bien m'excuser, conclut-elle, la voix tremblante de rage, je vais aller prendre mes affaires et partir. Et si tu essayes de m'arrêter, je... J'appelle la police.

Tout ce qu'elle avait dit devait être dit et elle en pensait chaque mot, même si une petite étincelle, tout au fond de son cœur, refusait obstinément de mourir. L'espoir fou, têtu, que leur explication ait fini par régler le problème ? Qu'il la laisserait enfin lui montrer tout l'amour qu'elle avait dans le cœur, qu'il la laisserait détruire le mur qu'il avait érigé pour se protéger ? Il ne l'aimerait peut-être jamais, mais ne pouvait-il pas au moins l'apprécier, lui faire confiance ? Pouvait-il voir briller cette lueur dans ses yeux ?

Quand Ariston ouvrit la bouche pour parler, elle comprit qu'une fois encore, elle se berçait d'illusions.

— Vu ton hystérie actuelle, je te conseillerai de laisser passer la nuit avant d'entreprendre quoi que ce soit. J'irai à l'hôtel, ce soir, pour te laisser de l'espace. Avec un peu de chance, tu seras revenue à la raison dans la matinée. Et puis, Keeley, te mettre dans un état pareil ne doit pas faire de bien au bébé, tu y as pensé ?

Ce fut le coup de poignard final. Il ne se soucierait jamais d'elle. Pire encore, il l'accusait de faire du mal à son propre enfant. Elle se détourna pour ne pas qu'il voie les larmes qui commençaient à rouler sur ses joues. Il lui brisait le cœur. Sans un mot, elle s'enfuit dans sa chambre.

12.

Le ciel d'octobre était gris, tourmenté. Ariston y avait perdu son regard, lorsque le voyant rouge d'appel de sa secrétaire s'alluma au poste de son bureau. La voix de Dora résonna dans la pièce.

— J'ai le cheikh Azraq pour vous sur la ligne une, Ariston.

Ariston ouvrit l'un des dossiers posés devant lui sur le bureau. Ce coup de téléphone finalisait un accord sur lequel sa compagnie travaillait depuis des semaines et qui pesait plusieurs millions de dollars. Il allait prendre l'appel quand son téléphone portable se mit à vibrer, le prénom « Keeley » s'affichant sur l'écran lumineux. Ariston sentit sa gorge se nouer.

— Dites au cheikh que je le rappelle, Dora.

— Mais…

Il était rare que son assistante se permette d'objecter, mais en l'occurrence, elle avait raison. Le cheikh Azraq al-Haadi était l'un des hommes les plus puissants au monde : on ne rejetait pas son appel sans une très bonne raison. Surtout après les semaines de préparations que ses équipes avaient passées à peaufiner le dossier.

Mais il y avait une très bonne raison : Keeley était plus importante que tout le reste, affaires comprises.

Un petit sourire satisfait lui vint au visage. Regrettait-elle sa décision ? Avait-elle enfin compris qu'il avait raison depuis le début, qu'elle avait besoin de lui ? Il la reprendrait, bien sûr, mais il n'accepterait plus ses petites crises de folie, dans le futur, pour leur bien à tous deux.

— Dites au cheikh que je suis prêt à revoir certains termes du contrat en sa faveur, dit-il à sa secrétaire. Mais pour le moment, il faut que je parle à quelqu'un d'autre et je ne veux être dérangé sous aucun prétexte.

Il attrapa le téléphone portable et prit l'appel.

— Ariston, murmura Keeley après une pause. J'allais raccrocher…

Il sentit instantanément une étrange douleur lui serrer le cœur. Quelque chose en lui le poussait à la conciliation, mais la colère qu'il avait éprouvée lorsqu'elle était partie ne l'avait pas quitté pour autant.

— Je suis là, répondit-il d'une voix froide. Qu'est-ce que tu veux, Keeley ?

Le ton de son interlocutrice changea drastiquement. Ariston n'obtiendrait pas les excuses qu'il attendait, il en fut immédiatement conscient.

— L'obstétricien me fait passer une échographie demain, annonça-t-elle d'une voix glaciale. Je pensais que tu voudrais peut-être venir, même si je ne suis pas sûre que tu aies le temps de te libérer…

— Et c'est la raison pour laquelle tu as attendu si tard avant de me le proposer ?

Il l'entendit soupirer de frustration à l'autre bout de la ligne.

— Non, Ariston, mais puisque tu ne réponds à aucun de mes mails…

— Je n'aime pas les mails.

— Je sais. C'est juste que… Je ne savais pas si tu voudrais me voir ou pas. J'ai pensé à t'envoyer une photo de l'échographie, mais…

— À quelle heure ? l'interrompit-il. L'échographie.

— Midi. À l'hôpital Princesse Mary, on y était allés ensemble, tu te souviens ?

— J'y serai, répondit-il brusquement. Comment vas-tu ?

— Je vais bien. Tout va bien…

Il pouvait l'entendre chercher ses mots.

— … Les médecins disent que tout se passe bien et…

— À demain, coupa-t-il.

Il raccrocha.

Ariston passa plusieurs minutes assis en silence, les yeux perdus dans le vide. Il s'en voulait d'avoir été aussi froid avec Keeley, mais à quoi s'attendait-elle ? Pensait-elle qu'il allait lui courir derrière comme un chiot, à quémander ses attentions ? Après leur dernière dispute, il avait passé la nuit à l'hôtel et était rentré le matin suivant, fermement convaincu qu'il obtiendrait des excuses méritées. Mais il s'était trompé.

Calmement, Keeley avait renouvelé son désir de partir. Il avait essayé de se montrer raisonnable. Il ne s'était pas opposé à sa volonté, la laissant s'installer dans son propre appartement, pensant que s'il lui accordait la liberté qu'elle demandait, elle finirait par revenir. Mais rien de tout cela n'était arrivé. Au contraire, elle avait semblé se plaire dans son petit cottage de Wimbledon Common, arrangeant l'endroit comme si elle prévoyait d'y passer le restant de ses jours.

Lors de sa seule visite, il avait jeté un regard incrédule à la chambre jaune poussin, spécialement décorée pour la venue de l'enfant. Un berceau neuf, orné de dentelles blanches, attendait sagement qu'on l'utilise. Il avait regardé la belle pelouse au dehors et avait senti son cœur se serrer en comprenant que c'était une vie dont il ne ferait pas partie. Mais la fierté lui interdisait de montrer quoi que ce soit. Il avait refusé le thé qu'elle lui proposait, invoqué un rendez-vous inexistant et s'en était allé.

Keeley lui avait dit qu'elle ne voulait pas d'animosité entre eux, qu'il pourrait rendre visite à l'enfant autant de fois qu'il le désirerait, mais l'idée de vivre loin de son fils le faisait terriblement souffrir. Alors pourquoi ne l'attaquait-il pas en justice ? Pourquoi ne la traînait-il pas devant les tribunaux ?

La nuit précédant l'échographie, il dormit mal, ce qui était devenu une habitude, et lorsque Keeley arriva à l'hôpital le lendemain, il attendait déjà devant les portes. Surprise, elle le rejoignit.

— Ariston ? Tu es en avance !

— Et ?

Elle sembla sur le point de répondre, mais se contenta finalement de lui adresser un maigre sourire. Jamais elle ne lui avait paru si belle, dans son manteau vert émeraude accordé à la couleur de ses yeux.

— On monte ? l'invita-t-elle après un instant de silence.

Le rendez-vous se passa sans accroc. Le médecin montra le cœur de l'enfant qui battait vigoureusement, le pouce minuscule qu'il suçait déjà.

La gorge nouée, Ariston se détourna un instant. Keeley n'avait pas à le voir dans cet état.

Lorsqu'ils sortirent dans la rue londonienne, il hésita quelques instants.

— Tu veux déjeuner quelque part ? proposa-t-il.

— Je… Non merci.

— Un café ?

Keeley sembla sur le point de dire quelque chose d'important, mais elle secoua finalement la tête.

— Non, merci. C'est… C'est gentil de me le proposer, mais je ne bois plus de café et je suis fatiguée. Je préfère rentrer, si ça te convient.

— Je vais demander à mon chauffeur de te déposer.

— Non, je vais prendre le bus ou le métro, ne t'inquiète pas.

— Il n'est pas question que tu prennes les transports en commun dans ton état. Mon chauffeur va te déposer, répéta-t-il sans masquer son irritation. Ne t'inquiète pas, Keeley, je prendrai un taxi. Je ne compte pas t'imposer ma présence une minute de plus. Tiens, monte.

Il ouvrit la porte de la limousine qui venait de s'approcher d'eux et la regarda s'installer sur le siège.

Keeley leva les yeux vers lui, la bouche sèche. Devrait-elle lui proposer qu'ils se revoient bientôt ? Comprendrait-il qu'il lui manquait terriblement ? Elle allait parler, mais Ariston referma la portière de la limousine et après un hochement de tête imperceptible à l'adresse de son chauffeur, il traversa la rue.

La voiture s'engagea dans le trafic. Keeley se retourna

pour le voir disparaître, le cœur serré. Elle faisait ce qu'il fallait. Elle avait raison. Mais il ne suffisait pas de se le répéter pour y croire. Pourquoi aurait-elle accepté la torture de le voir pendant tout un déjeuner, aussi impassible qu'à son habitude ? Il ne l'aimait pas et ne l'aimerait jamais. Il était jaloux et dominateur. Il représentait tout ce qu'elle haïssait, même si un seul de ses regards la faisait fondre.

Alors pourquoi pensait-elle continuellement à lui ? Que regrettait-elle autant ?

Elle faisait ce qu'il fallait pour son enfant. C'était le plus important.

Lorsqu'elle aperçut les contours du cottage, Keeley sentit son humeur s'améliorer. Elle avait toujours rêvé de vivre dans une de ces petites maisons, lorsqu'elle habitait les quartiers pauvres. C'était ici presque un petit village, avec ses boutiques colorées, ses restaurants, les rues pavées à l'ancienne. Elle avait croisé d'autres femmes enceintes qui lui avaient adressé des sourires de connivence et elle aurait voulu leur parler, s'en faire des amies, mais quelque chose la retenait à chaque fois.

Elle claqua la porte d'entrée derrière elle. Keeley refusait de nouer des liens avec qui que ce soit pour ne pas avoir à expliquer comment elle en était arrivée là, pour ne pas avoir à revivre en paroles les mois qui avaient précédé. Pour ne pas avouer que son mariage était tombé à l'eau de la pire des façons. En parler à quelqu'un serait admettre que tout était réel.

Et elle ne voulait pas l'admettre. Elle voulait…

Keeley se mordit les lèvres. Elle n'osait même pas se l'avouer à elle-même. La seule chose dont elle était sûre, c'est qu'elle ne pouvait plus vivre comme elle avait vécu les dernières semaines en compagnie d'Ariston. Comme une marionnette à qui l'on imprime sa volonté. Une jolie décoration à sortir pour les invités. Elle voulait vivre, faire des choix, aimer un homme qui n'aurait pas peur de l'intimité ou de ses sentiments.

Elle venait de se servir une tasse de thé, lorsque la sonnette retentit. Un coup d'œil au judas la renseigna sur l'identité du visiteur : c'était Ariston, les mains fourrées dans les poches, la mine sombre.

Elle ouvrit la porte à son mari, dont les cheveux noirs étaient décoiffés par le vent froid d'octobre. Ses joues étaient ombrées d'une barbe naissante.

— Ariston, qu'est-ce que tu fais là ? demanda-t-elle, le cœur battant.

— Je peux entrer ?

Elle s'effaça pour le laisser passer. Elle allait l'écouter et puis il partirait. Mais ce genre de visite surprise n'annonçait rien de bon. Avait-il décidé d'enclencher la vitesse supérieure, de se battre pour la garde ? Peut-être avait-il donné instruction à ses comptables de couper les cordons de sa bourse ? Comptait-il l'affamer jusqu'à ce qu'elle se rende à la raison ? Ou… Peut-être ne voulait-il plus d'elle et venait-il pour rompre une bonne fois ?

— Pourquoi es-tu ici, Ariston ? demanda-t-elle, anxieuse.

Ariston la regarda et sentit son aisance habituelle le fuir. Sur le chemin du cottage, il avait bien sûr pensé à ce qu'il allait dire, mais les mots semblaient désormais s'entrechoquer sans logique dans son esprit. Il savait ce qu'il voulait, pourtant. Il était passé maître dans l'art de la négociation, n'était-il pas temps de s'en servir ?

— Je vais moins travailler, finit-il par dire.

L'air stupéfait, elle hocha la tête.

— D'accord…

Puis elle se tut, attendant visiblement la suite.

— Parce que tu as raison.

Il passa une main distraite sur son menton rugueux, prenant soudain conscience qu'il avait oublié de se raser ce matin.

— Je travaille trop dur.

Il lui jeta un regard chargé d'espoir, attendant une récompense à sa franchise, mais Keeley ne bougea pas, ses cheveux blonds illuminés par la pâle lumière automnale qui baignait la pièce.

— Et ? demanda-t-elle finalement, sans plus l'encourager.

— Et nous devrions passer plus de temps ensemble. C'est ce que je voulais te dire.

Keeley eut un sourire incrédule.

— Et d'où te vient cette révélation subite ?

Ariston fronça les sourcils. Une fois de plus, elle ne réagissait pas comme il l'avait anticipé.

— J'ai compris que la compagnie pouvait très bien se passer un peu de moi. Tous les voyants sont au vert.

— Ça n'a pas toujours été le cas ?

— Non. Lorsque mon père est mort, j'ai découvert qu'il avait dépensé la plus grosse partie de la fortune familiale. Il y a eu quelques années d'incertitude. Je ne savais pas si j'allais m'en sortir : entre Pavlos et mes employés, beaucoup de gens comptaient sur moi. C'est une habitude que j'ai prise à ce moment-là, de leur consacrer beaucoup de temps. Renverser la vapeur m'a pris toute l'énergie que j'avais à disposition et j'ai gardé cette pratique de travailler comme un forcené, même lorsque ça n'a plus été nécessaire. Ce que je veux dire, c'est que… Je veux passer moins de temps au bureau et plus de temps à la maison. Avec toi.

Il haussa les épaules.

— C'est tout, conclut-il.

Le silence qui s'ensuivit sembla durer un millénaire.

— Mais ça n'est pas tout, Ariston, fit enfin Keeley d'une voix tremblante. La raison pour laquelle tu travailles si dur, c'est parce que au bureau, c'est toi qui donnes les ordres et que tu aimes ça… C'est une échappatoire facile. Il y aura toujours du travail quand ta femme voudra sortir, ou te faire parler de quelque chose qui te met mal à l'aise…

— Est-ce que tu m'écoutes seulement, Keeley ? gronda-t-il. Je viens de te dire que j'allais réduire mes heures, si c'est ce qui te fera revenir !

— Mais tu ne comprends pas, murmura-t-elle. Ce n'est pas assez.

— Pas assez ? répéta-t-il, confus. Qu'est-ce que tu veux de moi, Keeley, bon sang ?

Il avait posé la question. La question que Keeley voulait entendre depuis leur nuit de noces, lorsqu'il l'avait portée jusque dans leur chambre de jeunes mariés. Une question dont la réponse l'exposerait inévitablement à la souffrance.

Oserait-elle ?

Longtemps auparavant, elle avait fait le serment de ne plus permettre à quiconque de la faire souffrir. Mais les années avaient passé. Elle attendait un enfant. Aurait-elle le courage de mettre sa fierté et ses peurs de côté ? Était-il temps de rompre sa promesse ?

— Je veux ta confiance, finit-elle par répondre après un long moment. Je veux que tu me croies quand je te dis quelque chose, que tu arrêtes d'imaginer le pire. Je veux que tu arrêtes de contrôler ma vie et que tu me donnes la liberté d'être moi-même à tes côtés, Ariston. Je veux que notre mariage fonctionne, parce que nous serons deux à y travailler. Je veux que nous soyons égaux. Réellement égaux.

Il inclina la tête.

— Je vois que ça te travaille depuis quelque temps…

— Plus encore que tu ne l'imagines, répondit-elle honnêtement.

Il y eut un autre silence et après quelques secondes, Keeley assista à quelque chose qu'elle n'avait jamais vu auparavant. Un mélange d'émotions contradictoires tourmenta subitement le visage d'Ariston, et Keeley y vit sa propre peur, ses propres doutes.

Elle aurait voulu crier et se jeter sur lui, lui offrir sa force et profiter de la sienne, l'embrasser, enfin, encore et encore. Mais elle n'en fit rien. Ne rien faire était la seule façon d'aller de l'avant. La vérité était certes difficile à affronter, mais elle restait la vérité.

— Je me suis renfermé parce que je me sentais en danger, finit par dire Ariston. Un danger incontrôlable. J'ai passé des années à perfectionner ma raison, ma réflexion, ma force, pour pouvoir m'occuper au mieux de Pavlos. Et puis je t'ai rencontrée et rien n'a plus été pareil. Tu t'es rapprochée de moi, tu m'as ouvert l'accès à ton cœur et malgré tous mes efforts, je n'ai pas pu m'empêcher d'avoir envie de faire la même chose. Tu as le pouvoir de me blesser, Keeley. Je suis vulnérable quand tu es là, tu le sais, tu t'es déjà servi de cette faiblesse contre moi.

— Mais je ne veux pas m'en servir, Ariston ! Je veux être là pour toi, avec toi. Est-ce que tu ne veux pas me laisser essayer ?

— Je ne pense pas avoir le choix, admit-il. C'est l'enfer sans toi. Tout est vide, mon appartement, ma vie… Tu dis souvent la vérité et c'est dur à entendre, mais… je crois que c'est pour cela que je t'aime. Depuis… longtemps. Et j'aimerais continuer, si tu m'en laisses la chance.

Keeley n'en pouvait plus. Elle se jeta dans ses bras, refoulant des larmes de bonheur.

— Je me suis menti à moi-même, depuis le début, fit-il tout contre ses lèvres. Je me suis dit que tu étais trop jeune pour moi et puis tu m'as embrassé et mon monde a vacillé. J'ai alors perdu toutes mes certitudes.

Il la touchait en parlant, caressant sa joue, jouant avec ses cheveux. Elle frissonnait, blottie contre son corps accueillant.

— J'ai préféré me dire que je te haïssais, poursuivit-il, que tu étais faite du même matériau que ta mère, que je voulais seulement coucher avec toi pour ne plus y penser… Mais tu continuais à souffler sur les braises. Et je continuais à avoir envie de toi, contre toute raison. Quand tu es tombée enceinte, une partie de moi exultait. Je ne savais pas si je devais remercier le destin ou un dieu d'avoir une si belle raison de rester près de toi. Mais j'étais… J'avais…

— Peur, conclut-elle à sa place, reculant un peu pour pouvoir le regarder. Moi aussi, Ariston, j'ai eu peur. L'amour est chose rare, difficile à entretenir, surtout lorsqu'on en a été privé si jeune. Mais nous sommes intelligents, Ariston. Nous savons tous les deux ce dont nous ne voulons pas. Les foyers brisés, les enfants perdus, les cicatrices douloureuses, c'est terminé, tout ça, terminé. Je veux t'aimer, aimer notre fils, créer une famille. Vivre heureuse. Est-ce que tu veux la même chose ?

L'espace d'un instant, Ariston ferma les yeux et lorsqu'il les rouvrit, elle était toujours là, comme elle le serait jusqu'à la fin de leurs jours. Il y a certaines évidences qui vous sautent aux yeux, dès lors qu'on prend la peine de baisser ses défenses et de laisser parler son instinct. Ce dernier dictait à Ariston que sa femme, Keeley Kavakos, l'aimait et l'aimerait toujours. Même si lui-même l'aimait plus encore.

Pressé contre elle, corps contre corps, il laissa passer un instant avant de l'embrasser dans le cou.

— Pourrait-on continuer à discuter de notre futur dans la chambre, s'il te plaît ? chuchota-t-il à son oreille.

Elle passa ses deux bras autour de son cou, avant de pousser un soupir de soulagement.

— Je croyais que tu n'oserais jamais le demander…

Épilogue

— Comment te sens-tu, ma chérie ?

Keeley leva les yeux vers Ariston, cessant pour un instant de contempler la petite tête brune pelotonnée contre son sein. Comment elle se sentait ? Il était difficile de répondre à cela. Comment résumer les millions de sentiments qui l'avaient traversée, bouleversée, durant les longues heures de travail qui venaient de se conclure par la mise au monde de leur fils ?

De la joie, bien sûr, à profusion, une forme de sérénité aussi, et de l'incrédulité s'étaient succédé en elle. Elle aimait cet enfant de toutes les fibres de son être et était déterminée à le protéger envers et contre tout.

Timon Pavlos Kavakos. Son fils… Elle sourit en caressant la joue ronde et parfaite de l'enfant, aussi mate que celle de son père.

— Je me sens merveilleusement bien. Je dois être la femme la plus chanceuse au monde.

Ariston hocha la tête. Il ne voulait pas contredire son épouse en cet instant, mais si on parlait de chance, alors c'était sûrement lui le mieux loti. Regarder Keeley pendant l'accouchement lui avait appris la véritable signification de l'impuissance et il avait maudit le ciel de ne pouvoir prendre sur lui la souffrance de sa femme, ou au moins la partager. En même temps, cela lui avait prouvé l'incroyable force de Keeley, qui avait si bien su gérer la douleur. Et au bout de ses peines était arrivée la petite merveille…

Lorsque le moment serait venu et que le bébé aurait un peu moins besoin d'elle, Ariston associerait Keeley à l'entreprise familiale. Quand il le lui avait proposé, quelque temps avant l'accouchement, elle n'en avait pas cru ses oreilles. Patiemment, il lui avait fallu la convaincre qu'il serait fou de se passer de ses compétences. D'autant qu'elle maîtrisait de mieux en mieux le grec. Elle tenait à parler la même langue que leur enfant. Parce que pour elle, la famille comptait plus que tout.

Ce sentiment avait été renforcé par la mort de sa mère. La tristesse de Keeley s'était teintée de gratitude car enfin, Vivienne Turner était en paix, une paix qu'elle avait vainement cherchée toute sa vie, sur de mauvais chemins. Keeley avait alors compris qu'il était temps pour elle de se recentrer, se concentrer sur l'essentiel.

Lasia resterait leur résidence principale, leur foyer, et leur enfant serait élevé dans ce paradis aux montagnes verdoyantes et aux eaux de saphir, sous un ciel éternellement bleu. Bien sûr, quand elle rejoindrait les affaires familiales, elle jouirait d'une grande flexibilité, travaillant aux heures qui l'arrangeraient, afin de s'occuper du bébé à son aise.

Ariston ne se lassait pas de contempler sa femme, si belle malgré la pâleur de ses joues et la fatigue résultant du long travail.

— Veux-tu tenir ton fils dans les bras ? lui demanda-t-elle avec un sourire confiant.

La gorge d'Ariston se serra : c'était ce qu'il espérait, bien sûr… En fait, n'avait-il pas attendu cet instant toute sa vie ?

Un peu maladroit au début, il prit l'enfant emmailloté contre lui et se pencha pour embrasser les cheveux de jais. Un sentiment profond l'étreignit. Comme il l'aimait déjà ! Il avait tenu des enfants dans ses bras, tout spécialement Pavlos quand il était petit, mais cette fois, c'était différent. Tellement différent ! Celui-ci était de sa chair. De lui et de Keeley. Timon… Timon Kavakos…

Les battements de son cœur étaient assourdissants lorsqu'il s'approcha de Keeley.

— *Efkaristo*, fit-il doucement, ému. Merci…

— Et de quoi ? demanda Keeley, les larmes aux yeux.

Ariston s'assit à ses côtés et la serra contre lui de son

bras libre, l'autre serrant précieusement le petit être auquel ils avaient donné le jour.

— Merci pour mon fils, pour ton amour, et pour cette vie de rêve avec toi. Merci pour tout cela, *koukla mou*.

Keeley sourit à son époux. Et si elle tenta vaguement de les retenir, des larmes de bonheur se mirent à rouler sur son visage. Ariston, heureux, les chassa d'un baiser, alors que leur fils dormait paisiblement contre eux.

CHANTELLE SHAW

Pour l'amour de Mateo

Azur

HARLEQUIN

Titre original :
HIS UNKNOWN HEIR

Ce roman a déjà été publié en 2012.

Prologue

Le jet privé de Ramon Velaquez atterrit exactement à l'heure prévue à l'aéroport de Londres. Il passa la douane sans encombre avant de se diriger vers la limousine qui l'attendait devant la sortie. Aussitôt, son chauffeur bondit pour prendre sa valise.

— Bienvenue, monsieur Velaquez. J'espère que vous avez fait bon voyage.

— *Gracias,* Paul, répondit Ramon avant de monter dans la voiture. Cela fait du bien de rentrer chez soi.

Une fois installé sur le siège de cuir souple, il leva le verre de whisky et soda glacé qu'on lui avait préparé et, dans l'euphorie du bien-être qui l'envahissait, se laissa aller à méditer sur ces deux mots : « chez soi ». Evidemment, pour un Espagnol très fier de son pays et de sa noble ascendance, l'Angleterre ne pouvait être vraiment « chez lui ». « Chez lui », c'était le Castillo del Toro, et un jour — dans un futur pas si éloigné, compte tenu des problèmes de santé de son père —, lorsqu'il serait devenu duc de Velaquez, il reviendrait vivre dans son château au milieu d'une nombreuse troupe de serviteurs.

Depuis son enfance, il savait que sa vie, désormais dictée par les convenances et le protocole, serait alors bien différente de l'existence décontractée qu'il menait à Londres : dans son penthouse, entouré d'un minimum d'employés, il jouissait d'une liberté que ne lui accordait pas la presse espagnole, toujours plus intrusive.

A l'idée qu'il avait préféré rentrer à Londres plutôt qu'en Espagne après sa réunion de New York, il ressentit une pointe de culpabilité. Il adorait ses parents, mais redoutait leurs discours récurrents sur son devoir d'épouser une noble Espagnole et d'engendrer un héritier qui assurerait la pérennité de leur nom illustre. Il avait donc pris prétexte d'une affaire importante à traiter pour revenir à Londres. Son père, le duc, très satisfait qu'il se consacre à Velaquez Conglomerates, aurait été moins ravi de savoir qu'en réalité, il brûlait d'impatience de retrouver sa maîtresse anglaise.

Assise à son bureau, Lauren étudiait un contrat particulièrement ardu, quand son téléphone sonna. Son cœur bondit et, en voyant s'afficher le nom de Ramon, elle sourit. Ces derniers temps, elle était sur des charbons ardents, attendant son appel avec autant d'anxiété qu'une adolescente en proie à son premier amour.

Déstabilisée par le choc qu'elle avait subi une semaine plus tôt, elle ne parvenait toujours pas à croire ce qui lui arrivait, et elle avait besoin d'entendre la voix de Ramon la rassurer, lui répéter que leur relation était plus profonde qu'une simple aventure sexuelle.

Elle était sûre qu'au fil de ces derniers mois, ils s'étaient réellement sentis de plus en plus proches ; ce ne pouvait être l'effet de son imagination, ou plutôt de son désir.

Quand elle avait rencontré cet énigmatique Espagnol, six mois plus tôt, dans une boîte de nuit, Amy, son amie journaliste, lui avait dit qu'il avait une réputation de playboy, alors même qu'il était très discret dans ses liaisons, qui ne s'étalaient pas souvent dans la presse anglaise.

Lauren n'avait pu repousser l'attirance irrésistible qui les avait poussés l'un vers l'autre, mais, se souvenant de l'avertissement d'Amy, elle n'avait pas exigé que Ramon s'engage dans une relation sérieuse. D'ailleurs, l'amour la laissait elle aussi plutôt sceptique ; elle préférait se consacrer à sa carrière. Mais, contre toute attente, leur liaison avait pourtant pris une tournure bien différente d'une banale histoire de sexe.

Certes, Ramon évitait soigneusement toute conversation

concernant sa vie privée. De lui, elle savait peu de choses : sa famille possédait un célèbre vignoble dans la Rioja, au nord de l'Espagne. Mais cela ne les empêchait pas de partager de nombreuses activités car ils s'intéressaient tous deux au théâtre et à l'art contemporain. Quand Ramon séjournait à Londres, Lauren venait s'installer chez lui où ils passaient des soirées aussi joyeuses que tranquilles.

Au fil du temps, elle avait compris que tout étalage de sentiments faisait horreur à son amant, et, pour se protéger, elle s'était gardée de lui avouer qu'elle était tombée amoureuse de lui.

En entendant au téléphone sa voix un peu rauque à l'accent si sexy, elle se sentit parcourue par un frémissement de plaisir.

— *Buenas tardes,* Lauren.

— Ramon ! murmura-t-elle, le souffle court — jamais elle n'avait vraiment réussi à contrôler l'effet qu'il produisait sur elle. Comment s'est passé ton voyage ?

— Au mieux. Tu dois me connaître suffisamment désormais, *querida,* pour savoir que je ne fais pas les choses à moitié, répondit Ramon, tout heureux d'entendre la voix de la jeune femme.

C'était si bon d'être de retour à Londres, et plus encore de savoir que bientôt il ferait l'amour à cette délicate rose anglaise qui cachait sa nature passionnée sous un sourire discret.

Ses affaires l'avaient retenu deux semaines aux Etats-Unis et il était impatient d'apaiser le manque qui le tenaillait. Comment Lauren avait-elle pu prendre une telle place dans sa vie ? Pourquoi la désirait-il de façon plus impérieuse qu'aucune de ses précédentes maîtresses ? Elle aussi, il le savait, devait attendre dans la fièvre le moment où ils se retrouveraient au lit.

Il faillit lui demander de venir le retrouver directement chez lui en sortant de son travail, mais résista à la tentation. Un repas tranquille dans un excellent restaurant lui permettrait d'exacerber davantage encore les délices qui suivraient. Et puis, après avoir refusé le plateau fade qu'on lui proposait dans l'avion, il se sentait une faim de loup.

— J'ai réservé une table au Vine à 19 h 30. Nous avons quelque chose à fêter.

Son séjour à New York s'était déroulé exactement comme il l'avait prévu et l'OPA qu'il avait lancée s'était conclue par un succès qui avait pris au dépourvu ses concurrents.

En l'entendant prononcer ces derniers mots, Lauren sentit le cœur lui manquer. Mais elle ne mit pas longtemps à recouvrer ses esprits. Personne d'autre qu'elle ne pouvait connaître le résultat du test de grossesse qu'elle avait fait une semaine plus tôt. Impossible donc que Ramon y ait fait allusion en parlant de « quelque chose à fêter ». Sans doute s'était-il rappelé que cela faisait exactement six mois qu'ils s'étaient rencontrés.

Elle jeta un coup d'œil à la cravate de soie qu'elle avait fini par lui acheter après s'être demandé une heure durant si elle devait lui faire un cadeau à cette occasion. Ainsi, elle ne s'était pas trompée, Ramon n'avait pas oublié cet anniversaire… Et, après le dîner, elle lui annoncerait qu'elle attendait un enfant.

— Merveilleux, murmura-t-elle d'une voix qui tremblait un peu.

— Nous nous verrons au restaurant dans trois heures, dit-il.

Lauren frémit de plaisir, mais aussi d'anxiété à l'idée de lui révéler sa grossesse.

— Je vais avoir du mal à supporter ma réunion de cet après-midi, dit Ramon avec un petit rire.

« Et tu m'as beaucoup manqué », songea Ramon, mais il n'avait pas l'intention de le lui dire. Il ne voulait pas qu'elle se fasse d'illusions et qu'elle s'imagine être pour lui davantage qu'une adorable maîtresse.

Il fronça les sourcils en pensant à son père : le cancer, qui lui avait accordé une brève rémission, s'était de nouveau déclaré, sous une forme incurable désormais. Il comprenait mieux maintenant pourquoi, ces derniers temps, le duc avait tant insisté pour qu'il choisisse une épouse « convenable », selon ses propres termes. Ramon fit la grimace en se souvenant de l'affaire Catalina à laquelle son père avait fait allusion au cours de cette conversation.

Catalina Cortez était une erreur qu'il n'aimait pas entendre évoquer. *Dios !* A dix-huit ans, sous l'emprise d'hormones incontrôlables, il avait perdu la tête pour un top model dont les courbes somptueuses s'affichaient en première page des magazines. Pourquoi fallait-il que vingt ans plus tard, ou presque, son père lui rappelle son projet de mariage insensé ?

Même s'il n'était pas le premier à s'être fait berner de la sorte, il avait compris la leçon et n'était pas près de recommencer. En découvrant Catalina dans les bras d'un amant, il avait compris qu'elle n'était qu'une traînée : si elle s'était montrée si pressée de se marier, c'était seulement pour mettre la main sur la fortune des Velaquez. Et, plus humiliant encore, il lui avait bien fallu reconnaître que son père avait eu parfaitement raison.

Evidemment, sa famille avait été très déçue, mais tout cela appartenait à un passé révolu. Depuis, il avait promis à son père de faire son devoir et d'épouser une femme « convenable », susceptible de devenir *duquesa* et de lui donner un héritier. Mais le vieil homme, qui n'avait plus longtemps à vivre, aurait bien voulu voir son fils unique enfin marié. Il allait donc devoir abandonner sa liberté et les plaisirs partagés avec ses maîtresses, car il avait bien l'intention d'être fidèle à cette future épouse qu'il ne connaissait pas encore.

— Ramon, tu es toujours là ? s'inquiéta Lauren.

— Oui, je t'entends très bien. A ce soir.

Il raccrocha pour se plonger dans la contemplation des embouteillages londoniens : l'euphorie qu'il avait ressentie un peu plus tôt l'avait complètement abandonné.

Lauren arriva au restaurant avec dix minutes d'avance et s'installa au bar pour attendre Ramon tout en se demandant comment il allait réagir à la nouvelle qu'elle s'apprêtait à lui annoncer.

Il lui avait tellement manqué…

Elle avait beau tourner le dos à la porte, elle sut exactement, au silence qui se fit soudain, à quel moment il entra dans le restaurant. Puis le bar et la salle s'emplirent d'un bruissement de voix curieuses.

Elle tourna la tête et sentit ses genoux faiblir.

Un mètre quatre-vingt-cinq de beauté et de charme sensuel qui focalisaient tous les regards. Surtout ceux des femmes, se dit Lauren en repérant la petite brune assise au bar qui tentait d'attirer l'attention de Ramon en croisant les jambes afin de faire remonter sa jupe sur ses cuisses. Qui aurait pu l'en blâmer ? Il était superbe, et son cœur se mit à battre follement tandis qu'il se dirigeait tout droit vers elle. Son costume magnifiquement coupé mettait en valeur ses larges épaules et son corps mince et musclé. Sous les lustres, son teint paraissait plus hâlé, ses cheveux plus noirs et ses yeux plus brillants, dans un visage aux traits magnifiquement ciselés. Il lui adressa un sourire sensuel, intime, qui n'était destiné qu'à elle seule.

Elle n'avait pas prévu de tomber amoureuse et, avant que Ramon ne surgisse dans sa vie, elle méprisait l'amour, sentiment qu'elle n'avait jamais vraiment éprouvé. Ramon était différent des autres hommes qu'elle avait connus : dès le départ, elle s'était sentie à l'aise avec lui. Elle l'avait trouvé spirituel et intelligent, doué d'un humour décapant qui lui avait d'emblée fait apprécier sa compagnie.

Il s'était révélé un amant tendre et fervent qui avait permis à sa nature passionnée de s'épanouir en toute confiance, ce qui avait fini de conquérir son cœur, songea-t-elle en sentant les pointes de ses seins durcir contre le bustier de soie qu'elle portait sous sa veste.

Il était si près maintenant qu'elle sentait l'odeur épicée et familière de son eau de toilette, et elle fut prise d'une irrésistible envie de se blottir contre lui et de l'embrasser. Mais elle résista, sachant qu'il avait horreur des démonstrations en public et tenait à préserver sa vie privée.

— Tu es superbe, *querida*. Très sexy. Je me demande comment les juristes de ton entreprise peuvent se concentrer sur leur travail quand tu es dans les parages.

En détaillant sa tenue ajustée — une jupe rouge vif et une veste qui laissait deviner un troublant mélange de dentelle et de soie —, Ramon se sentit brûlé par la flamme du désir.

— Au travail, j'ai porté toute la journée un chemisier très strict, mais j'ai pensé que tu apprécierais que je me change.

— J'aurai bientôt l'occasion de te prouver tout l'intérêt que suscite en moi ta tenue, murmura-t-il, submergé par le désir qu'il sentait pulser en lui.

Rien d'étonnant à ce que la blondeur de miel de Lauren et ses courbes affolantes lui aient tant manqué. Il aurait voulu la serrer dans ses bras, poser ses lèvres sur les siennes, jusqu'à ce qu'elle tremble de désir… Mais, au prix d'un effort violent, il réussit à se contrôler : les paparazzi espagnols n'étaient pas les seuls à donner la chasse au descendant d'une des familles les plus riches et les plus en vue. Les médias anglais l'avaient élu « le plus beau parti d'Europe », et sa photo en train d'embrasser une jeune femme blonde dans un restaurant aurait fait la une des journaux dès le lendemain matin, ce qu'il était bien décidé à éviter. Il posa donc sagement la main au creux de la taille de Lauren, tout en humant son délicat parfum floral, et l'entraîna vers la salle à manger.

— Je crois que notre table est prête, murmura-t-il en suivant le serveur. Espérons que ce soir le service sera rapide. *Querida,* je me sens une faim de loup.

La lueur dans son regard était on ne peut plus explicite, et Lauren sentit un frémissement d'excitation au creux des reins. Après deux semaines de solitude, elle mourait d'envie de faire l'amour. Bientôt, ils seraient enfin seuls chez lui…

Mais auparavant, il fallait qu'elle lui annonce sa grossesse. Comment allait-il réagir à cet accident — un moment d'égarement, sous la douche —, se souvint-elle avec un pincement de culpabilité. Elle avait passé le week-end partagée entre panique et incrédulité. Et puis, bizarrement, depuis qu'elle avait vu Ramon entrer dans le restaurant, ce bébé était devenu réel pour elle — bien plus qu'une ligne bleue sur le bord d'une bandelette de test — une vie nouvelle qui grandissait en elle, le fruit naturel de son amour pour cet homme.

Ramon allait-il éprouver le même sentiment ? se demanda-t-elle en se mordillant la lèvre. Jamais ils n'avaient fait le moindre projet d'avenir. Il avait beau être un merveilleux amant, toujours attentif et respectueux, elle ignorait ce qu'il éprouvait vraiment pour elle. Sauf qu'il avait l'intention de fêter le sixième mois de leur rencontre…

Quand le sommelier vint prendre la commande, Ramon ne s'étonna pas qu'elle demande un jus de fruits puisqu'elle ne buvait pas d'alcool, d'ordinaire. Il ne lui avait jamais posé de questions à ce sujet : comment, de toute façon, aurait-elle pu lui parler de la façon dont sa mère avait noyé son chagrin dans le gin après que son père les eut quittées ?

Il leva sa flûte de champagne.

— Je t'avais dit avoir quelque chose à fêter… J'aimerais porter un toast à l'OPA que vient de conclure Velaquez Conglomerates. A ce nouveau succès.

Lauren sentit son sang se glacer dans ses veines et resta immobile un instant, avant de se hâter de lever son verre à son tour.

— Oui… Au succès de Velaquez Conglomerates, balbutia-t-elle en s'efforçant de sourire.

— Eh bien, raconte-moi ce que tu as fait pendant mon absence, dit Ramon d'un ton enjoué.

Ce n'était pas le genre de question qu'il avait l'habitude de poser à ses précédentes conquêtes. Les détails concernant le shopping, les ragots sur les célébrités, tout ce dont les femmes avaient l'air de raffoler, l'ennuyaient à mourir. Lauren, elle, était une juriste intelligente avec qui il pouvait discuter de leurs carrières respectives ou du dernier thriller politique.

Lauren sourit. Mais le souvenir de la panique qui l'avait submergée quand elle avait découvert sa grossesse l'assaillit, et elle ne trouva rien à répondre. Alors elle tira de son sac un petit paquet qu'elle tendit à Ramon. Celui-ci le prit et l'examina précautionneusement, comme s'il s'attendait à le voir exploser à tout moment.

— C'est un petit cadeau, une babiole, pour célébrer notre anniversaire, murmura-t-elle.

Ramon se raidit, en proie à une impression de désastre imminent.

— Notre anniversaire ? répéta-t-il sur un ton glacial.

— Cela fait juste six mois que nous nous sommes rencontrés... Je croyais que tu tenais à célébrer cet événement en m'invitant dans ce restaurant, comme lors de notre premier rendez-vous, dit-elle en rougissant de son erreur.

Soudain, elle aurait souhaité qu'un gouffre s'ouvre sous sa chaise pour l'engloutir.

— Je dois reconnaître que je l'avais oublié, répondit Ramon abruptement en fronçant les sourcils.

Six mois ! Comment le temps avait-il pu passer si vite sans qu'il le remarque ? Et comment Lauren avait-elle réussi à s'insinuer dans sa vie au point d'y tenir une telle place ? D'habitude, jamais il ne sortait plus de quelques semaines avec une femme sans se lasser d'elle, au lit comme ailleurs. Mais Lauren ne l'ennuyait pas, et depuis six mois jamais il ne s'était même surpris à en regarder une autre.

Dios ! Cela faisait donc si longtemps qu'il était fidèle, songea-t-il, choqué de se rendre compte que cette liaison banale en apparence durait depuis si longtemps. Mais c'était la faute de Lauren : si elle l'avait agacé, comme les autres, avec leurs tendances possessives, il aurait depuis longtemps mis un terme à cette histoire. Au contraire, elle était la maîtresse parfaite, sans exigences, et heureuse du rôle discret qu'elle tenait dans sa vie. Aussi ce désir de célébrer cet anniversaire surprenait-il Ramon comme un coup de tonnerre. Brusquement, il se sentit contrarié, lui qui était si heureux quelques minutes plus tôt.

— Je ne fais pas grand cas des anniversaires, lança-t-il en dénouant à contrecœur le ruban doré qui fermait le paquet.

En découvrant la cravate à raies bleues et grises, il se dit qu'il aurait tout aussi bien pu la choisir lui-même, mais cette preuve que Lauren connaissait bien ses goûts ne le mit pas de meilleure humeur. Et pourquoi lui lançait-elle ce regard anxieux ? En fait, depuis qu'il l'avait rejointe au bar, il lui trouvait l'air extrêmement tendu.

— Elle est magnifique, dit-il en se forçant à sourire. Un excellent choix. *Gracias*.

— Ce n'est qu'une broutille, murmura-t-elle, visiblement sur la défensive.

Ce n'était pas la valeur du cadeau qui posait problème, se dit Ramon, mais la raison pour laquelle Lauren le lui avait offert, elle qui jamais auparavant ne s'était livrée à des démonstrations sentimentales.

En définitive, il ne devait pas la connaître aussi bien qu'il le croyait.

Heureusement, le serveur surgit pour apporter les entrées. Ils se mirent à manger sans plus parler du sujet délicat de l'anniversaire, et discutèrent d'une pièce de théâtre très controversée qui se jouait dans le West End.

Même si la cuisine, au Vine, était remarquable, Lauren aurait été incapable de dire ce qu'elle y avait mangé. A la fin du repas, elle commanda une camomille pour tenter de lutter contre la nausée que déclenchait en elle l'arôme du café de Ramon. Ces malaises — matinaux et autres — étaient la preuve tangible de sa grossesse.

Soudain, comme elle avait peur de l'avenir…

Elle devait parler du bébé à Ramon. Mais au souvenir de la dureté de sa voix, quand il avait déclaré qu'il ne faisait pas grand cas des anniversaires, les mots : « Je suis enceinte » restaient bloqués au fond de sa gorge. Devant sa réaction à son cadeau innocent, elle avait compris qu'elle n'aurait jamais dû vouloir fêter leur rencontre. Pour lui, leur relation n'avait rien de particulier.

Mais elle était enceinte et il allait bien falloir qu'elle le lui annonce.

Durant tout le dîner, elle s'était arrangée pour sourire et bavarder comme si elle n'avait pas subi l'horrible humiliation de découvrir son indifférence. Mais quand il la prit par l'épaule à l'arrière de la limousine en demandant au chauffeur de les ramener chez lui — un appartement en bordure de Hyde Park —, elle fut soudain envahie par une bouffée de colère : cette relation qui ne méritait même pas d'être fêtée avait-elle seulement un sens ?

Dès qu'ils furent dans l'ascenseur, Ramon la prit dans ses bras.

— Enfin seuls, murmura-t-il avec satisfaction.

Le parfum de la jeune femme l'excitait au plus haut point et son pouls s'accéléra lorsqu'il défit le clip qui retenait la masse blonde et soyeuse de ses cheveux pour y enfoncer les doigts. *Dios,* il avait tellement envie d'elle… Avec un soupir, il posa les lèvres sur les siennes pour en goûter la tiède douceur. L'inquiétude qu'il avait ressentie durant tout le repas s'évanouit dès qu'il perçut sa réponse. Un instant, lors de la soirée, il s'était dit qu'il lui faudrait mettre un terme à cette liaison et il avait été surpris d'en être tellement contrarié.

Pourtant, une maîtresse qui commençait à faire des cadeaux d'anniversaire devait être congédiée.

Aussi avait-il été soulagé de constater qu'en définitive, Lauren avait bien compris les règles : elle n'avait plus fait la moindre allusion au temps qu'ils avaient déjà passé ensemble.

Tandis qu'elle pressait son corps voluptueux contre le sien, la force fulgurante de son désir chassa ses derniers doutes. Sans détacher ses lèvres des siennes, il entra dans son appartement où il la débarrassa de sa veste avant de l'entraîner dans la chambre tout en s'attaquant à son bustier si sexy.

Comment lui résister ? songea désespérément Lauren, le corps tremblant d'excitation à la pensée qu'il caresserait bientôt sa chair nue. Avec ses cheveux en bataille et sa chemise ouverte jusqu'à la taille qui révélait son torse musclé, hâlé et ombré d'une toison brune, il était l'incarnation même du désir. Bien plus, pour elle, il était le seul être au monde, même si elle était loin de compter autant pour lui. Elle sentit que ses jambes touchaient le lit, et au même moment son haut s'écarta, dénudant ses seins.

— Tu m'as tant manqué, *querida,* chuchota Ramon d'une voix rauque.

— Tu veux dire que le sexe t'a manqué ? répondit-elle en s'écartant de lui pour le fixer.

— Bien sûr que le sexe m'a manqué. Après tout, tu es ma maîtresse.

Lauren pâlit et son cœur se glaça : tous ses espoirs étaient réduits à néant.

— Je ne suis pas ta maîtresse.

Elle se sentait soudain aussi anéantie que le jour où son père l'avait quittée, pour toujours. Elle s'écarta en tentant de rajuster son bustier d'une main tremblante.

— Une maîtresse, reprit-elle, c'est une femme entretenue, et tu ne m'entretiens pas : j'ai un appartement qui m'appartient, un travail, et je subviens à mes propres besoins.

— Quand je suis à Londres, tu vis chez moi.

Ramon ne supportait pas qu'elle ergote de cette façon alors qu'il n'avait qu'une idée en tête, lui faire l'amour au plus vite.

— Peut-être, mais c'est moi qui remplis le frigo de tes plats favoris, sans oublier le caviar et le champagne, et c'est moi qui apporte tes costumes chez le teinturier. Ce n'est pas grand-chose, je le sais, mais je fais de mon mieux pour participer aux frais.

Ramon se passa la main dans les cheveux, agacé au plus haut point. Comment avait-il pu laisser sa liaison avec Lauren évoluer de la sorte ? Cette histoire de costumes, par exemple, c'était typiquement ce qu'on attendait d'une épouse, et non pas d'une maîtresse. Et comment pouvaient-ils avoir ce genre de discussion juste au moment de faire l'amour ?

Façon de parler, d'ailleurs, car l'amour n'avait rien à faire dans tout ça. Certes, Lauren avait pris de l'importance dans sa vie. A preuve, la façon dont elle lui avait manqué ces deux dernières semaines. Mais qu'elle le veuille ou non, elle resterait sa maîtresse : même s'il avait désiré autre chose, ses origines aristocratiques lui interdisaient d'envisager pour Lauren un autre rôle que celui-là.

— J'ai besoin de savoir où nous allons, balbutia-t-elle.

Il fixa avec une arrogance amusée le bustier qu'elle tentait de plaquer contre sa poitrine.

— Je croyais que nous allions au lit, tout simplement.

En voyant le regard blessé qu'elle lui jeta, il sentit son irritation se transformer en mauvaise conscience. Toutefois, c'était elle qui avait mis ce sujet ridicule sur le tapis. Un instant, il fut tenté de la reprendre dans ses bras et de l'embrasser jusqu'à ce qu'elle se soumette, mais elle lui parut si vulnérable qu'il se demanda soudain si elle n'était pas malade. En tout cas, il l'avait profondément vexée. Mais pourquoi s'acharnait-elle à vouloir définir une relation qui fonctionnait parfaitement sans avoir besoin d'analyse plus approfondie ?

— Je veux dire : de savoir où va notre relation.

Malgré le calme apparent que Lauren s'efforçait d'afficher, la peur lui tordait l'estomac. En d'autres circonstances, l'expression de Ramon aurait suffi à la dissuader de poursuivre une conversation qui les menait droit dans le mur. Mais elle était enceinte de lui et son instinct lui ordonnait d'agir dans l'intérêt de son enfant, quitte à sacrifier son amour-propre.

— Dis-moi la vérité : envisages-tu l'avenir avec moi, ou ne serai-je jamais qu'une blonde de plus destinée à partager ton lit de façon éphémère ?

Le silence de Ramon confirma ses craintes.

— Jamais je ne t'ai fait de promesses mensongères, finit-il par répondre, ni tenté de te faire croire à autre chose qu'à une simple liaison. De ton côté, tu as toujours proclamé que ta carrière passait avant tout, et tu semblais ravie d'une histoire qui nous laissait autant de liberté à tous les deux.

Sans rien attendre de plus, songea tristement Lauren, elle avait pourtant espéré qu'il prendrait leur relation au sérieux. Aveuglée par l'amour qu'elle lui portait, elle avait fini par considérer l'intimité qu'ils partageaient comme une preuve de l'intérêt qu'il lui portait. Maintenant, elle comprenait qu'elle n'avait jamais été pour lui qu'une maîtresse commode, susceptible de lui procurer du sexe à la demande et une conversation distrayante, sans manifester d'autres exigences.

Quant à sa carrière… Pour devenir juriste, elle avait travaillé dur, et son travail comptait beaucoup, sans aucun doute. Mais dans huit mois, elle allait devoir endosser le rôle le plus important qu'une femme puisse tenir, et cet enfant, elle l'élèverait seule, c'était évident désormais.

Le cœur serré, elle leva les yeux vers le visage aux traits parfaits de Ramon.

— Les choses changent, répondit-elle d'une voix qui tremblait un peu. Tout passe. Comment vois-tu ton avenir, Ramon ? As-tu l'intention de… te marier un jour ?

Jamais il n'aurait imaginé ainsi sa première soirée à Londres, songea Ramon avec irritation. Jusque-là, il avait gardé l'espoir que cette nouvelle Lauren, bien qu'elle ait rompu le pacte tacite de leur liaison, allait redevenir la femme délicieuse, familière et accommodante qui ne cherchait qu'à lui faire plaisir. Et voilà qu'elle venait lui parler de mariage !

— En tant que fils unique du duc de Velaquez dont la noble famille remonte au XIe siècle, je me dois d'épouser une jeune fille issue de l'aristocratie espagnole et de donner à ma famille un héritier.

— Tu es duc ? s'exclama Lauren, stupéfaite.

— Ce titre me reviendra à la mort de mon père, dit sèchement Ramon.

Son père s'était toujours montré très strict et plutôt distant avec lui. Si bien que son enfance, consacrée à l'apprentissage de règles contraignantes, avait tristement manqué d'affection. Il avait toujours respecté son père, sans réaliser qu'il l'aimait aussi, ce qui l'incitait davantage encore à faire son devoir en épousant une femme apte à tenir le rôle de duchesse.

Il jeta à Lauren un regard exaspéré. Pourquoi cette tristesse dans ses yeux gris ? *Dios,* jamais il ne lui avait donné la moindre raison de croire qu'elle puisse jouer dans sa vie un rôle... permanent. Cette liaison leur convenait à tous deux, et il souhaitait en finir au plus vite avec cette discussion pour s'abandonner à la passion qui l'habitait.

Peut-être réussirait-il quand même à sauver la soirée, à condition de se montrer patient ? Finalement, maintenant que la situation était plus claire, il n'avait aucune raison de mettre un terme à leur relation. A part la maladie de son père, rien ne le pressait de sacrifier sa liberté pour prendre une épouse.

— Pourquoi nous préoccuper de l'avenir au lieu de profiter du présent ? murmura-t-il en tentant de lui caresser la joue.

Comme elle s'écartait d'un bond, Ramon fronça les sourcils.

— Si je comprends bien, tu as l'intention de te marier, pas forcément par amour, avec une Espagnole d'origine aristocratique et d'avoir un enfant, un garçon, je suppose, qui assurera la pérennité du nom de Velaquez.

Comme s'il ne lui avait pas fait clairement comprendre que la discussion était close !

— Quand mon père mourra, il sera de mon devoir de retourner vivre dans notre demeure historique, le Castillo del Toro, et d'engendrer un fils qui me succède à son tour.

— Dans un château ! s'exclama Lauren.

Elle avait l'impression de vivre un horrible cauchemar. Comment Ramon s'était-il transformé en ce glacial étranger issu de l'aristocratie espagnole, hors d'atteinte pour la simple juriste anglaise qu'elle était ?

« De mon devoir »... Quelle froideur ! Comme s'il ne voulait avoir un fils que pour faire de lui son héritier !

Et l'enfant qu'elle portait ? Serait-il prêt à accepter comme héritier un fils à demi anglais ? Ou bien allait-il lui proposer de l'argent ? Acheter un appartement où elle vivrait avec l'enfant, rendre de temps en temps à ce dernier une visite de pure forme, avant d'épouser une femme susceptible de lui donner un enfant dont le sang serait aussi noble que le sien ?

En proie à un sursaut d'instinct maternel, Lauren avait l'impression de découvrir enfin Ramon sous son vrai jour :

un homme d'affaires riche et impitoyable. Comment avait-elle pu s'aveugler à ce point ? Sans doute parce qu'il avait toujours tenu son rôle de charmant séducteur sans jamais lui laisser deviner sa vraie personnalité.

Non, elle ne pouvait lui révéler sa grossesse.

Ramon voulait sans doute un héritier qui perpétue la lignée des Velaquez, mais son bébé à elle méritait un père qui l'aime sans conditions. Mieux valait pour cet enfant ne pas avoir de père qu'en avoir un qui ne l'aime pas ou qui le juge indigne de porter son nom.

— Cette conversation est-elle enfin terminée ? s'enquit Ramon, dont la patience n'avait jamais été la principale qualité.

Lauren hésita quelques secondes avant de répondre :

— Je crois. Apparemment, nous nous faisons une idée très opposée de notre relation : moi, je ne me considère pas comme ta maîtresse.

Ramon jeta un regard ironique au bustier de soie sexy qui dissimulait très mal les seins de la jeune femme.

— Et pourtant, comme une adorable maîtresse, tu t'es habillée pour me plaire, dit-il en souriant de la voir s'empourprer et tenter de rajuster sa tenue. C'est d'ailleurs le seul rôle que tu puisses jouer dans ma vie, *querida*.

Malgré la douleur qui lui déchirait le cœur, elle fit tout ce qu'elle pouvait pour ne pas pleurer devant lui. Elle aurait tout le temps de le faire plus tard, quand elle serait enfin seule.

— Dans ce cas, je préfère rentrer chez moi, murmura-t-elle. Définitivement.

Partagé entre l'incrédulité et la fureur, Ramon se souvint que, s'il avait souvent rompu, jamais aucune femme n'avait pris semblable initiative à son encontre.

— *Dios !* A quoi t'attendais-tu donc ? Aurais-tu préféré que je te fasse des promesses sans jamais les tenir ?

Mais même s'il était désolé de la perdre, il n'était pas prêt à plaider sa cause pour la faire changer d'avis. Ce n'étaient pas les belles blondes toutes prêtes à partager son lit qui manquaient.

— Si tu tiens à rentrer, je vais donner des instructions à mon chauffeur pour qu'il te ramène, déclara-t-il avec une arrogance glaciale. Mais si tu passes cette porte, c'en est fini de notre relation.

— Je veux partir, balbutia Lauren, hébétée.

Il lui prit le menton pour la contraindre à le regarder dans les yeux. Elle crut qu'il allait l'embrasser et se demanda, désespérée, comment elle allait trouver la force de lui résister, mais il s'écarta d'elle en poussant un juron.

— Eh bien, va-t'en.

Sans un mot de plus, elle sortit de la pièce.

1.

Dix-huit mois plus tard.

Les yeux fixés sur sa montre, Lauren traversait d'un pas pressé le bureau paysager de l'important cabinet juridique où elle travaillait, au cœur de la City, quand Guy Hadlow surgit devant elle, un sourire narquois aux lèvres.

— Le vieux te réclame depuis 9 heures. Il veut te voir dans son bureau dès ton arrivée. Tu as trois quarts d'heure de retard… Tu as fait la grasse matinée ? On dirait pourtant que tu n'as guère dormi.

— Même si cela ne te regarde pas, mon train a été annulé à cause de la neige qui recouvre la banlieue nord.

Comme elle, Guy travaillait comme juriste chez Plessy, Gambrill et Hess, au département de l'immobilier commercial. Fils d'un riche banquier, il avait toujours obtenu tout ce qu'il voulait. Le refus poli mais ferme que lui avait opposé Lauren quand il lui avait proposé de sortir avec lui avait révélé un aspect particulièrement déplaisant de son caractère. Le fait qu'ils soient en compétition pour obtenir une promotion exacerbait leur hostilité réciproque.

Comme s'il était question qu'elle fasse la grasse matinée ! Mateo, qui venait d'avoir dix mois, faisait une nouvelle dent, et Lauren ne se souvenait même plus de sa dernière nuit complète. Ce matin, Mateo s'était réveillé à 5 heures, et, après lui avoir donné son biberon et l'avoir changé, elle s'était douchée et habillée. Puis elle avait mis en route une machine et vidé le lave-vaisselle, avant d'habiller son fils et de l'installer dans la voiture.

A cause du verglas, elle avait mis vingt minutes au lieu de dix pour atteindre la crèche où elle avait déposé Mateo. Puis, en toute hâte, elle s'était précipitée à la gare. Les sanglots de son fils, quand elle l'avait laissé, résonnaient encore à ses oreilles et elle n'était vraiment pas d'humeur à supporter les sarcasmes de Guy.

— Tu sais pourquoi M. Gambrill veut me voir ?

— Je me contente de transmettre le message. Quel dommage que tu aies précisément choisi d'être en retard ce matin ! Cela ne va pas améliorer tes chances de promotion.

— Je n'ai pas eu le choix.

La gorge serrée, Lauren se souvint qu'Alistair Gambrill, l'associé principal qui dirigeait le département d'immobilier commercial de PGH, était particulièrement à cheval sur la ponctualité. Cependant, s'il avait demandé à la voir dès 9 heures, ce ne pouvait être pour lui reprocher son retard.

Elle se débarrassa de son manteau et de son sac, et se hâta vers le bureau de son chef. Comme son assistante était au téléphone, elle en profita pour s'examiner discrètement dans le miroir placé derrière le bureau de celle-ci.

Son ensemble rouge vif bien coupé était comme un défi à la grisaille de ce jour de février, mais le chemisier blanc y ajoutait une touche professionnelle. Heureusement, plus aucune trace de régurgitation sur son épaule, elle avait réussi à l'éliminer durant son trajet en train. Mais Guy avait raison : des cernes sombres, que le fond de teint ne parvenait pas à dissimuler, prouvaient qu'elle ne dormait pas assez.

Privilège de mère célibataire ! songea-t-elle tristement. Pourtant, elle ne regrettait rien. Même si elle n'avait pas prévu cet enfant, elle l'adorait. Rien que d'évoquer son charmant petit visage, avec ses épais cheveux noirs et ses grands yeux bruns, elle en avait le cœur tout retourné.

Une fois son téléphone reposé, l'assistante adressa à Lauren un bref sourire.

— Entrez, M. Gambrill vous attend.

Avait-elle légèrement appuyé sur ce dernier mot ? En ouvrant la porte, Lauren récapitula rapidement ses dernières missions et les transactions immobilières en cours. Aurait-elle commis une faute sans s'en apercevoir ? La recherche d'un nouvel immeuble pour une banque très connue prenait plus de temps que prévu car des problèmes avaient surgi au moment de la rédaction du bail.

— Ah, Lauren.

Tout d'abord, elle fut surprise qu'Alistair Gambrill ait l'air content de la voir et non pas exaspéré par son retard. Mais il y avait dans le bureau un autre homme qui se leva à son entrée et la toisa avec une arrogance qui lui glaça le sang.

Elle sentit ses jambes se dérober sous elle. Non, c'était impossible ! Ramon ne pouvait être là, se dirigeant vers elle de ce pas nonchalant qu'elle connaissait si bien.

Tout préoccupé par son hôte, Alistair n'avait pas vu blêmir sa collaboratrice.

— Lauren, je vous présente notre nouveau client, Ramon Velaquez. Ramon, voici Lauren Maitland, une de nos plus éminentes juristes, spécialisée en immobilier commercial.

Une de nos plus éminentes juristes ! Et Alistair qui lui souriait comme à sa nièce préférée… Clairement, il tenait à impressionner Ramon et semblait impatient que Lauren prenne enfin la parole.

Le cœur battant, elle se demanda si elle n'aurait pas dû révéler à Alistair qu'elle connaissait déjà son client. Mais peut-être celui-ci allait-il le faire ?

— Monsieur Velaquez, articula-t-elle avec peine.

— Ramon, je vous prie. Dispensons-nous des formalités.

Sa voix était telle que dans son souvenir : profonde, mélodieuse, avec cette pointe de rugosité qui la rendait si incroyablement sexy.

Mateo avait bien les yeux de son père, se dit-elle, le cœur serré. A sa naissance, quand la sage-femme l'avait posé entre ses bras, son minuscule visage lui avait immédiatement rappelé Ramon. Et sa joie s'était ternie à la pensée qu'il n'était pas présent pour accueillir son fils.

Elle croyait ne plus jamais le revoir, et voilà qu'elle le retrouvait là, dans le bureau d'Alistair Gambrill…

— Je suis très heureux de vous rencontrer, Lauren.

Seul Ramon savait prononcer son prénom de façon aussi sensuelle, avec cet accent qui transformait chaque voyelle en une amoureuse caresse et faisait frémir son corps tout entier.

Elle sentit soudain son sang refluer et son visage s'empourprer. Contre la soie de son soutien-gorge, les pointes de ses seins durcirent de façon gênante.

Que venait-il faire ici ? se demanda-t-elle, l'estomac noué. Avait-il découvert l'existence de Mateo ? Chez PGH, tout le monde savait qu'elle avait un fils. Alistair l'avait-il révélé à Ramon pour tenter de justifier son retard ?

De toutes ses forces, elle luttait contre le désir de détourner la tête pour échapper à son regard scrutateur. Non, il ne pouvait être là à cause de Mateo. Mais il connaissait le nom de ce cabinet qui l'avait recrutée peu de temps avant leur rupture, et sa présence dans ces lieux ne pouvait être une simple coïncidence. Quel jeu jouait-il ? En tout cas, contre le pouvoir de son charme, il ne lui restait que deux armes : son amour-propre et son professionnalisme.

— Moi aussi, articula-t-elle en lui tendant la main avec un sourire poli, je suis ravie de vous rencontrer… Ramon.

Durant une infime seconde, leurs regards se croisèrent. Cela faisait dix-huit mois à peine qu'ils s'étaient quittés, mais il paraissait avoir vieilli. Toujours aussi beau, mais ses traits aristocratiques s'étaient durcis, et de fines rides étaient apparues autour de ses yeux. Ses joues s'étaient creusées, et sa chevelure noire et soyeuse était coupée plus court sur la nuque. Moins play-boy, plus homme d'affaires.

Elle avait lu dans un magazine que depuis le décès de son père, un an plus tôt, il dirigeait Velaquez Conglomerates, qui regroupait le fameux vignoble Velaquez, une banque et une chaîne internationale d'hôtels cinq étoiles. Il devait avoir pris également le titre de duc.

En sentant sa main se refermer sur la sienne, Lauren eut

l'impression qu'une onde brûlante lui remontait le long du bras pour redescendre au creux de ses reins.

Ramon observait Lauren avec une insolence délibérée, mais il était en même temps exaspéré de sentir son corps réagir de façon embarrassante à sa présence. Il n'était pourtant plus un gamin, se dit-il avec une imperceptible grimace, irrité de découvrir qu'au bout de dix-huit mois, le désir qu'elle lui inspirait était toujours aussi puissant. Elle portait le même ensemble rouge que le soir de leur rupture, mais une chemise blanche remplaçait le bustier de soie dont ses seins avaient jailli comme deux pêches veloutées, quand il avait voulu la déshabiller. La veste ajustée mettait en valeur la finesse de sa taille, et la jupe droite lui moulait les hanches, révélant la splendeur de ses jambes que des stilettos noirs faisaient paraître encore plus longues. Il se demanda si elle portait toujours des bas.

Il leva les yeux pour tenter de calmer son imagination. Le visage de la jeune femme était toujours aussi séduisant avec son ovale parfait, sa peau crémeuse, ses yeux gris pleins d'intelligence et ses cheveux blonds relevés en chignon.

Pourquoi cette femme produisait-elle un tel effet sur lui ? songea-t-il avec irritation. Il était sorti avec les plus belles femmes du monde, des actrices et des top models dont le physique avait fait la fortune, mais seule cette gracieuse Anglaise l'avait rendu fou. Un ouragan de passion qui balayait tout sur son passage, même s'il avait refusé de reconnaître à quel point il avait besoin d'elle. Depuis leur rupture, le temps avait passé très vite : à la maladie et à la mort de son père avait succédé une période difficile où il lui avait fallu le remplacer à la tête du groupe et donner satisfaction aux actionnaires, tout en réconfortant sa mère et ses sœurs. Cela lui avait laissé peu de temps pour l'introspection, même si le souvenir de Lauren — sa chevelure soyeuse, son corps mince et musclé, les cris étouffés qu'elle poussait quand ils faisaient l'amour — continuait à hanter ses nuits.

Une épine dans son pied, reconnaissait-il avec agacement.

Ou plutôt une douleur permanente qu'il avait mise sur le compte de la frustration sexuelle, mais qu'aucune autre femme n'avait pu apaiser. Alors, de retour à Londres pour suivre un projet, il avait voulu vérifier s'il était toujours sous le charme de cette Anglaise, ou si ce n'était plus qu'un souvenir qu'il aurait dû depuis des mois chasser de sa mémoire.

— Asseyez-vous, Ramon. Je sais que votre emploi du temps est très serré, mais nous avons de nombreux points à discuter, intervint Alistair Gambrill, sans remarquer l'expression tendue de ses deux interlocuteurs.

La jeune femme voulut dégager sa main de celle de Ramon, mais celui-ci la retint quelques instants dans la sienne, les yeux fixés sur le visage empourpré de la jeune femme. Il savait maintenant que son désir pour elle n'avait rien d'un fantasme : il ne pouvait s'empêcher de l'imaginer allongée sur le bureau, sa jupe relevée sur les hanches, ses longues jambes nouées autour de lui.

Quand elle l'avait quitté, dix-huit mois plus tôt, cela l'avait mis en rage et il s'était juré de la chasser de son esprit. Pourtant, rien n'était fini entre eux. Pour s'en convaincre, il lui avait suffi de voir cette flamme briller dans ses yeux quand elle était entrée dans le bureau, et de sentir sa main trembler dans la sienne. Non, elle n'était pas aussi insensible que la froideur de son sourire aurait voulu le lui faire croire…

Lauren s'assit sur la chaise la plus proche, les jambes tremblantes, se demandant pour la énième fois pourquoi Alistair avait voulu lui présenter son nouveau client.

— Si j'ai bien compris, Ramon, commença son patron, Velaquez Conglomerates désire acheter des locaux commerciaux à Londres pour les transformer en bars à vin.

— Exactement, acquiesça Ramon. Je voudrais en ouvrir au moins deux, peut-être trois dans la capitale. Un certain nombre d'offres m'ont déjà été faites par des agents immobiliers et j'ai besoin d'un juriste spécialisé qui travaillera exclusivement sur ce projet et nous apportera une expertise complémentaire pour les permis de construire et l'aménagement des lieux.

Il se tourna vers Lauren avec un sourire de loup prêt à fondre sur sa proie.

— Si j'ai bien compris, Lauren, c'est précisément de vous que j'ai besoin, puisque vous êtes spécialisée dans ce domaine : s'il existe un problème potentiel concernant les biens que je me propose d'acheter, vous devrez m'en avertir.

Pétrifiée d'horreur, elle comprit alors qu'il attendait qu'elle travaille directement sous ses ordres.

— Il existe plusieurs autres juristes spécialisés dans l'immobilier commercial chez PGH, plus qualifiés et expérimentés que moi, balbutia-t-elle en cherchant le regard d'Alistair, et qui vous donneraient certainement davantage satisfaction…

— J'ai lu les rapports concernant vos récentes missions et je suis très impressionné par votre travail, répondit froidement Ramon. J'ai aussi noté sur votre CV que vous parliez couramment espagnol, ce qui peut présenter un intérêt.

Une lueur dans ses yeux lui rappela qu'il n'avait pas eu besoin de consulter son CV pour savoir qu'elle parlait sa langue.

— J'ai cru comprendre, reprit Ramon en se tournant vers Alistair, que Lauren pourrait être détachée chez nous en tant qu'expert juridique jusqu'à ce que notre projet ait abouti.

— C'est tout à fait possible, acquiesça Alistair avec enthousiasme. Notre cabinet est d'ailleurs le seul à proposer à des compagnies comme la vôtre des juristes spécialisés.

— Vous accepteriez donc de travailler pour nous ? demanda Ramon en s'adressant de nouveau à Lauren.

En voyant la lueur prédatrice qui brillait dans son regard, elle sentit sa gorge se nouer. Comment pourrait-elle passer le plus clair de son temps avec Ramon tout en lui dissimulant l'existence de Mateo ? Soudain, elle eut envie de quitter en courant le bureau pour se réfugier à l'autre bout du monde. Mais alors, elle risquait fort de perdre ce travail qui était son unique ressource. Elle resta donc assise sur sa chaise et croisa les doigts pour tenter de maîtriser leur tremblement.

— Je ne doute pas, intervint Alistair, que vous ne trouviez en Lauren une collaboratrice efficace et dévouée qui vous donnera satisfaction.

— Je suis ravi de l'entendre, répondit Ramon en la fixant avec un sourire narquois.

Elle se sentait trop troublée par sa présence pour avoir la force de protester. Plus tard, elle tâcherait de parler seule à seul avec Alistair. Mais comment justifier son refus de collaborer avec ce nouveau client potentiel ? Il lui fallait au moins faire mine d'accepter, pour le moment.

— Je ferai de mon mieux pour m'assurer que toutes vos transactions seront établies aussi efficacement et rapidement que possible, répondit-elle sur un ton froid.

— Parfait.

Quand Ramon lui sourit, elle eut l'impression de recevoir un coup au creux de l'estomac. Son absence dans sa vie avait provoqué en elle une douleur permanente à laquelle elle s'était presque habituée, mais à ce moment elle dut serrer les mâchoires pour dissimuler le frémissement qui l'aurait trahie.

— J'espère pouvoir ouvrir mon premier bar à vin dès cet été, continua-t-il sans la quitter des yeux. J'aurai donc besoin que vous vous consacriez entièrement à ce projet. Nous nous verrons chaque jour et vous disposerez d'un bureau dans nos locaux de Londres.

Cette fois, pas question de garder le silence, en dépit de l'expression dissuasive sur le visage d'Alistair.

— Peut-être vaudrait-il mieux que je continue à travailler sur place, à PGH ? Je m'occupe d'autres clients…

— Nous vous ferons remplacer auprès d'eux, coupa Alistair.

Lauren comprit qu'il tenait à ce qu'elle travaille directement pour Ramon : PGH facturerait ce service au prix fort.

— Je vais faire rédiger un contrat pour que vous puissiez disposer dès maintenant de la collaboration de Lauren.

— Très bien.

Il y avait une telle satisfaction dans la voix de Ramon qu'elle sentit sa colère s'exacerber. Pas question de travailler pour lui, ni pour sa firme ! Mais en refusant, elle sabordait définitivement sa carrière, au moment même où on lui offrait l'opportunité de faire preuve de ses compétences et de justifier sa future promotion chez PGH. Un salaire plus élevé lui permettrait de mieux assumer les frais de garde exorbitants de Mateo. Mais c'était un piège, elle en était certaine, dans lequel Ramon cherchait délibérément à l'attirer. Dans quel but ? Qu'attendait-il d'elle ?

Sa présence la troublait infiniment. Les effluves épicés de son eau de toilette mettaient ses sens en émoi et lui paraissaient si douloureusement familiers qu'elle en avait la gorge serrée. Son regard cherchait malgré elle son visage, anxieux d'y lire une réponse à tant d'interrogations, mais elle ne vit qu'une impitoyable détermination qui la fit frissonner d'angoisse.

Il ouvrit une mallette d'où il tira un dossier qu'il lui tendit.

— Voici les détails concernant les locaux que je me propose d'acquérir. Peut-être pourriez-vous en prendre connaissance ce matin pour me donner votre avis durant le déjeuner ?

C'en était trop !

— Je peux tout aussi bien les lire et vous envoyer par mail mes premières impressions, riposta-t-elle avec une froide politesse. Je ne veux pas bouleverser votre emploi du temps.

Une lueur d'amusement vint éclairer le regard sombre de Ramon, mais son ton resta sans réplique.

— Je vous attendrai à 13 heures au Vine, à Covent Garden, dit-il en se levant, avant de tendre la main à Alistair Gambrill. Merci de m'avoir consacré votre temps.

— C'est un plaisir de faire affaire avec vous, Ramon.

— Tout le plaisir est pour moi, je vous l'assure.

Il y avait quelque chose de diabolique dans le sourire qu'il lui adressa en se retournant sur le seuil.

*
* *

Ramon était perplexe. Avec son air troublé et ses joues rouges d'agacement, Lauren lui semblait plus désirable que jamais. Mais l'expression de son regard l'intriguait : qu'avait-il pu dire pour éveiller en elle une telle terreur ?

En le découvrant dans le bureau d'Alistair, tout à l'heure, elle avait paru si bouleversée… Mais peut-être était-elle simplement surprise de le revoir après leur rupture explosive, dix-huit mois plus tôt ? Il se souvint de cette discussion ridicule, parce qu'il avait employé le mot « maîtresse ». Quand elle l'avait menacé de partir, son sang n'avait fait qu'un tour et il lui avait répondu que, dans ce cas, leur relation serait définitivement terminée.

Une fois sa colère retombée, il avait regretté d'avoir parlé trop vite. Mais peu après, sa mère l'avait appelé pour lui annoncer que la santé de son père s'était encore dégradée et lui demander de rentrer en Espagne. Devant assumer la charge de sa famille, il avait fait passer sa vie privée au second plan.

S'il était revenu en Angleterre, ce n'était pas seulement pour ses affaires, mais parce qu'il espérait bien renouer avec Lauren. Elle avait beau ne pas vouloir se comporter en « maîtresse » et veiller jalousement à son indépendance, il aurait voulu que leur liaison reprenne et se prolonge jusqu'à ce qu'ils souhaitent tous les deux y mettre fin. Même s'il était du devoir du duc de Velaquez de choisir une femme issue de la noblesse espagnole, Ramon n'était pas pressé de se marier. En tout cas, pas avant que Lauren ne soit sortie de sa vie. Mais il lui fallait d'abord découvrir pourquoi elle avait l'air si méfiante à son égard.

2.

Lauren arriva au Vine à 13 heures moins deux minutes. Assis au bar, Ramon la vit ôter son manteau et le tendre à la préposée au vestiaire. Avec ses cheveux relevés en un élégant chignon, son tailleur bien coupé et ses escarpins, elle avait tout de la juriste désireuse de faire carrière. Mais lui, il avait en tête une autre Lauren, sensuelle et passionnée quand elle faisait l'amour.

En la regardant s'approcher de lui, il dut se battre contre son envie de lui détacher les cheveux et d'enfouir ses doigts dans leur masse soyeuse, de se repaître de sa bouche et de la sentir se blottir contre lui.

— Toujours aussi ponctuelle, murmura-t-il en se levant.

— Il serait peu professionnel d'être en retard quand on a rendez-vous avec un client, répondit-elle d'un ton sec.

C'était donc pour cette seule raison qu'elle avait accepté son invitation ? Malgré cet entêtement à vouloir le remettre à sa place, il ne put retenir un sourire. Oui, il allait tout faire pour la déstabiliser.

— Notre table est prête. Quel dommage que ce ne soit pas l'été, nous aurions pu manger en terrasse, comme naguère. Tu te souviens ?

Evidemment qu'elle se souvenait. Les moments heureux qu'ils avaient vécus ensemble resteraient à jamais gravés dans son esprit. Le Vine avait été un de leurs lieux de prédilection, où ils dînaient fréquemment avant de regagner le penthouse de Ramon pour satisfaire une faim d'une tout autre nature. Du sexe urgent, intense et incroyablement érotique, un nirvana de sensualité, bien au-delà de tout ce qu'elle avait pu imaginer auparavant.

Mais rien d'autre que du sexe. Sans engagement ni sentiments. Pour Ramon, du moins. Car, pour elle, cela s'était mué en un sentiment exclusif…

— Que veux-tu boire ? s'enquit Ramon lorsqu'ils furent assis.

— De l'eau glacée, s'il te plaît. Et je désirerais une sole grillée avec des pommes de terre nouvelles.

Sans entrée ni dessert. Avec un peu de chance, songea Lauren, ce repas ne durerait pas plus d'une demi-heure.

— A quoi joues-tu exactement, Ramon ? demanda-t-elle lorsqu'ils se retrouvèrent seuls après avoir passé la commande.

Il haussa les sourcils sans répondre, observant son visage avec un feint étonnement qui l'exaspéra.

— Pourquoi m'as-tu invitée ici ? reprit-elle.

— Tu le sais déjà : je veux discuter affaires avec ma nouvelle conseillère juridique. Mais c'est la nostalgie qui m'a fait choisir le Vine, je le reconnais. Nous y avons partagé tant d'heureux moments.

— Je ne tiens pas à raviver ces souvenirs. Depuis, nous avons fait du chemin, toi et moi.

Il la fixa d'un œil interrogateur. Heureusement, un serveur leur apporta leurs plats.

Le poisson était délicieux, mais la présence de Ramon ôtait tout appétit à Lauren qui reposa sa fourchette au bout de quelques bouchées.

— J'ai procédé à des vérifications rapides concernant les locaux qui t'intéressent, et deux d'entre eux me semblent poser des problèmes, déclara-t-elle en sortant un dossier de son porte-documents. La propriété de Chancy Lane est classée monument historique et il te faudra solliciter une autorisation spéciale avant d'entamer des travaux. Celle de Jerminy Street est soumise à un bail court, mais la société qui en est propriétaire pourrait envisager de le prolonger. Evidemment, tout cela peut être négocié.

— Tu es d'une efficacité redoutable, déclara Ramon après avoir terminé la dernière bouchée de son steak.

— C'est pour cette raison que tu m'as engagée, n'est-ce pas ?

— Pas seulement.

Il avait oublié à quel point il aimait bavarder avec elle.

— Alistair Gambrill se fait une haute idée de tes compétences, poursuivit-il. Cela fait dix-huit mois à peine que tu es entrée chez PGH, mais ils envisagent déjà de t'offrir une promotion. Tu as dû travailler dur pour produire une impression aussi positive.

Lauren lui jeta un regard inquisiteur, se demandant s'il n'ironisait pas. Durant leur liaison, leur seul sujet de conflit avait été les longues heures qu'elle consacrait à son travail. Ramon aurait voulu qu'elle soit entièrement disponible pour lui et elle ne s'était pas privée de lui dire ce qu'elle pensait de cette attitude machiste.

Jamais il n'avait deviné que cette obsession pour sa carrière était l'expression d'une indomptable volonté d'autonomie financière : elle refusait de dépendre de quiconque, comme sa mère avait dépendu de son père. Mais comment aurait-il pu le comprendre, puisqu'elle ne lui avait jamais révélé que son père avait abandonné sa famille pour sa maîtresse, laissant sa femme et sa fille sans ressources ?

— Mon entrée dans ce cabinet m'a indéniablement ouvert des possibilités, et je travaille dur pour réussir.

Un mois après avoir commencé chez PGH, elle avait découvert qu'elle était enceinte. Du coup, sa carrière n'avait plus vraiment été un choix, mais une nécessité, puisqu'elle devait affronter la vie en mère célibataire. Anxieuse de faire ses preuves devant Alistair Gambrill et ses associés, elle n'avait pas relâché son effort. Heureusement, la naissance de Mateo s'était déroulée sans difficultés, et trois mois plus tard elle avait repris un travail à plein temps. Tout en craignant que son congé de maternité n'ait nuit à ses chances de promotion dans cet univers dominé par les hommes et très compétitif.

— Je suis désolée, pour ton père, dit-elle après avoir avalé une gorgée d'eau.

Ramon s'était toujours montré avare de détails concernant

sa vie privée, mais la mort d'Esteban Velaquez, ancien membre du gouvernement et politicien connu en Espagne, avait été rapportée par la presse internationale.

— Cela a été un grand choc, dit Ramon en hochant la tête. Un cancer avait été diagnostiqué six mois avant son décès, mais, après l'opération, le pronostic était bon. Malheureusement, la rechute a été plus agressive. Ma mère a très mal supporté sa mort. Ils étaient mariés depuis quarante ans et cela lui a brisé le cœur.

Et le chagrin de sa mère lui avait causé un choc aussi grand que la mort de son père.

Il avait toujours considéré le mariage de ses parents comme l'union de deux familles, un contrat qui s'était transformé en une relation de confiance et de respect. Mais en voyant sa mère, Marisol Velaquez, au comble du désespoir, il avait compris que c'était l'amour qui les avait unis durant un demi-siècle, un amour profond et éternel comme celui chanté par les poètes et auquel il n'avait lui-même jamais cru.

Lauren sentit son cœur se serrer, mais elle n'était pas la première à s'être laissé prendre à ce piège, et sûrement pas non plus la dernière. Depuis la mort d'Esteban Velaquez, la presse n'avait cessé de commenter la vie de play-boy que menait son fils unique. Sur les photos, il apparaissait en compagnie de femmes plus belles les unes que les autres, en particulier Pilar Fernandez, un ravissant top model, descendante d'une famille aristocratique. En le découvrant à côté de la belle Pilar, Lauren avait été encore plus convaincue qu'il ne pourrait s'intéresser à la naissance d'un fils illégitime.

— Je regrette pour ta mère, murmura-t-elle. Peut-être la perspective de ton prochain mariage l'aidera-t-elle à surmonter son chagrin ? D'après la presse, tu serais sur le point d'épouser Pilar Fernandez.

— Nul doute que ma mère serait ravie que je me marie, déclara-t-il en levant les sourcils d'un air dubitatif, mais cette rumeur est sans fondement. Pilar est une simple amie et nos familles se connaissent depuis des années. Je ne suis pas pressé de trouver une *duquesa*.

Ses yeux s'attardèrent sur la bouche de Lauren, avec une lueur qui la fit frémir. Le message était parfaitement clair : plus tard, il choisirait sans doute une épouse dans l'aristocratie espagnole pour qu'elle lui donne des héritiers dignes de perpétuer le nom de Velaquez. Mais jusque-là, rien ne l'empêchait de jouir de sa liberté et de satisfaire ses exigences avec de nombreuses maîtresses. Y compris Lauren. Ce qui expliquait pourquoi il avait fait en sorte qu'elle travaille pour lui, et pourquoi ses yeux brillaient de pur désir depuis qu'elle était entrée dans le restaurant.

Mais pourquoi ranimer cette flamme après avoir prétendu, dix-huit mois plus tôt, que, si elle le quittait, c'était définitif ?

Et elle, comment trouverait-elle la force de lui résister ?

Elle se raidit : pas question de lui laisser deviner quoi que ce soit concernant Mateo, qu'il ne considérerait jamais comme l'héritier légitime d'une lignée remontant aux temps où les royaumes de Castille et de Navarre se disputaient la Rioja. Mateo était *son* bébé, elle était responsable de lui, et mieux valait pour tout le monde qu'elle n'en parle pas à Ramon.

— Prendras-tu un dessert ? s'enquit-il quand réapparut le serveur.

— Non, merci, répondit-elle en rangeant ses papiers d'une main tremblante. Il faut que j'y aille. Je dois retourner au bureau pour transmettre mes dossiers à mes remplaçants.

— Ils ne sont pas à un quart d'heure près, rétorqua-t-il sèchement avant de se tourner vers le serveur. Apportez-nous un espresso et un thé au jasmin, s'il vous plaît.

Ainsi, il n'avait pas oublié qu'elle aimait bien terminer son repas par une tasse de thé. Mais cela prouvait seulement qu'il avait une excellente mémoire.

— Alors, que s'est-il passé dans ta vie depuis que nous avons rompu ?

Oh ! juste la naissance d'un bébé… Un bébé qui l'occupait suffisamment pour ne laisser de place à rien d'autre.

— Cela ne te regarde pas, dit-elle avec un haussement d'épaule.

Il y avait donc quelqu'un, songea Ramon, ce qui n'avait rien de surprenant. Lauren était trop belle et trop sensuelle pour avoir vécu seule ces derniers dix-huit mois. Ce qui l'étonnait, c'était à quel point cette idée lui déplaisait.

— Désolé pour ce type, quel qu'il soit, lança-t-il en se carrant dans sa chaise pour mieux l'observer.

— Pardon ? Pourquoi, désolé ?

— Parce qu'il ne te satisfait pas.

— Comment peux-tu en être si certain ?

Elle avait oublié à quel point il pouvait se montrer exaspérant et arrogant.

— Je le sais, voilà tout, dit-il en se penchant vers elle et en lui prenant le menton avant qu'elle ait pu esquiver son geste. S'il te satisfaisait, tu n'aurais pas le regard aussi sombre, ni la bouche toute prête à recevoir mes baisers.

— Ce n'est pas… Je n'ai pas…

Tremblant d'une colère à laquelle se mêlait un trouble qu'elle se refusait à analyser, Lauren se dressa si brusquement qu'elle fit tomber sa chaise avec fracas, éveillant la curiosité des autres clients. Reprenant ses esprits, elle s'efforça de réagir avec dignité malgré les battements désordonnés de son cœur.

— Je ne sais pas à quel jeu tu joues, dit-elle froidement, mais je te rappelle que cela fait un an et demi que je ne suis plus ta « maîtresse ». Si je dois travailler pour toi, j'attends que notre relation reste purement professionnelle et que tu ne te permettes aucune allusion à ma vie privée ni aucun…

— Baiser ? suggéra Ramon d'une voix suave.

Elle avait oublié son redoutable sens de l'humour et comme il la faisait rire, naguère. Ses yeux s'embuèrent de larmes.

— Tu es insupportable, murmura-t-elle, consciente que le serveur, accouru pour ramasser sa chaise, ne perdait pas une miette de leur conversation. Je retourne au travail.

— Je te raccompagne, dit Ramon en tendant à l'employé sa carte de crédit pour régler l'addition. Mais auparavant, il faut que je te montre le bureau où tu vas travailler durant la durée de ton contrat chez nous.

En se glissant sur le siège de la Porsche argentée de Ramon, Lauren ressentit une pointe de regret. Depuis la naissance de Mateo, elle avait troqué la petite voiture de sport rouge qu'elle adorait contre un monospace familial assez vaste pour contenir le siège de bébé et tout l'attirail nécessaire à un enfant en bas âge.

Sa vie avait tellement changé… Elle n'avait plus rien de commun avec la jeune femme libérée qui avait entretenu une liaison passionnée avec un séduisant play-boy espagnol. Maintenant, elle était une mère, avec tout le cortège de responsabilités que suppose cette condition, et Mateo était toute sa vie. Le meilleur moment de la journée, c'était quand elle allait le chercher à la crèche et qu'il la prenait par le cou, avec ses bras potelés pour lui couvrir le visage de baisers mouillés.

Perdue dans ses pensées, elle ne prêta pas attention au trajet dans les embouteillages londoniens, jusqu'à ce qu'ils se retrouvent dans Park Lane.

— Que faisons-nous ici ? demanda-t-elle en voyant Ramon s'engouffrer dans un parking souterrain qu'elle reconnut immédiatement.

— Mes bureaux se trouvent dans le même immeuble que mon appartement, dit-il avant de sortir pour lui ouvrir la portière.

Elle le suivit dans l'ascenseur, le cœur serré au souvenir des jours où il la prenait dans ses bras et l'embrassait pendant qu'ils montaient vers le dernier étage. A peine la porte franchie, ils se débarrassaient de leurs vêtements pour faire l'amour sur le sofa du salon tant leur désir était pressant.

L'image de son corps nu puissamment musclé et de son sexe dressé pénétrant lentement le sien était si précise qu'elle ferma les yeux, redoutant qu'il puisse lire dans ses pensées.

— Tes bureaux sont au même étage que ton appartement ? s'enquit-elle, étonnée de ne voir dans le couloir d'autre porte que celle de chez lui.

Il acquiesça d'un signe tout en pénétrant dans son appartement. Il la devança dans le large hall dont le mobilier contemporain aux couleurs vives lui parut douloureusement familier. En apercevant la chambre dont la porte était entrebâillée, elle s'arrêta net, submergée par un flot de souvenirs.

— Est-ce encore une de tes manigances ? dit-elle avec irritation. Tu devais me montrer mon bureau.

Ramon la fixa en silence, notant le rouge qui lui était monté aux joues et le léger tremblement de ses lèvres.

— C'est ici même, dit-il en ouvrant une des portes donnant sur le hall.

Cette pièce qui était naguère un petit salon contenait maintenant un bureau, un ordinateur et du mobilier professionnel.

— Je travaillerai dans la pièce à côté jusqu'à ce que j'aie trouvé des locaux pour la filiale londonienne de Velaquez Conglomerates. C'est d'ailleurs la première tâche à laquelle tu vas devoir t'atteler : j'ai visité un immeuble commercial neuf à St Katharine's Docks et je veux que tu rédiges le bail. D'autre part, j'ai engagé une intérimaire, Sally, qui vient taper mon courrier deux matinées par semaine.

Il ne s'agissait donc que d'un arrangement temporaire, se dit Lauren, soulagée. Mais avant que Velaquez Corporates ne s'installe dans ses nouveaux bureaux, cela pouvait prendre des semaines, voire des mois… Elle allait devoir passer le plus clair de son temps dans ces lieux où ils avaient si souvent fait l'amour et où Mateo avait été conçu…

Elle se dirigea vers la fenêtre pour contempler la vue sur Hyde Park avant de se tourner vers Ramon :

— C'est impossible. Depuis les bureaux de PGH, je pourrais très bien rester en contact avec toi par mail, par téléphone…

— Je préfère te garder sous la main.

— Mais pourquoi, enfin ? s'écria-t-elle, incapable de se contrôler plus longtemps.

Durant tout le déjeuner, elle avait eu l'impression qu'il la dépouillait peu à peu de sa carapace protectrice. Si elle ne partait pas immédiatement, il devinerait à coup sûr tout le pouvoir qu'il gardait encore sur elle.

Sans cesser de l'observer, il s'approcha, silencieux et résolu, plus dangereux qu'une panthère fondant sur sa proie. La tension était devenue si palpable que Lauren en avait la chair de poule.

— Qu'est-ce qui te tracasse au juste ?

— Rien. Simplement, je ne comprends pas où tu veux en venir, Ramon. Pourquoi tiens-tu tellement à ce que je travaille pour toi ? Que me veux-tu au juste ?

Il continuait à avancer vers elle en silence. Lorsqu'il tendit la main pour la poser sur son cou, elle crut que son cœur allait cesser de battre. Lentement, elle vit son visage se pencher sur le sien.

— Voilà ce que je veux, *querida,* souffla-t-il d'une voix rauque en effleurant ses lèvres des siennes.

3.

Lauren ouvrit la bouche pour protester, mais la pression des lèvres de Ramon sur les siennes ne le lui permit pas. C'était un baiser brûlant, avide, passionné, et qui exigeait une réponse qu'elle ne se sentait plus capable de refuser.

Le désir qui les habitait depuis leur rencontre explosait en un ouragan de passion. Il défit la pince qui attachait son chignon, et ses cheveux se répandirent sur ses épaules. Elle aurait dû l'arrêter, comme le lui soufflait la voix de la raison, mais plus rien n'existait que ce baiser qu'elle aurait aimé voir durer toujours. Cela faisait si longtemps qu'elle aspirait à se blottir dans ses bras, à sentir ses seins s'écraser contre son torse puissamment musclé…

— *Querida…*

Le son de cette voix chaude et rauque la fit frémir. Après avoir tenté de l'écarter des deux mains, elle le prit par les épaules tandis qu'il lui déboutonnait sa veste pour lui caresser la poitrine. A travers la soie fine de sa blouse, ses doigts lui parurent délicieusement tièdes. Lorsqu'il se mit à lui agacer du pouce la pointe d'un sein, elle en eut le souffle coupé. Elle aurait voulu aller plus loin, sentir sa peau nue contre la sienne. Elle se mit à déboutonner sa chemise pour toucher enfin, le cœur battant, son torse couvert d'une toison brune.

Comme si les derniers dix-huit mois n'étaient jamais advenus… Dès le début de leur liaison, Ramon lui avait fait découvrir un univers de sensualité dont il était le seul à posséder la clé. Au contact de son érection contre son ventre, elle sentit une violente chaleur dans son ventre et ne put retenir un faible gémissement.

En voyant Lauren s'abandonner contre lui, Ramon fut envahi par une intense satisfaction. Il n'avait pas prévu qu'elle s'abandonnerait si vite. D'une main habile, il déboutonna sa blouse pour caresser ses seins gonflés. En la sentant trembler contre lui, il ne put plus y tenir. Il aurait voulu la prendre là, à l'instant même, sur ce bureau. Avec un gémissement, il passa les doigts sur la bande de dentelle qui retenait ses bas.

— *Dios mio, querida,* je te veux là, tout de suite.

Oui, là, tout de suite. Cela faisait si longtemps que Lauren n'avait pas ressenti une telle excitation, comme si tous ses sens avaient été verrouillés depuis qu'elle avait rompu avec lui. Mais maintenant qu'il était là… Au simple contact de sa main sur sa cuisse, elle aurait voulu sentir ses doigts remonter encore plus haut, pour la toucher là où elle ne l'avait plus été depuis si longtemps…

Mais soudain, elle se raidit comme sous un jet glacé. Comment avait-elle pu s'abandonner ainsi, oublier son fils… ?

Durant quelques secondes, elle se sentit partagée entre le désir et la voix intérieure insistante qui lui enjoignait d'arrêter, tout de suite. Si elle faisait l'amour avec Ramon, elle compliquerait encore la situation.

— Non ! s'écria-t-elle en le repoussant des deux mains avant de s'écarter et de reboutonner sa blouse à la hâte.

— Non ? répéta-t-il avec une feinte douceur, malgré la colère qu'elle sentait bouillir en lui.

Une colère justifiée. Elle lui avait vraiment donné toutes les raisons de croire qu'elle allait coucher avec lui, mais la vision de Mateo l'avait brutalement ramenée sur terre. Impossible de faire l'amour avec Ramon tout en lui cachant l'existence de son fils.

Ramon poussa un soupir d'exaspération. Sa frustration était telle qu'il avait du mal à refréner la violence qui l'habitait.

— Tu sais aussi bien que moi qu'il me serait très facile de te faire changer d'avis, lança-t-il en fixant les pointes de ses seins qui saillaient à travers le fin tissu de sa blouse. Tu as beau dire non, *querida*, ton corps dit oui.

— Eh bien, disons qu'il s'est trompé et que tu… tu m'as prise par surprise. Mais je ne veux plus de toi, Ramon.

— En es-tu bien certaine ? Entre nous, la flamme est loin d'être éteinte, je viens de t'en donner la preuve. Moi, je voudrais que tu reviennes, Lauren, murmura-t-il conscient que cela faisait des mois qu'elle troublait ses pensées et hantait ses rêves.

En croisant son regard brun, si semblable à celui de son fils, Lauren se sentit faiblir. Peut-être était-ce l'effet de cet appartement, où ils avaient partagé tant de bons moments. Et puis, il paraissait si sincère… Etait-il possible qu'il désire engager avec elle une relation sérieuse et constructive ? Et dans ce cas, accepterait-il aussi Mateo ? Y avait-il la moindre possibilité qu'ils trouvent une issue à cette situation ?

— Et cette aristocrate espagnole que tu étais censé devoir épouser pour qu'elle te donne un héritier qui perpétue le nom des Velaquez ? Ta position a changé ?

— Non. J'ai toujours l'intention d'accomplir mon devoir. Mais dans un lointain avenir. Pour le moment, je préfère me concentrer sur Velaquez Conglomerates et sur le Castillo del Toro. Je ne veux pas encore d'enfant et je n'envisage pas de me marier avant quelques années. Et en attendant, je n'ai pas l'intention de vivre comme un moine, *querida*.

En sentant son regard avide se poser sur ses seins, Lauren s'efforça de dissimuler la réaction spontanée de son corps. Car il ne cherchait qu'à reprendre leur liaison sur les mêmes bases, songea-t-elle, le cœur serré. Rien n'avait changé : même s'il la trouvait encore bonne à être sa maîtresse, jamais il ne ferait d'elle sa femme.

D'ailleurs, elle ne tenait pas elle-même spécialement à se marier. Il lui avait suffi de constater comment sa propre mère avait été anéantie après le départ de son père pour se jurer de ne jamais abandonner pour un homme son indépendance. Et puis, tant de couples vivaient ensemble sans aucun lien légal.

Mais Ramon n'avait suggéré aucun engagement à long terme. Il désirait simplement la remettre dans son lit pour un ou deux mois, jusqu'à ce qu'il soit fatigué d'elle. Si elle avait été seule en jeu, peut-être aurait-elle accepté de ravaler son amour-propre pour retrouver la joie et les plaisirs de leurs longues nuits d'amour qui lui avaient tant manqué. Mais elle n'était plus seule : il y avait Mateo, et Ramon venait de proclamer qu'il ne voulait pas encore d'enfant. A plus forte raison de sa « maîtresse » anglaise.

Pourtant, sa conscience la taraudait : en dépit de ses propos très négatifs, elle ne savait pas comment il réagirait si elle lui révélait qu'il avait un fils. Avec le sens du devoir qu'elle lui connaissait, sans doute lui proposerait-il une compensation financière. Mais un fils avait besoin d'être aimé et un chèque mensuel constituait un pauvre substitut à l'affection paternelle.

Elle détourna la tête en rougissant tandis qu'il reboutonnait sa chemise.

— Il me semble peu adéquat de reprendre cette liaison avec toi, déclara-t-elle froidement en se dirigeant vers la porte : ce ne serait pas professionnel puisque tu es un client de PGH. Il vaudrait mieux, à mon avis, que tu choisisses un autre juriste de notre département qui ne demandera sûrement pas mieux que de collaborer avec Velaquez Conglomerates.

Guy Hadlow saisirait certainement cette chance au vol, et elle présenterait ses excuses à Alistair Gambrill en prétendant qu'elle ne se sentait pas capable de prendre en charge ce projet en raison d'engagements antérieurs. Cela lui coûterait sa promotion, mais elle ne pouvait envisager de travailler avec Ramon s'il ne cherchait qu'à la remettre dans son lit.

— Je vais en parler à Alistair, dit-elle en ouvrant la porte.

— Comment crois-tu qu'il prendra ma décision de rompre mon contrat avec PGH ?

— Tu ne parles pas sérieusement ! s'exclama-t-elle en faisant demi-tour. Je viens de t'expliquer que tu n'as aucune raison valable de le faire : je ne suis pas la seule juriste…

— C'est toi que je veux.

Son expression était insondable, mais quelque chose dans sa voix avertit Lauren que la menace était sérieuse.

— Je respecterai ton statut de consultante, sans chercher à obtenir quoi que ce soit d'autre de ta part. A moins que tu ne changes d'avis…

— Sûrement pas !

— Ma décision d'utiliser les services de PGH est liée à ton accord. Si tu refuses d'être ma consultante juridique sur ce projet de bars à vin, je trouverai un autre cabinet. Une solution que ni Alistair Gambrill ni toi ne pouvez souhaiter, ajouta-t-il avec un sourire moqueur.

Si elle était tenue pour responsable de la perte d'un client aussi important, c'en était terminé de sa carrière chez PGH, et sans doute également dans tout autre cabinet juridique. Dans ce petit monde, tout se savait et les doutes sur ses compétences professionnelles s'ébruiteraient vite. Jamais elle ne retrouverait un emploi dans la City.

— C'est du chantage, dit-elle, le cœur serré, en scrutant le visage dur de Ramon.

— Tu sais que j'arrive toujours à mes fins, répondit-il, visiblement peu troublé par cette accusation.

Effectivement, se souvint-elle avec amertume. Sa réputation d'homme d'affaires impitoyable n'était plus à faire.

Elle céderait donc, mais, s'il croyait la mettre dans son lit, il se trompait.

— Cela ne te gêne pas de travailler avec quelqu'un qui te déteste ?

— Non. Ce qui me surprend, c'est que quelqu'un qui me déteste ait pu répondre avec tant de passion à mes baisers. Tu es bien sûre de savoir ce que tu veux, *querida* ?, répliqua-t-il avec un sourire arrogant en ouvrant un dossier posé sur son bureau. J'ai là les détails concernant cet immeuble de bureaux dans St Katharine's Docks. Si tu décides de rester, je voudrais que tu te mettes immédiatement à étudier le bail.

Avec autant de dignité qu'elle le pouvait, Lauren s'assit au bureau et, malgré la colère qu'elle sentait bouillir en elle, se concentra immédiatement sur les documents.

Résistant au désir de remettre lui-même de l'ordre dans les cheveux de la jeune femme, Ramon laissa tomber la barrette sur la table.

— Je suppose qu'elle doit te manquer.

— Merci, répondit-elle d'une voix glaciale.

— J'ai deux réunions cet après-midi. Je rentrerai sûrement très tard.

— Dans ce cas, je serai déjà partie, dit-elle en le fixant droit dans les yeux. Je termine toujours à 17 h 30. Non négociable. Mais quand il le faut, je peux emporter un dossier pour le traiter chez moi.

Tant de détermination dans sa voix éveilla la curiosité de Ramon.

— Tout est négociable, Lauren.

— Pas ça.

Chaque soir, elle devait reprendre Mateo à la crèche à 18 h 30, et rien, pas même la menace de perdre son emploi, n'aurait pu l'en empêcher.

— Pourtant, naguère, tu restais facilement au travail jusqu'à 19 heures, voire 20 heures. Peut-être y a-t-il quelqu'un qui t'attend, maintenant ?

Elle s'empressa de baisser le nez sur son dossier.

— Je te croyais d'accord pour reconnaître que ma vie privée ne te regarde pas.

— Nous sommes d'accord sur de nombreux points dont le moindre n'est pas que tu as envie de moi, même si tu t'obstines à le nier.

Les joues en feu, elle maudit l'instant de faiblesse où elle avait répondu avec tant de passion à son baiser.

— Ma mère arrive ce soir de Jersey et je dois aller la chercher à Gatwick. Alistair Gambrill était d'accord pour que je parte une demi-heure plus tôt. J'espère que tu n'y verras pas d'inconvénient.

— Je n'ai guère le choix, n'est-ce pas ? Tu n'as rien d'autre à me dire ? s'enquit-il en la fixant d'un œil inquisiteur.

Se pouvait-il qu'il fasse allusion à Mateo ? Et s'il était au courant ?

— Qu'est-ce que… cela… signifie ?

— Je voulais simplement savoir si tu avais d'autres engagements, avant de planifier la visite de différents locaux. Pourquoi es-tu si nerveuse ? Comme si tu me cachais quelque chose.

Les paumes moites, elle se força à soutenir son regard.

— Je ne vois pas d'où te vient cette idée ridicule, articula-t-elle sur un ton froidement dissuasif. Je ne te cache rien.

— Menteuse ! Tu fais de ton mieux pour me cacher que tu me désires encore, dit-il en la prenant par la nuque. Mais rien à faire, tes yeux t'ont trahie, *querida* !

Il posa sur ses lèvres un baiser qui éveilla en elle un douloureux frémissement.

— A plus tard, lança-t-il avant de la lâcher, avec un sourire narquois, et de se diriger vers la porte.

Elle était trop bouleversée pour se demander pourquoi il avait dit « A plus tard » et non pas « A lundi »…

— Je suis certaine qu'il marchera avant un an. Regarde comme il est solide sur ses jambes.

Lauren leva la tête de son portable et sourit en voyant sa mère qui jouait par terre avec Mateo.

— Tu trouves qu'il est en avance ?

— Plutôt, répondit Frances Maitland en jetant à son petit-fils un regard admiratif. Et toi qui étais si prudente… A onze mois, tu ne rampais même pas ! Lui, il est tellement actif. Il tient sûrement de son pè…

Elle s'arrêta net, gênée.

— De son père. Tu peux prononcer ce mot, maman.

— Cela me fait bizarre de parler du père de Mateo alors que je ne sais même pas son nom, bredouilla Frances. J'espérais que tu me dirais un jour qui il était. Je ne comprends pas ton silence.

— Je t'ai déjà dit que c'était un play-boy avec qui j'ai eu une brève liaison. Quand j'ai découvert ma grossesse, comme il ne voulait pas d'enfant, je ne lui ai rien dit, voilà tout.

— Ce n'est pas juste que tu sois seule à élever Mateo. Son père devrait te verser une pension.

— Jamais je ne lui demanderai d'argent. C'est moi qui suis responsable de Mateo et je peux lui offrir tout ce dont il a besoin, dit-elle en observant le bébé qui rampait sur le sol. Tu ne trouves pas qu'il a les joues très rouges ? Et puis, c'est étrange qu'il ait refusé de manger. D'habitude, il a bon appétit. Mieux vaut que je n'aille pas à cette soirée, au cas où il couverait quelque chose.

Frances se leva et prit le bébé dans ses bras.

— Mais non, il est en pleine forme. Tu ne peux pas rater le bal de la Saint-Valentin. Je croyais que chez PGH c'était l'événement de l'année ?

— Effectivement, reconnut Lauren.

Chaque année, l'épouse d'Alistair Gambrill organisait ce bal dont les entrées étaient en partie reversées à une œuvre caritative. Les clients les plus prestigieux du cabinet y étaient conviés et le personnel était censé y assister, particulièrement les employés qui cherchaient à être promus…. Mais Lauren, qui avait mal encaissé le choc de revoir Ramon, n'avait aucune envie de sortir, même si les associés risquaient de remarquer son absence.

— J'irai peut-être, mais je rentrerai ce soir.

Le bal était donné dans un hôtel où des chambres étaient réservées pour éviter aux invités d'avoir à conduire s'ils avaient un peu trop bu.

— Pour une nuit, insista Frances. Tu ne me fais donc pas confiance ?

— Bien sûr que si, mais…

Au fond, si Mateo avait les joues rouges, c'était sans doute à cause de la chaleur. Avec ses yeux brillants et son sourire espiègle, il respirait la santé.

— C'est bon, je vais y aller.

— Je préfère. Peut-être vas-tu tomber sur un bel inconnu ?

— Dieu m'en préserve, déclara Lauren tout en appuyant sur la touche « envoyer » pour faire parvenir à Ramon le rapport qu'elle venait de terminer. Le vieux dicton « Chat échaudé craint l'eau froide » me semble toujours d'actualité en ce qui me concerne.

*
* *

De nombreux invités se pressaient déjà dans la salle de bal qu'illuminaient des lustres étincelants. Lauren sourit au serveur qui lui proposait une flûte de champagne, tout en se dirigeant vers le groupe que formaient les trois associés et leurs épouses. Sous sa robe longue de jersey noir toute simple qu'éclairaient des bretelles ornées de strass, on entrevoyait des stilettos argentés.

Dire que dix mois plus tôt elle avait tout d'une montgolfière, songea-t-elle en apercevant sa silhouette dans un miroir. Elle avait de la chance d'avoir retrouvé sa minceur d'antan et elle avait même perdu quelques kilos, sans doute à cause de la vie un peu trop active qu'elle menait, partagée entre le travail et la maternité. En définitive, elle avait apprécié de s'habiller ce soir pour sortir, reconnut-elle en observant les regards admiratifs que lui lançaient deux juristes. Mais au moment où elle atteignait le groupe des associés, elle sentit son sang se glacer en apercevant une silhouette qui lui était redevenue bien trop familière.

— Lauren. Ravi que vous ayez pu vous libérer, lui dit Alistair Gambrill.

Le cœur battant, elle sentit peser sur elle l'œil scrutateur de Ramon.

— Bonsoir.

Elle sourit à Alistair et à ses associés, et se força à croiser le regard de Ramon.

— Vous connaissez déjà Ramon. D'ailleurs, j'ai été très surpris que vous ne l'ayez pas invité ce soir. Vous n'ignorez pourtant pas que nous accueillons toujours avec plaisir nos clients à notre bal de la Saint-Valentin.

— Je…, commença Lauren, soudain cramoisie.

— Lauren m'avait déjà remis une invitation, intervint suavement Ramon, mais j'avais dû décliner en raison d'un engagement qui a finalement été annulé juste avant que vous ne m'appeliez, Alistair. C'est ce qui m'a permis, en définitive, d'assister à cette réception.

— Ah ! Très bien ! répondit le juriste. Ramon était

justement en train de dire qu'il vient d'arriver à Londres et ne connaît encore aucun de nos invités. Lauren, vous vous ferez sûrement un plaisir de faire les présentations ?

— J'en serais ravie.

Elle aurait dû être reconnaissante à Ramon d'avoir couvert sa bévue, même s'il devinait qu'elle avait été délibérée, mais son sourire triomphant l'exaspérait.

— J'apprécierais beaucoup votre compagnie. Permettez-moi de vous proposer un verre, répondit-il en la prenant par le bras pour la guider vers le bar avec un sourire diabolique.

— « Il vient d'arriver à Londres », répéta-t-elle, au comble de l'agacement. Alistair ignore sans doute que dans cette ville tu as couché avec toutes les femmes de dix-huit à soixante ans ? Et as-tu réellement besoin que je te prenne par la main pour faire les présentations ?

— En public, je me contenterai de la main.

— Comment oses-tu... ?

Les joues en feu, Lauren tenta de dégager son bras, mais, avec une facilité déconcertante, Ramon l'entraîna vers la piste de danse et posa son autre main au creux de sa taille. A l'étincelle qui brillait dans ses yeux, elle comprit qu'il valait mieux ne pas le provoquer.

— Détends-toi, dit-il en l'attirant à lui. Rappelle-toi, tu adorais danser avec moi.

Oui, à l'époque où elle était encore convaincue de représenter autre chose pour lui qu'une maîtresse commode. Mais aujourd'hui, elle avait compris.

Mais en ce moment, le plus important n'était pas de lui dissimuler le trouble qu'il suscitait encore en elle... Chez PGH, tout le monde savait qu'elle avait un enfant, et il suffirait d'une parole malvenue pour mettre Ramon au courant. Envahie par la panique, elle se dit que, si elle dansait toute la nuit avec lui, il ne parlerait à personne d'autre.

Enivré par le parfum frais qu'exhalait la chevelure de Lauren, Ramon ne put résister au plaisir d'effleurer de ses lèvres une mèche blonde. *Dios,* qu'elle était belle ce soir, avec ses cheveux dénoués. Bientôt, elle serait de nouveau à lui et il pourrait caresser sa peau nue et satinée. En posant la main au creux des reins de la jeune femme, il sentit le frémissement qui la parcourait et l'attira à lui pour lui faire sentir toute la force de son désir. Un instant, il fut tenté de l'entraîner vers la chambre qui lui avait été réservée, mais il réussit à se contenir.

— Si nous allions prendre ce verre ? proposa-t-il.

Lauren le fixa d'un regard incrédule, furieuse d'avoir été une fois de plus incapable de lui résister.

Combien de temps avaient-ils dansé ?

Seuls comptaient les effluves épicés de son eau de toilette et les battements de son cœur contre son oreille. Le bruit même de la vie. Durant sa grossesse, rien ne l'avait émue comme d'entendre battre le cœur de son fils, lors de chaque examen prénatal. Un bruit que Ramon n'avait pas pu connaître…

Elle détourna les yeux de ses prunelles brun doré si semblables à celles de Mateo. Avait-elle eu tort de lui cacher l'existence de cet enfant ? Ces derniers mois, cette question n'avait cessé de la hanter. Elle avait essayé d'agir au mieux pour son fils, redoutant tellement que Ramon ne l'aime pas qu'elle avait préféré l'élever seule. Mais si elle s'était trompée ? Peut-être Ramon l'aurait-il aimé, en dépit de ses origines roturières ?

Pour échapper aux pensées qui tourbillonnaient sous son crâne, elle jeta un coup d'œil autour d'elle et s'aperçut que nombre de ses collègues l'observaient avec curiosité. Rien d'étonnant : le client le plus prestigieux de PGH la tenait étroitement enlacée. Quant à Guy Hadlow, appuyé à un pilier, il la fixait avec un sourire entendu.

— Je crains d'avoir trop longtemps monopolisé ton attention, murmura-t-elle.

— Je ne m'en plaindrai pas, *querida,* répondit Ramon d'un air satisfait.

Visiblement, il pensait qu'elle avait succombé à son charme irrésistible et qu'il n'aurait qu'à claquer des doigts pour qu'elle se précipite dans son lit. Il fallait absolument qu'elle s'en aille avant de se ridiculiser davantage.

— Excuse-moi, mais je sens venir la migraine, dit-elle en se dégageant avant qu'il ait pu faire un geste pour la retenir.

Elle traversa rapidement la salle, désireuse d'échapper à cette cacophonie de musique et de conversations. Elle avait besoin d'être seule, de réfléchir. Sa décision de cacher à Ramon la naissance de son fils éveillait soudain en elle un sentiment latent de culpabilité auquel elle avait réussi à échapper jusque-là.

Elle se hâta vers l'ascenseur et appuya sur le bouton du cinquième, mais, au moment même où la porte se refermait, Guy Hadlow la rejoignit dans la cabine.

— Il est encore bien tôt pour aller te coucher, Lauren !

Elle l'ignora, mais il se rapprocha d'elle, la coinçant contre la paroi. Il dégageait une telle odeur d'alcool qu'elle ne put s'empêcher de froncer le nez.

— Tout le problème est de savoir avec qui. Tu as décidé de conclure avec ton play-boy espagnol ? s'enquit-il avec un petit ricanement moqueur. Rien d'étonnant à ce qu'on t'ait choisie pour travailler avec Velaquez : tu t'es engagée à ôter ta culotte dès que le contrat serait signé ?

Le claquement de la main de Lauren sur la joue de Guy résonna dans la cabine.

— Salope, grogna-t-il en s'écartant, la bouche mauvaise. Je ne fais que répéter ce que tout le monde raconte.

— Eh bien, c'est faux.

En entendant la sonnerie qui annonçait son étage, elle voulut écarter Guy pour sortir, mais il lui agrippa le bras de toutes ses forces.

— Vraiment ? Tu l'as fait pour rien ? dit-il en appuyant sur le bouton pour refermer la porte.

Rien qu'à son visage empourpré et à son regard, on devinait qu'il était complètement ivre. Tandis qu'elle cherchait désespérément une phrase susceptible de le calmer, il agrippa une de ses bretelles pour essayer de la faire glisser.

— Laisse-moi partir, Guy, s'écria-t-elle d'une voix tremblante.

— J'ai envie de toi depuis plus longtemps que Velaquez, déclara-t-il en se penchant vers elle.

Lorsqu'il posa la main sur sa poitrine, elle fut submergée par une nausée, mais réussit à trouver la force de le repousser. Appuyant sur le bouton d'ouverture, elle se précipita à l'aveuglette dans le couloir, où sa tête vint se heurter à un large torse musclé.

4.

— Lauren ! Que se passe-t-il ?

Ramon contempla le visage blême de Lauren et les bleus qui apparaissaient déjà sur son bras avant de se tourner vers l'homme adossé à la paroi métallique de l'ascenseur. En le voyant entrer dans la cabine à la suite de la jeune femme, quelques minutes plus tôt, il avait deviné ce qui se tramait et s'était empressé d'emprunter l'autre ascenseur jusqu'au cinquième.

Son instinct ne l'avait pas trompé.

Incapable de parler, Lauren se contenta de hocher négativement la tête.

Comme elle avait l'air vulnérable, songea Ramon, le cœur bouillant de rage contenue, stupéfait d'éprouver un tel besoin de la protéger. Il aurait voulu la serrer dans ses bras pour qu'elle comprenne qu'avec lui, elle était en sécurité et qu'il ne laisserait personne lui faire du mal. Mais d'abord, il lui fallait s'occuper du monstre tapi dans l'ascenseur.

— Une minute, *querida*. Je vais régler son compte à cette ordure.

— Ramon ! Que fais-tu ? s'écria-t-elle en le voyant empoigner Guy par le revers. Ne le frappe pas, il est ivre.

— Ce n'est pas une excuse. Il t'a fait mal.

Guy parut se décomposer sous le regard furieux de l'Espagnol.

— Il a perdu la tête, articula Lauren qui n'avait pas oublié sa panique quand Guy avait fait glisser sa bretelle. Regarde, il tient à peine debout. Si tu le frappes, cela ne fera qu'envenimer la situation.

— Va dessoûler, lança Ramon en lâchant Guy à regret, et désormais tiens-toi à l'écart de Mlle Maitland.

Guy sortit de l'ascenseur et s'éloigna sans demander son reste.

Encore sous le choc, Lauren croisa les bras sur sa poitrine en frissonnant. Ramon posa sur ses épaules sa veste encore tiède et imprégnée du parfum discret de son eau de toilette. Elle s'y blottit tandis qu'il la guidait vers la cabine.

— Mais c'était mon étage, protesta-t-elle tandis que l'ascenseur redémarrait. Où allons-nous ?

— Tu as besoin d'un verre et j'ai justement du cognac dans ma chambre. A moins que tu ne préfères redescendre au bar ?

Elle frissonna à la pensée de la curiosité qu'elle allait susciter si on la voyait revenir en compagnie de Ramon. Pourtant, elle redoutait trop sa propre faiblesse pour prendre le risque de se retrouver seule avec lui. Mais lorsque l'ascenseur atteignit le dernier étage, elle le suivit docilement. Contrairement à sa propre chambre, petite et fonctionnelle, la suite de Ramon était vaste et luxueuse. Avec soulagement, elle se laissa tomber sur un canapé de cuir tandis qu'il lui versait un verre.

— Bois ça, cela te fera du bien. Tu es toute pâle.

Elle faillit lui rappeler qu'elle ne buvait jamais d'alcool, mais, dissuadée par l'expression de son regard, elle avala une gorgée de cognac qui lui brûla la gorge.

Il s'assit à côté d'elle sur le canapé et elle sentit la tiédeur de son corps tout proche. Puis il desserra sa cravate et déboutonna les deux premiers boutons de sa chemise, révélant quelques centimètres de peau hâlée couverte d'une légère toison. Lauren lui jeta un regard furtif avant d'avaler une autre gorgée de cognac.

— Tu n'aurais pas dû m'empêcher de corriger ce malotru, maugréa-t-il en examinant le bleu qu'elle avait au bras.

— Il m'a déjà proposé plusieurs fois de sortir avec lui et n'a pas apprécié que je refuse. N'empêche qu'il n'a pas tout à fait tort.

Elle n'avait pas oublié les insinuations de Guy concernant

les raisons pour lesquelles on lui avait demandé de s'occuper du contrat Velaquez.

— Que veux-tu dire ?

— D'après lui, tout PGH pense que ce n'est pas pour mes compétences professionnelles que tu m'as choisie. Comme il y avait plusieurs autres juristes tout aussi qualifiés et expérimentés que moi, tout le monde doit croire à une promotion canapé.

— C'est Alistair Gambrill lui-même qui m'a assuré que tu étais la plus compétente pour travailler sur ce projet.

Elle se leva, un peu rassérénée à cette idée.

— Tu sais comment naissent les ragots. Les gens ont dû se demander pourquoi j'avais été choisie plutôt que d'autres juristes plus âgés et, quand on m'a vue danser avec toi, les rumeurs sont allées bon train…

Submergée par l'humiliation, elle se tourna vers lui, les yeux étincelants de colère.

— Par ta faute, je vais passer pour une Mata Hari. Pourquoi a-t-il fallu que tu reviennes ?

— Parce que je n'ai pas pu m'en empêcher, répliqua-t-il d'une voix dure. J'ai eu beau essayer, jamais je n'ai réussi à te chasser de mes pensées. Même le jour de l'enterrement de mon père.

Oui, au plus fort de son chagrin, il s'était imaginé la tête reposant sur la poitrine de Lauren. Mais ce n'était pas le réconfort qu'il cherchait, ce ne pouvait être que ce plaisir physique qui, curieusement, s'était toujours révélé beaucoup plus intense avec elle qu'avec aucune autre femme.

En voyant Ramon s'approcher d'elle, Lauren sut qu'elle aurait dû s'enfuir. Courir jusqu'à la porte. Mais ses pieds restaient rivés au sol et son cœur battait à se rompre. Maintenant qu'il était si près qu'elle pouvait voir dans ses prunelles de petits éclats dorés, elle sentait monter en elle un désir primitif qui l'emplissait de terreur et de honte.

— Laisse-moi, murmura-t-elle en tendant le bras pour le repousser.

En riant, il la prit dans ses bras et la serra contre lui, en proie à une évidente excitation.

— Oh ! *querida,* je t'obéirais, si tu en avais vraiment envie. Mais ton corps te trahit.

En la fixant avec un sourire moqueur, il passa la main sur ses seins dont les pointes se durcirent instantanément sous le mince tissu de sa robe.

Pourquoi ne ressentait-elle pas le même dégoût que lorsque Guy l'avait touchée ? Certes, Ramon n'était pas ivre, et c'était un amant habile et expérimenté. Mais surtout, il lui avait ravi son cœur, s'avoua-t-elle en silence tandis qu'il baissait la tête vers son visage.

Elle s'était attendue à ce qu'il tente d'affirmer son pouvoir sur elle par un baiser exigeant et presque brutal, pas à ce qu'il lui effleure tendrement les lèvres avec une douceur qui ébranla instantanément ses défenses. Doucement, lentement, la bouche de Ramon explora la sienne, provoquant en elle un désir désespéré de se blottir contre lui et d'y rester, toujours.

Elle s'agrippa à lui, tremblante de désir, pressant ses courbes contre ce corps dur comme un roc, mais il s'écarta légèrement, comme pour tempérer cet accès de passion brûlante. Pour lui laisser le choix, peut-être, de refuser de le suivre dans son lit ? Mais Lauren n'avait plus qu'un seul désir : qu'il la soulève dans ses bras et la porte dans la chambre. Qu'importe les conséquences, elle voulait qu'il lui fasse l'amour, avec toute la délicatesse qu'elle lui connaissait. Oublier toute pensée consciente et se perdre dans le plaisir sensuel que, seul, il savait éveiller en elle.

Des lèvres, il lui effleura les joues et les paupières en une caresse si délicate qu'elle laissa échapper un faible gémissement. Elle lui prit le visage entre ses mains et posa sa bouche sur la sienne pour l'explorer du bout de la langue.

— Tu en as vraiment envie, n'est-ce pas, *querida* ? murmura-t-il en resserrant son étreinte pour lui faire sentir toute l'urgence de son désir.

Elle était à lui, songea Ramon en l'embrassant avec un farouche instinct de possession. Telle la lave surgie du cœur d'un volcan, son désir irrésistible ne pouvait plus souffrir de sursis. Relevant la tête, il se mit à couvrir de baisers sa gorge et le haut de ses seins dressés dans l'attente de ses caresses. Lorsqu'il fit glisser ses bretelles jusqu'à ce que sa poitrine jaillisse entre ses doigts, elle fut parcourue par un long frémissement de plaisir.

— Tu as les seins extraordinairement sensibles, murmura-t-il d'une voix rauque en la caressant jusqu'à ce qu'elle gémisse. Jamais je n'ai désiré une femme autant que toi.

Après lui avoir déboutonné sa chemise, elle laissa courir ses doigts sur le torse et le ventre de Ramon dont l'érection était si forte qu'il craignit de ne pas pouvoir se contrôler plus longtemps. D'un mouvement impatient, il défit la fermeture de la robe de Lauren qui tomba à ses pieds avec un bruissement soyeux.

— Tu as envie de moi, Lauren. Autant que moi de toi, dit-il en la fixant droit dans les yeux tandis qu'il passait le doigt sous l'élastique de sa culotte pour la faire descendre.

A l'appui de cette affirmation, il glissa la main entre les cuisses de la jeune femme pour en explorer la tiède humidité.

Lauren ne chercha même pas à protester. Cela faisait si longtemps qu'il lui manquait, tant de nuits douloureuses et solitaires, qu'elle n'avait plus le pouvoir de résister. Tout le reste lui semblait étrangement lointain : Mateo, la certitude qu'elle ne compterait jamais pour Ramon, ses collègues et ses chefs au rez-de-chaussée. Pourquoi s'interdire de passer cette seule nuit avec lui ?

Plus tard, elle le regretterait certainement, mais, quand Ramon s'agenouilla devant elle pour lui ouvrir les cuisses d'un geste très doux et refermer ses lèvres sur son clitoris si sensible, elle lui caressa les cheveux en murmurant son prénom.

— Maintenant… S'il te plaît…, balbutia-t-elle en proie à une série de spasmes délicieux de plus en plus intenses.

— *Querida,* dis-moi de quoi tu as envie.

L'espace d'une seconde, elle se demanda comment il réagirait si elle répondait : que tu m'aimes. Mais c'était demander l'impossible, et en cet instant son seul désir était qu'il la possède.

— Je veux que tu viennes… en moi…

Il la souleva dans ses bras et la transporta dans la chambre avant de la déposer sur le lit. Puis, en toute hâte, il se débarrassa de son caleçon, découvrant toute la puissance de son érection. L'attirant au bord du lit, il lui écarta les jambes, la laissant en proie à un désir irrésistible tandis qu'il enfilait adroitement un préservatif. Puis, avec une lenteur délibérée, il caressa sa chair la plus intime du bout de son pénis dressé. Instinctivement, elle plia les genoux pour qu'il puisse la pénétrer et ferma les paupières en sentant qu'il se glissait en elle.

— Tu m'as tellement manqué, murmura-t-il.

En l'entendant, elle ouvrit les yeux et découvrit sur son visage une étrange émotion qui s'évanouit instantanément pour laisser place à son expression impassible habituelle. Elle aurait voulu lui avouer qu'il lui avait beaucoup manqué, lui aussi, que, sans lui, son âme lui semblait vide, mais les mots ne purent franchir ses lèvres qu'il écrasait avec fureur tout en commençant à bouger en elle.

Elle était si étroite, songea-t-il, tout en pénétrant plus profondément sa chair veloutée. Comme si elle n'avait pas fait l'amour durant les derniers dix-huit mois. A cette idée, il fut envahi par une satisfaction primitive et s'enfonça plus profondément en elle, remuant à un rythme qui ne tarda pas à arracher de petits gémissements de plaisir à Lauren dont tout le corps se mit à trembler.

En le voyant près de jouir, elle ressentit une tendresse infinie, et son propre désir de jouissance passa au second plan.

Quand il la prit par les hanches pour s'enfoncer en elle plus profondément encore, elle se plaqua contre lui tout en lui chuchotant d'aller plus vite, plus fort. Il lui obéit sans plus se maîtriser et elle sentit soudain déferler au plus profond de son corps les ondes successives d'une exquise volupté.

Cela faisait si longtemps qu'elle avait oublié l'intense plaisir d'un orgasme… Elle ferma les yeux pour tenter de retenir ses larmes. Jamais il ne fallait qu'il sache à quel point cette expérience la bouleversait. Pour lui, une telle émotion n'existait pas : il s'agissait de sexe, rien de plus, songea-t-elle tandis que le corps massif et puissant de Ramon retombait sur le sien après une ultime poussée.

Dans la pièce, on n'entendait plus que sa respiration qui se calmait peu à peu. Au bout de quelque temps, il finit par rouler sur le côté, à moitié endormi.

— Tu seras mieux comme ça, murmura-t-il en ramenant le drap sur eux.

— Je ferais mieux de retourner dans ma chambre.

L'assaut de Guy Hadlow, suivi par sa propre capitulation devant le désir sauvage de Ramon, l'avait épuisée. Dans sa tête, une petite voix lui soufflait qu'il serait plus facile de se laisser gagner par le sommeil que de se confronter à ce qu'elle venait de faire.

— Reste avec moi.

Trop fatiguée pour discuter, elle ne protesta pas quand il la prit dans ses bras et poussa un soupir d'aise en la sentant se détendre.

Ramon éteignit la lampe de chevet avec un sourire satisfait. Le sexe avec Lauren était encore meilleur qu'il ne s'en souvenait et cela faisait longtemps qu'il n'avait pas ressenti un tel moment de plénitude. Son projet de bars à vin allait le retenir plusieurs semaines en Angleterre, et, même s'il lui fallait de temps en temps revenir en Espagne, il espérait bien voir Lauren régulièrement.

Depuis sa naissance, son destin était tout tracé, et il acceptait les obligations et les responsabilités que lui imposait sa naissance. Mais, avant de se plier à une vie de devoirs, il avait le droit de goûter une dernière aventure avec cette femme dont les yeux gris le rendaient fou.

Il faisait encore nuit quand Lauren s'éveilla, et instantanément, en découvrant Ramon allongé à côté d'elle, elle se sentit submergée par un mélange de honte et de culpabilité. Dans le sommeil, son visage était plus détendu et l'ombre de ses cils sur ses joues lui rappelait Mateo de façon frappante.

Quelle bêtise et quelle faiblesse de s'être laissée aller à

cette pulsion, sans écouter la voix de la raison ! Maintenant qu'elle avait passé la nuit avec lui, il allait penser qu'elle acceptait d'être de nouveau sa maîtresse.

Prise de panique, le cœur battant, elle comprit qu'il serait impossible désormais de lui cacher l'existence de Mateo. Elle allait être contrainte de quitter PGH et Londres, d'emmener son fils quelque part où Ramon ne pourrait pas le trouver… Mais non, elle ne pouvait pas arracher ainsi l'enfant à son environnement…

Elle observa les traits magnifiquement dessinés de Ramon auxquels une ombre de barbe conférait une étrange vulnérabilité. Ce n'était pas le diable, simplement un homme dont elle était amoureuse, un homme qui, la nuit précédente, lui avait fait l'amour avec tendresse et passion.

Dix-huit mois plus tôt, il avait eu beau dire que leur rupture était définitive, il avait quand même fini par la retrouver ici, à Londres… Peut-être n'était-ce que l'effet de cette mystérieuse alchimie qui les liait, mais qu'importe ? Elle ne pouvait plus prétexter qu'elle ignorait comment le joindre et il avait le droit de savoir qu'il avait un fils. Dès qu'il se réveillerait, elle lui dirait la vérité.

La sonnerie de son mobile la fit sursauter et elle se glissa hors du lit pour aller chercher son sac dans le salon. En voyant s'afficher le numéro de sa mère, elle sourit. Elle avait prévenu sa mère que Mateo était un lève-tôt et qu'elle ne devait pas espérer faire la grasse matinée.

— Maman ? Mateo est réveillé depuis longtemps ?

— Lauren ? Mateo n'est pas bien.

Elle eut soudain l'impression qu'une main de glace lui étreignait le cœur.

— Que se passe-t-il ? Qu'est-ce qui ne va pas ?

— Hier soir, quand je l'ai couché, il était en forme et il a bien dormi, mais ce matin, en se réveillant, il respirait bizarrement. Il ne pleurait pas… On aurait plutôt dit qu'il suffoquait.

Les doigts de Lauren se crispèrent sur le téléphone au point que ses articulations blanchirent.

— Je me suis précipitée dans sa chambre, reprit sa mère,

et, comme il avait l'air d'étouffer, j'ai appelé une ambulance. Les médecins sont là et ont dit qu'il fallait l'hospitaliser.

— J'arrive.

Elle raccrocha et vit ses vêtements éparpillés sur le sol, témoignage honteux de la façon dont elle s'était comportée la veille. Mais déjà elle ne pensait plus qu'à Mateo. Terrorisée, elle enfila sa robe et se précipita vers l'ascenseur. Arrivée dans sa chambre, elle passa un jean, entassa ses affaires dans son sac et courut à la réception. Il fallait qu'elle arrive à l'hôpital le plus vite possible. Plus rien d'autre n'avait d'importance maintenant, même Ramon. Sur le perron de l'hôtel, elle faillit bousculer Alistair Gambrill qui attendait, son sac de golf à la main.

— Vous êtes bien matinale ! Tout va bien ?

— Mateo est malade, il faut que j'y aille, lança-t-elle par-dessus son épaule en descendant les marches.

Son bébé était en route pour l'hôpital, et le diable en personne n'aurait pu l'empêcher de le rejoindre.

Au volant de sa Porsche, Ramon se faufilait dans les embouteillages du nord de Londres en direction de l'appartement de Lauren. Mais en ce samedi après-midi, le trafic était particulièrement dense.

« Lauren a quitté l'hôtel très tôt parce que son fils était malade. » Les mots d'Alistair Gambrill résonnaient dans sa tête. « Son fils » ! Elle avait donc un enfant ? *Dios !* Un enfant de qui ? Il lui fallait une explication, mais le téléphone de la jeune femme restait éteint et la colère de Ramon grandissait chaque fois qu'il essayait de la joindre.

En se réveillant, il avait trouvé le lit vide. D'abord, il avait cru qu'elle était dans la salle de bains, mais ses vêtements avaient disparu et il avait pensé, non sans amertume, qu'elle était retournée dormir dans sa chambre. Sans doute avait-elle eu peur qu'on la voie sortir au petit matin de sa suite. Il avait donc demandé qu'on lui monte son petit déjeuner avant de se diriger vers la salle de gym de l'hôtel.

Ce n'est qu'un peu plus tard qu'il avait appris par hasard

par Alistair Gambrill que Lauren était partie de bonne heure, et la raison de ce départ.

— Jamais on ne croirait que Mateo a été hospitalisé ce matin, répéta pour la énième fois Lauren en contemplant son fils qui rampait énergiquement dans le salon. Il a l'air cent fois mieux que quand je vous ai rejoints au service de pédiatrie.

— Et bien plus en forme que toi. Tu es encore toute pâle, lui fit remarquer sa mère.

— J'étais folle d'angoisse.

A l'idée que Mateo ait pu être sérieusement malade, elle se sentait encore si paniquée que ses yeux se remplirent de larmes. Sans parler de la culpabilité qu'elle ressentait de l'avoir laissé à sa mère pour assister à ce bal.

— Jamais je n'aurais dû aller à cette maudite réception…

— Le médecin a dit que ce type de convulsions était fréquent quand un enfant avait beaucoup de fièvre. Et il a confirmé que Mateo souffrait d'une angine dont les antibiotiques viendront vite à bout. Il va bien, maintenant.

— Je sais, mais je ne peux m'empêcher d'imaginer le pire. Et si sa vie était en danger ? Jamais je ne pourrais supporter de le perdre. Je l'aime tellement.

Sa voix se brisa et elle prit le bébé dans ses bras pour le serrer contre elle. Soudain, elle chancela et dut s'asseoir sur le canapé. Depuis qu'ils étaient rentrés, elle ne se sentait pas bien, et avait mis sa migraine et son mal de dos sur le compte du choc. Mais maintenant, elle avait mal à la gorge et elle frissonnait. Sans doute le fameux virus qui faisait des ravages dans les bureaux de PGH. Il ne manquait plus que ça !

On sonna à la porte.

— Ce doit être mon taxi, dit Frances en se levant. Tu es certaine que je peux partir pour Southampton dès ce soir ?

— Certaine ! Tu ne vas quand même pas rater cette croisière et, si tu veux embarquer demain à 8 heures, il faut absolument que tu partes maintenant.

Elle se laissa aller contre le dossier, soulagée de voir Mateo occupé avec un nouveau jouet. Distraitement, elle écouta les voix étouffées qui lui parvenaient de l'extérieur. Le taxi de sa mère n'était pas encore arrivé, mais un voisin avait dû sonner pour prendre des nouvelles du bébé. Des pas résonnèrent dans l'entrée, et la porte du salon s'ouvrit sur sa mère. En découvrant l'homme brun au regard sombre qui la suivait de près, Lauren ne put retenir un cri.

Ramon ! Un Ramon au visage menaçant et aux yeux étincelants de rage.

Instinctivement, elle prit Mateo dans ses bras et frémit en voyant le regard de Ramon se poser sur lui.

5.

— Lauren ! M. Velaquez vient de m'expliquer qu'il est un de tes clients…

Frances s'arrêta net en voyant l'expression de sa fille. Un silence tendu emplit la pièce ; les yeux de Lauren restaient rivés sur le visage de Ramon, blême sous son hâle et visiblement sous le choc.

— Alors c'était vrai ! Tu as un enfant ! dit-il d'une voix si dure qu'elle eut du mal à la reconnaître, car son accent était beaucoup plus prononcé que de coutume. Et c'est mon fils.

Une constatation, pas une question. Effectivement, la ressemblance était trop criante pour qu'elle puisse nier. Elle acquiesça d'un signe.

— Et tu ne m'as rien dit, lança-t-il, les yeux rivés sur l'enfant dont les traits reproduisaient en miniature exactement les siens.

C'était bien son fils que Lauren tenait dans ses bras, se dit Ramon, impossible de le nier. Mais son cerveau n'arrivait pas à accepter l'évidence que lui imposaient ses propres yeux, même si son cœur reconnaissait sa chair et son sang. Comment cela avait-il pu se produire, il n'en savait rien, mais Lauren lui avait donné un fils, sans le lui dire.

Pour la seconde fois de sa vie, la bile amère de la trahison lui montait dans la gorge. Il l'avait déjà éprouvée, lorsque, à dix-huit ans, depuis le seuil d'une chambre d'hôtel, il avait vu la femme qu'il aimait nue dans les bras d'un autre homme.

— Tu comprends maintenant que tu ne peux pas épouser

cette traînée ? avait lancé, d'une voix pleine de mépris, son père, debout derrière lui. Jamais Catalina Cortez ne t'a aimé, mon fils. Elle t'a simplement joué la comédie qu'elle avait imaginée avec son amant pour te pousser au mariage et divorcer ensuite en exigeant une énorme compensation. Elle s'est bien moquée de toi, Ramon. Heureusement, tu t'en tires avec une simple blessure d'amour-propre.

La déception qu'il avait lue dans les yeux d'Esteban Velaquez avait encore ajouté à l'humiliation de Ramon, qui s'était juré de ne plus jamais faire confiance à une femme. Tout au long des années, il avait persisté dans sa conviction car il n'avait rencontré que peu de femmes dignes de foi. Mais Lauren s'était montrée différente et, parmi toutes ses qualités, il avait eu beaucoup d'admiration pour son honnêteté. Habitué aux flatteurs qui ne lui disaient que ce qu'il avait envie d'entendre, il avait trouvé sa franchise plutôt rafraîchissante.

Maintenant, il comprenait qu'elle n'était pas plus honnête que Catalina. Certes, elle ne l'avait pas trompé, mais elle l'avait privé des premiers mois de la vie de son fils, et jamais il n'oublierait sa duplicité.

— Quel âge a-t-il ? demanda-t-il, la gorge serrée.

— Dix mois.

En voyant Ramon bouleversé, presque hagard, Lauren réalisait enfin qu'elle avait eu tort de garder le secret. Et ce, même si c'était un play-boy, un duc espagnol pour qui le mariage n'était qu'une obligation, un moyen d'assurer la perpétuation du nom des Velaquez.

— Lauren, que se passe-t-il ? intervint Frances en toisant l'étranger vêtu d'un jean noir et d'une veste de cuir. Qui est cet homme ? Dois-je appeler la police ?

— Non, maman, tout va bien, répondit Lauren d'une voix tremblante. Ramon est le père de Mateo. Il… il faut que je lui parle, et toi, tu dois partir. Ton taxi est sûrement déjà en bas. Je t'en prie, ne te fais pas de souci. Tout ira bien.

Si seulement elle avait pu en être certaine, songea-t-elle quelques minutes plus tard en refermant la porte sur sa mère, après l'avoir embrassée. Son mal de tête devenait insupportable et elle n'avait qu'une envie, prendre un antalgique et s'allonger. Elle respira un grand coup avant de se diriger vers le salon.

Ramon se tenait près de la cheminée sur laquelle était posée une photo de Mateo prise juste après sa naissance. Il toisa Lauren d'un regard plein de colère.

— Quand je pense que je ne sais même pas son prénom !

— Mateo.

— Mateo.

Son fils, oui, son fils. Il n'arrivait toujours pas à réaliser. Jusque-là, il avait toujours considéré la paternité comme un devoir qu'il lui faudrait remplir dans un avenir assez lointain. Jamais il ne s'était demandé ce que cela représentait d'avoir un enfant. Mais maintenant qu'il avait vu ce bébé dont les traits étaient si semblables aux siens, il était subjugué par ce fils, si beau, si parfait.

Mateo, que Lauren tenait dans ses bras et avait calé sur sa hanche, leva les yeux en entendant son prénom, avant d'adresser un sourire à Ramon.

D'habitude, il était plutôt timide avec les étrangers, surtout quand il était fatigué, mais, à la grande stupéfaction de sa mère, il tendit les bras vers l'homme qui s'approchait de lui, les mains tremblantes.

Lauren se sentit submergée par l'angoisse. Elle n'avait pas envie de lâcher Mateo, mais, lorsque Ramon le prit pour le serrer contre sa poitrine, le bébé se mit à rire.

— Mateo…

Ramon caressa la chevelure brune de son fils et, dès que leurs regards si semblables se croisèrent, l'émotion le terrassa. Il avait perdu presque une année entière de la vie de son enfant. Lauren lui avait volé ces mois irremplaçables, se dit-il, en proie à une terrible colère.

Lauren ravala les larmes qui lui montaient aux yeux. Mateo avait l'air si petit dans les bras de Ramon… et la tendresse qu'elle lisait dans le regard de celui-ci éveillait en elle une foule de sentiments mêlés.

— Mateo est fatigué. D'habitude, à cette heure-ci, il dort. Je vais le coucher, dit-elle en tendant les bras.

— Je vais le coucher moi-même. Montre-moi sa chambre.

A contrecœur, elle guida Ramon vers la petite pièce qui servait de nurserie.

— Il a eu une journée difficile, dit-elle, lorsque Ramon eut déposé le bébé dans son berceau.

— Ce matin, Alistair Gambrill m'a appris que tu avais dû rentrer parce que ton fils était malade.

Voilà donc comment il avait appris l'existence de Mateo ! Maintenant, elle ne pouvait plus refuser de répondre aux questions de Ramon. Tentant d'ignorer la douleur qui lui vrillait le crâne, elle le fit entrer dans le salon.

— Que lui est-il arrivé ? Il a pourtant l'air en pleine forme.

— Ce matin, ma mère a dû le faire hospitaliser. Apparemment, il s'agissait d'une convulsion due à une forte fièvre provoquée par une angine. Le médecin lui a prescrit des antibiotiques. Il ne devrait pas y avoir de séquelles, mais il existe un risque de rechute, répondit-elle en essuyant d'un revers de main les larmes qui lui montaient aux yeux.

Ramon l'observait avec attention. Soudain, il ôta sa veste de cuir et la jeta violemment sur une chaise.

— Pourquoi as-tu fait une chose pareille, Lauren ? dit-il en la prenant par les épaules si rudement qu'elle poussa un cri.

— Ramon ! Tu me fais mal !

— Je devrais te tuer. Tu es un monstre. Comment as-tu pu me priver de mon fils ?

Dans les yeux de Lauren, Ramon vit soudain passer une lueur de terreur et sa fureur redoubla de se sentir touché par la vulnérabilité de la jeune femme. Il s'écarta d'elle, écœuré par sa propre réaction.

— Je pensais que tu ne voudrais pas de lui, répondit-elle en le fixant droit dans les yeux.

— Tu ne m'as pas laissé le choix ! Comment as-tu pu croire une chose pareille ?

Elle eut un rire amer.

— Tu m'avais dit qu'il était de ton devoir d'épouser une aristocrate espagnole pour donner un héritier à la famille

Velaquez. Le dernier soir, quand nous sommes allés dîner au Vine, j'étais décidée à t'annoncer ma grossesse, mais tu m'as fait comprendre que, pour toi, cela n'avait aucun sens.

Jamais elle n'oublierait son expression horrifiée quand elle lui avait offert son cadeau d'anniversaire.

— Tu as bien insisté sur le fait que je devais rester ta maîtresse et j'ai eu peur que tu ne considères pas Mateo comme un héritier digne de ta famille : moi, je n'ai pas de nobles ancêtres.

Ramon lui jeta un regard noir qui la laissa de marbre.

— A peine avais-je quitté ton appartement que l'indécision et la culpabilité se sont mises à me torturer. Je ne savais que faire. J'étais déchirée entre le désir de te révéler ma grossesse et la crainte de ta réaction. Souvent, aussi bien avant la naissance de Mateo que depuis, j'ai commencé à composer ton numéro de téléphone. Mais jamais je n'ai pu aller jusqu'au bout… Je ne veux pas qu'il grandisse avec l'idée qu'il n'était pas à la hauteur de ta glorieuse famille. Les enfants ont besoin de se sentir valorisés, poursuivit-elle.

En disant ces mots, elle ne pouvait s'empêcher de penser avec amertume à la façon dont son propre père lui avait prouvé le peu d'importance qu'elle avait à ses yeux.

— Tu crois peut-être qu'il faut se marier par devoir, reprit-elle, mais pas moi !

— Evidemment, il aurait mieux valu que Mateo grandisse sans connaître son père ? lança-t-il avec une ironie cinglante. De quel droit l'en as-tu privé ? T'es-tu jamais demandée ce que lui, il aurait préféré ?

Lauren pâlit. Elle s'était souvent sentie coupable d'élever seule Mateo, mais cela lui avait semblé préférable à un père indifférent, considérant sa paternité comme un fardeau.

— Et tu t'apprêtais à me priver de lui pendant combien de temps encore ? Envisageais-tu même de me mettre un jour au courant ? Si Alistair n'avait pas fait cette remarque, jamais je n'aurais découvert son existence !

Comme elle restait muette, il la toisa d'un air de mépris.

— *Dios !* Quand je pense qu'on a couché ensemble la nuit

dernière et que tu ne m'as rien dit ! Tu veux sans doute un autre enfant et tu m'as de nouveau choisi comme géniteur ?

— Tu es ridicule, rétorqua-t-elle, les yeux brillants de colère. C'est toi qui es venu me chercher, toi qui m'as ramenée dans ta chambre.

— Je n'ai pas eu à te forcer beaucoup…

— Uniquement parce que le comportement de Guy m'avait déstabilisée. Je ne m'attendais pas à ce que ça finisse de cette façon, dit-elle, honteuse de devoir reconnaître qu'elle mentait.

Durant tout le bal, elle n'avait eu qu'une idée en tête : que Ramon la ramène dans sa chambre pour lui faire l'amour. En cet instant encore, elle n'était que trop consciente de sa présence près d'elle. Son corps la trahissait et aspirait à ses caresses. Elle frémissait au souvenir du contact de ses doigts sur sa peau nue et du plaisir qu'ils lui avaient procuré.

Ramon s'éloigna d'elle en se passant la main dans les cheveux et se mit à arpenter le petit salon comme un ours en cage.

— Qui s'occupe de Mateo pendant que tu travailles ? Ça ne peut pas être ta mère, tu m'as dit qu'elle vivait à Jersey ?

— Il va à la crèche, une excellente crèche, la meilleure.

Cela avait beau lui revenir très cher, elle était heureuse de payer, car elle était sûre qu'on s'occupait bien de son fils.

— Quand as-tu repris ton travail ?

— Quand il a eu trois mois.

— *Dios mio !* s'exclama-t-il d'un air horrifié. Si petit ! Jamais mes sœurs n'ont quitté leurs enfants durant la première année.

— Je ne savais même pas que tu avais des sœurs. Durant tout le temps que nous avons passé ensemble, jamais tu ne m'as parlé de ta famille.

— Cela fait longtemps que j'ai appris à protéger ma vie privée et celle de ma famille. Par le passé, deux de mes ex-maîtresses se sont empressées de faire des confidences aux tabloïd. Même la couleur de ma salle de bains intéresse les journalistes.

Mais s'il avait gardé ses distances avec Lauren, c'était

aussi pour une autre raison : au fil des années, il avait appris à soigneusement compartimenter sa vie. En Espagne, il se comportait en fils de duc, mais à Londres, il jouait au play-boy. Sa relation avec Lauren avait commencé comme n'importe quelle histoire avec une jolie blonde, et il s'était bien gardé de mélanger ces deux mondes.

— Jamais je ne me serais comportée de cette façon, protesta Lauren, blessée par ce manque de confiance.

Une fois encore, elle se demanda comment elle avait été assez bête pour penser qu'il s'intéressait un tant soit peu à elle.

— Contrairement à tes sœurs, je vis dans le monde réel, continua-t-elle sèchement. Pour payer les factures, il a bien fallu que je retourne travailler. Ce n'était peut-être pas l'idéal, mais j'ai fait de mon mieux pour que Mateo n'en pâtisse pas.

Sa vie, durant les quelques mois qui avaient suivi la naissance de son fils, avait été particulièrement épuisante, et il lui était plus d'une fois arrivé de pleurer de fatigue dans la solitude du vestiaire, entre deux rendez-vous. Ramon ne comprendrait jamais à quel point cela lui brisait le cœur de devoir laisser Mateo chaque matin.

— Il aurait mieux valu que tu t'occupes de lui toi-même. Les premiers mois sont une phase cruciale du développement où se forme le lien entre la mère et l'enfant.

— Je ne te savais pas si expert en puériculture, répliqua-t-elle, excédée. J'avais beau détester quitter Mateo, je n'ai pas eu le choix…

— Tu as toujours eu le choix, la coupa-t-il. Si tu m'avais dit que tu étais enceinte, j'aurais fait en sorte que tu reçoives les meilleurs soins. Mon fils serait né en Espagne et il aurait passé ses dix premiers mois au Castillo del Toro, entouré de sa grand-mère, de ses tantes et de ses cousins, au lieu de vivre dans un appartement minable et d'être abandonné à la crèche toute la journée pour que tu puisses poursuivre ta brillante carrière.

Avant que Lauren, muette de rage, ait pu trouver les

mots pour lui répondre, Ramon reprit son discours, d'une voix froide et implacable.

— Je veux mon fils, et je l'aurai, n'en doute pas.

A l'instant où il avait posé les yeux sur Mateo, Ramon avait compris qu'il se moquait bien que son fils ne soit pas né d'une aristocrate espagnole, mais d'une roturière anglaise. Mateo était son enfant et il se sentait farouchement possessif et protecteur à son égard.

— Rien qu'à voir sa ressemblance avec moi, il est évident que c'est un Velaquez, mais, si tu le nies, j'exigerai un test ADN avant de l'emmener en Espagne, puisque c'est son pays.

— Tu ne peux pas faire ça. Tu n'en as pas le droit !

Prise d'un vertige sans doute dû à la fièvre, elle se laissa tomber sur le canapé.

— Comment oses-tu parler de droit ? Quel droit avais-tu, toi, de me priver de lui ? hurla-t-il en donnant un coup de poing sur la table, les yeux étincelants de colère. Et quel droit avais-tu de le priver, lui, de son père ? Mais l'important, ce n'est pas nous, c'est lui : nous devons agir dans son intérêt.

— C'est dans son intérêt que tu essaies de me l'arracher, par exemple ? Sans être une spécialiste du droit familial, je sais qu'un tribunal ne sépare pas un bébé de sa mère.

— On verra, répondit froidement Ramon. N'importe quel juge admettra qu'il est préférable pour lui de vivre avec un père qui est prêt à lui consacrer sa vie, dans une grande famille qui saura l'accueillir et l'aimer, qu'avec une mère qui travaille toute la journée et doit le confier à une crèche. Un enfant de cet âge a besoin que ses parents s'occupent de lui, ce que je suis capable de faire, nuit et jour.

— Vraiment ? s'écria Lauren, incrédule. Même quand tu parcourras le monde pour tes affaires ou pour faire la fête ? Il faudra bien que tu le laisses à une nurse.

— Je réduirai au minimum mes déplacements et, pour être franc, j'en ai assez des soirées. Je préférerais de loin passer mon temps avec mon fils.

En voyant pâlir Lauren, il dut lutter contre la compassion

qui envahissait son cœur. Cette femme, qui lui avait de sang-froid volé son fils, ne méritait pas sa pitié.

— Tu as commis un acte impardonnable. Tu ferais mieux de prier pour obtenir la promotion qu'Alistair Gambrill m'a dit que tu convoitais. Tu vas avoir besoin d'argent pour mener cette bataille juridique, et, si je perds la première manche, je t'avertis que je ferai appel. Jamais je n'abandonnerai, parce que je sais que mon fils sera mieux avec moi. Mateo est l'héritier des Velaquez et je ne comprends pas que tu aies pu tenter de le priver de ses droits.

En sentant la douleur déferler dans tout son corps, Lauren ne put retenir un sanglot. Tremblant de tous ses membres, le visage baigné de sueur, elle s'adossa au canapé, incapable de proférer le moindre mot.

Ramon fronça les sourcils en remarquant sa pâleur de cendre.

— Que se passe-t-il ? Cela n'a pas l'air d'aller.

— Cela t'étonne alors que tu me menaces de m'enlever Mateo !

Sa gorge la brûlait affreusement. Parler était une torture.

— J'ai dû attraper le virus qui traîne en ce moment au bureau, reprit-elle. Je regrette, mais j'ai vraiment cru que tu n'aurais rien à faire de Mateo, que tu le considérerais comme une charge. Et je te jure que je fais de mon mieux pour être une bonne mère.

Il la toisa d'un regard froid et plein de rancune.

— Eh bien, pour moi, cela ne suffit pas. D'ailleurs, en ce moment, tu n'es pas en état de t'occuper d'un bébé. Tu ne tiens pas debout, constata-t-il en voyant qu'elle tentait en vain de se lever du canapé. Et, si j'ai bien compris, ta mère part demain matin en croisière ?

Lauren acquiesça à contrecœur en grimaçant : au moindre mouvement, elle avait l'impression que son crâne était sur le point d'exploser. Ramon sortit son téléphone de sa poche.

— Je vais m'arranger pour que mon jet privé vienne nous chercher ce soir. Il y a un aéroport à trente kilomètres d'ici.

— Pour aller où ? s'inquiéta Lauren qui n'avait plus qu'un filet de voix.

— Je vais emmener mon fils en Espagne, et toi aussi, d'ailleurs. Moi, je pense qu'il a besoin de ses deux parents.

— Jamais je ne te laisserai l'emmener.

— Ne sois pas ridicule. Tu es malade et il a besoin de soins jusqu'au moment où tu seras sur pied. Le seul endroit où on puisse s'occuper de lui, c'est dans ma famille. Ma mère sera folle de joie de le connaître, et j'engagerai une infirmière pour veiller sur lui, au cas où il aurait de nouveau des convulsions.

Au même moment, un hurlement retentit en provenance de la chambre de Mateo. Lauren s'y précipita et le trouva debout dans son lit, agrippé aux barreaux et criant à tue-tête.

— Mon amour, je crois que tu as faim, murmura-t-elle pour tenter de l'apaiser.

Quand elle le prit dans ses bras, il se mit à gigoter si violemment qu'elle faillit le lâcher.

— Donne-le-moi, dit Ramon debout sur le seuil en contemplant le bébé qui hurlait de colère. Tu n'es pas en état de t'occuper de lui.

Son fils avait bien hérité du tempérament colérique des Velaquez, et, malgré son jeune âge, on sentait que ce caractère emporté aurait besoin, en grandissant, d'être guidé par un père *et* par une mère.

— Mateo, murmura-t-il d'une voix douce mais ferme. Viens voir ton *papito, mi precioso.*

Au grand regret de Lauren, Mateo s'arrêta de pleurer et fixa le géant qui lui tendait les bras.

« Viens voir ton papa » ! En voyant Mateo se pencher en riant vers Ramon, Lauren retint son souffle. Son instinct le lui soufflait, Mateo avait envie d'aller vers son père, et elle se sentait si faible que ses jambes chancelèrent dès qu'elle lui eut confié le bébé.

— Ramon..., gémit-elle.

— Prends ton manteau, lança-t-il en la fixant froidement. La voiture sera là dans cinq minutes.

*
* *

Lauren ouvrit les yeux et vit un ange lui sourire au-dessus de sa tête. Un ange qui figurait au centre d'une fresque peinte au plafond, juste au-dessus de son lit. Mais que faisait cette peinture dans sa chambre ?

— Ah ! Vous voilà réveillée, s'exclama une voix près de la fenêtre.

Eblouie par le soleil qui filtrait à travers les persiennes, elle aperçut une femme qui lui souriait aimablement.

— Bonjour Lauren, je suis Cathy Morris, l'infirmière anglaise que le *señor* Velaquez a engagée pour veiller sur vous.

Ramon ! Petit à petit, tout lui revenait à la mémoire : le moment où il l'avait soulevée dans ses bras pour la porter dans l'avion, et plus tard, quand elle avait ouvert les yeux un instant, dans la voiture. Et le château énorme et inquiétant, dressé sous le clair de lune, entouré de montagnes abruptes.

Elle essaya de se lever, mais n'en eut pas la force. Il fallait pourtant qu'elle trouve Ramon pour savoir où était Mateo.

— Je ne crois pas que vous puissiez encore tenir debout, déclara fermement l'infirmière avant d'aider Lauren à s'adosser aux oreillers et de tirer le drap sur elle. Vous avez été très malade pendant quatre jours. Un virus particulièrement agressif. Le *señor* Velaquez ne vous a pratiquement pas quittée. Il a dormi sur cette chaise, près de votre lit et, en ce moment, il donne son petit déjeuner à votre fils, mais il ne va pas tarder à revenir.

— Je suis donc en Espagne, dans le château de Ramon ?

— Oui, au Castillo del Toro, un lieu légendaire. Le bâtiment, qui date du XIIIe siècle, tire son nom du surnom d'un Velaquez aussi fameux pour son ardeur au combat que pour son pouvoir de séduction. D'après les gens du village, le duc actuel est aussi apprécié que son illustre aïeul. Je suis certaine que vous avez envie d'une tasse de thé, ajouta-t-elle en se dirigeant vers la porte. Ensuite, je vous accompagnerai à la salle de bains pour vous aider à vous rafraîchir.

*
* *

Arrivé à la nurserie, qui donnait sur le même couloir que la chambre de Lauren, Ramon assit son fils sur une chaise haute et contempla d'un air satisfait ses vêtements immaculés, son visage brillant de propreté et ses boucles brunes. Certes, il n'avait pas été facile de lui donner son bain et de l'habiller, se dit-il en baissant les yeux sur son pantalon et sa chemise trempés. Jamais il n'aurait cru qu'un bébé de dix mois puisse être aussi difficile à tenir dans l'eau ! Après l'avoir séché et s'être battu pour boutonner son body, il méritait bien une médaille.

— Je me demande comment fait ta *madre* pour aller travailler tous les jours, lança-t-il sur un ton admiratif.

Depuis quatre jours qu'il exerçait pleinement ses fonctions de père, ses yeux s'étaient ouverts. Evidemment, il aurait pu se contenter de confier Mateo à Cathy Morris, qui était une nurse chevronnée. Mais son fils le fascinait, et il avait envie de mieux le connaître.

Depuis son enfance, on lui répétait qu'il avait le devoir d'engendrer un héritier pour que survive le nom de Velaquez, mais il ne s'était jamais demandé ce qu'il ressentirait devant cet enfant. De toute façon, même s'il acceptait l'idée de choisir une femme « convenable », il n'était pas pressé de sacrifier sa liberté. Mais désormais, il n'avait plus le choix : il avait un enfant, et, en scrutant le petit visage de Mateo, il avait découvert que ses libres plaisirs de play-boy cosmopolite étaient peu de chose au regard de l'existence de son fils.

— Le petit déjeuner est servi, annonça-t-il en voyant une employée entrer, portant un plateau.

Il prit le bol de céréales et y plongea la cuillère avant de la présenter au bébé qui refusa absolument d'ouvrir la bouche.

— Allez, *chiquito,* c'est délicieux. Une bouchée pour papa.

Mateo tenta de lui arracher la cuillère.

— Tu veux manger tout seul ? C'est bien.

Peut-être cet enfant était-il un génie ? se dit-il en déposant le bol sur le plateau de la chaise haute avant de tendre la cuillère au bébé.

— Vas-y… Non, avec la cuillère.

Mateo s'empara du bol dont il s'empressa de renverser le contenu sur sa tête.

— Non ! Il va falloir que je te redonne un bain !

Le bébé le fixa d'un air solennel avant de lui adresser un sourire angélique. Dès cet instant, Ramon tomba définitivement et irrémédiablement amoureux de son fils.

— Tu sais que tu es un monstre ? dit-il en riant.

Soulevant Mateo de sa chaise, il le serra contre lui.

— Tu es mon fils, et rien ne pourra jamais nous séparer, déclara-t-il d'un air farouche.

Un petit bruit le fit se retourner. Lauren était debout sur le seuil, elle avait l'air pâle et fragile, et ses yeux étaient pleins de larmes.

— Pourquoi t'es-tu levée ? lança-t-il sèchement. Cathy m'a dit que tu étais réveillée, mais que tu n'avais pas encore la force de sortir du lit.

— Je voulais voir Mateo et je savais que tu étais en train de le faire manger.

Lauren ne pouvait dissimuler la surprise qu'elle ressentait à l'idée que Ramon tienne à s'occuper lui-même de son fils. Mais on aurait dit qu'il avait changé. Ce jean et ce polo noirs lui donnaient un air plus détendu que ses éternels costumes. Du coup, il paraissait bien plus humain que l'aristocrate froid et arrogant qui avait débarqué chez elle pour la menacer de lui enlever leur fils.

— Comme tu peux le constater, j'ai un peu de mal à le canaliser, dit-il en contemplant les cheveux dégoulinants de céréales de Mateo.

— Il fait la même chose avec moi, répondit Lauren en souriant, surtout le matin quand je suis plutôt en retard. Il n'aime pas qu'on lui donne à manger. A cet âge, ils veulent tout faire eux-mêmes.

— Un peu comme sa mère. Ça n'a pas dû être facile pour toi de t'occuper de lui tout en travaillant. Tu n'as vraiment jamais pensé à me demander de l'aide ? dit-il d'une voix teintée de rancœur.

— Je ne savais pas comment tu accueillerais cette nouvelle.

— C'est bien dommage que tu ne l'aies pas fait.

Une fois de plus, Lauren sentit la culpabilité l'envahir. Au fond de son cœur, elle reconnaissait qu'elle avait eu tort de cacher à Ramon la naissance de leur fils.

En détournant la tête, elle découvrit la salle de bains attenante à la nurserie.

— Je vais lui redonner un bain, dit-elle pour échapper au regard accusateur de Ramon.

Mateo, qui adorait l'eau, fut ravi de se retrouver de nouveau dans la baignoire.

— C'est un vrai bébé nageur, déclara Ramon quand Lauren finit par le sortir de l'eau pour l'envelopper dans un drap de bain. Dans un mois, si le temps le permet, je l'emmènerai à la piscine..

Le cœur de Lauren se serra. Elle n'allait pas rester un mois en Espagne. Il lui fallait retourner rapidement au travail, ne serait-ce que pour payer les traites de son appartement. Et pas question d'abandonner Mateo au Castillo del Toro.

Elle suivit Ramon dans la nurserie. Il avait pris le bébé dans ses bras et le séchait avec des gestes très doux qui surprenaient chez un homme à la carrure aussi imposante. Si elle avait découvert plus tôt cet aspect de sa personnalité, elle ne se serait sans doute pas comportée de la même façon. Mais quand il lui avait parlé de son devoir d'engendrer un héritier, elle n'avait pas eu l'impression que cela ferait de lui un père.

Eh bien, elle s'était trompée et elle n'avait aucun droit de rompre le lien d'ores et déjà évident qui l'unissait à Mateo.

Ramon la regarda en grimaçant.

— Tu as très mauvaise mine. Retourne te coucher, je vais habiller Mateo et je le descendrai chez ma mère. Je peux très bien m'occuper de lui sans ton aide, ajouta-t-il en la voyant esquisser un geste de protestation.

Ces paroles déchirèrent le cœur de Lauren qui se hâta de sortir de la nurserie, les larmes aux yeux, tout en se demandant désespérément que faire.

6.

Elle était dans sa chambre depuis quelques minutes à peine quand surgit une employée portant une théière et deux petits pains qui sentaient délicieusement bon. Impossible de se rappeler quand elle avait pris son dernier repas, même s'il lui revenait le vague souvenir d'avoir avalé un peu d'eau pendant qu'elle était malade, tandis qu'un bras puissant lui soutenait la tête.

Ce devait être celui de Ramon qui, à en croire l'infirmière, avait passé les quatre dernières nuits à son chevet, assis sur une chaise. Elle fit la grimace en regardant sa chemise de nuit. Sans doute était-ce Cathy qui l'avait déshabillée pour la mettre au lit, se dit-elle en rougissant à l'idée que Ramon ait pu s'en charger.

Elle but deux tasses de thé et grignota un petit pain avant de se diriger vers la salle de bains. En découvrant son visage dans le miroir, elle éprouva un choc : même si elle ne pouvait pas grand-chose à son teint pâle et à ses joues creuses, il lui fallait au moins se laver. Elle se déshabilla et entra dans la douche où, après s'être lavé les cheveux, elle s'abandonna au plaisir du jet tiède et apaisant.

— Qu'est-ce que tu fais là ?

Elle sursauta en entendant cette voix grave et familière, et aperçut Ramon, debout sur le seuil, qui la fixait d'un œil courroucé. Elle se pencha pour attraper une serviette, cherchant instinctivement à dissimuler son corps.

— Je pourrais te poser exactement la même question.

— Il est un peu tard pour jouer les prudes. Mais cela te met au moins un peu de rose aux joues, dit-il en lui tendant un drap de bain. Quant à ce que je fais ici, je suis venu vérifier si tu étais dans ton lit. Je pensais bien que tu essaierais de prendre une douche sans assistance.

— Je me sens beaucoup mieux et je n'ai pas besoin d'aide. Je ne suis pas idiote.

Ce fut précisément ce moment que ses jambes chancelantes choisirent pour la trahir et si Ramon ne l'avait pas rattrapée, elle se serait effondrée sur le sol.

— Je vois, dit-il en la soulevant dans ses bras pour la ramener dans la chambre où il la remit debout.

D'une commode, il tira une chemise de nuit pêche d'une finesse arachnéenne, que Lauren n'avait jamais vue.

— Tu étais si mal que tu n'as pas pu faire tes bagages. J'ai donc fait livrer quelques vêtements, pour Mateo et pour toi, mais, dès que tu te sentiras mieux, tu pourras faire des courses.

— Ce ne sera pas nécessaire : nous n'allons pas rester longtemps. Tu ne peux pas nous y obliger.

— Je ferai ce que je juge préférable dans l'intérêt de mon fils. Pourquoi tiens-tu tellement à le couper de ses racines et à le séparer de moi, et aussi de sa grand-mère avec qui il s'entend déjà très bien ?

— Son foyer est en Angleterre.

— Il y passe peu d'heures dans la journée, répondit-il en tournant le dos à Lauren pour ouvrir la fenêtre.

Elle en profita pour enfiler la chemise de nuit à la hâte d'une main tremblante avant de s'asseoir à la coiffeuse et de sécher ses cheveux avec l'appareil posé sur la table.

Elle sursauta en voyant Ramon surgir par-derrière et lui prendre le sèche-cheveux pour l'aider. Ce geste était si apaisant et si intime qu'elle dut lutter pour ne pas se laisser aller contre lui en fermant les yeux.

— Pourquoi nous affronter ? balbutia-t-elle. Nous voulons tous deux le bonheur de Mateo. Ne pourrions-nous pas conclure un arrangement ?

Le regard de Ramon croisa le sien dans le miroir.

— C'est possible, à condition que ce soit l'intérêt de Mateo qui prime, dit-il avant de poser le sèche-cheveux et de transporter Lauren sur le lit. Tu as besoin de repos. Tu as été très malade, et tu vas mettre quelques jours à recouvrer tes forces.

— Je veux être avec Mateo. Qui s'occupe de lui ?

— Ma mère l'a emmené se promener dans le jardin. Si tout se passe comme ces derniers jours, il ne va pas tarder à s'endormir, et ma chère *madre* va veiller sur lui jusqu'à ce qu'il se réveille. Elle est folle de son nouveau petit-fils.

— Il me manque…

— Tu lui manques, toi aussi. Le soir, le seul moyen d'arriver à le coucher, c'était de le poser à côté de toi, dans ton lit. Une fois endormi, je pouvais le ramener à la nurserie.

Le visage de Ramon se crispa. Il ne contestait pas le lien privilégié qui unissait Lauren à son fils, mais Mateo avait aussi besoin d'un père, et l'unique solution était que l'enfant soit élevé par ses deux parents.

— Je te monterai Mateo après sa sieste, déclara-t-il en détaillant malgré lui la jeune femme.

Sous le fin tissu de la chemise de nuit, on devinait les aréoles de ses seins, plus foncées que sa peau pâle. Durant sa maladie, elle avait eu tant de fièvre qu'il avait dû à plusieurs reprises l'éponger pour la sécher, ce qu'il avait fait avec une efficacité toute médicale, en se contrôlant parfaitement. Mais, maintenant qu'elle s'était réveillée, il avait terriblement envie de s'allonger à côté d'elle et d'écarter le tissu qui la couvrait pour lui embrasser et lui caresser les seins.

Comment pouvait-il encore la désirer alors qu'elle l'avait privé de son fils durant presque une année ? se demanda-t-il en se tournant vers la fenêtre de peur qu'elle ne remarque son trouble. Quand il avait découvert cette perfidie, il l'avait haïe, mais au fil des jours, tandis qu'il la soignait, sa colère s'était apaisée, ce qui lui avait permis de remettre en cause sa propre conduite.

Lauren l'accusait de s'être comporté avec elle en playboy uniquement intéressé par le sexe, ce qu'il ne pouvait nier. Au cours de leur liaison, jamais il n'avait envisagé d'avoir une relation à long terme. Son avenir lui semblait tout tracé : il se marierait, sans doute avec une Espagnole appartenant au même milieu que le sien, qui donnerait un héritier aux Velaquez. Pourtant, même s'il se refusait à l'admettre, Lauren avait beaucoup plus compté pour lui qu'aucune autre de ses conquêtes.

— Qui est Donny ? s'enquit-il abruptement.

— Mon père, répondit-elle après un silence. Quand j'étais petite, je ne l'appelais pas papa, mais Donny, et lui, il m'appelait Laurie. C'était comme une blague entre nous. Pourquoi me poses-tu cette question ?

Lauren se rappelait vaguement avoir rêvé de son père, lors de sa maladie. Il marchait dans un jardin, une valise à la main. Exactement comme le jour où elle avait eu beau pleurer et s'accrocher en criant à sa manche : il était quand même sorti de leurs vies, à sa mère et à elle. Elle espéra qu'elle n'avait pas pleuré dans son sommeil, cela l'aurait gênée vis-à-vis de Ramon dont le visage fermé ne lui laissait rien deviner.

Ramon inspira profondément. Ainsi, Donny n'était pas l'amant de Lauren. Ce qui ne signifiait nullement qu'elle n'en ait pas un, en Angleterre. A l'idée qu'un inconnu ait pu vivre chez elle et jouer les beaux-pères auprès de Mateo, son sang ne fit qu'un tour.

— Quand tu as découvert que tu étais enceinte, pourquoi ne m'as-tu rien dit ? Ne serait-ce que dans l'intérêt de Mateo. Il aurait mieux valu que tu démissionnes pour te consacrer entièrement à lui. J'aurais pu subvenir à vos besoins et…

— Je ne veux pas de ton argent, le coupa sèchement Lauren.

— Peut-être, mais à cause de ton égoïsme, il a été privé de son père pendant les premiers mois de sa vie, et il a passé ses journées à la crèche au lieu de rester avec sa famille.

« Ton égoïsme » ! Alors qu'elle consacrait sa vie à Mateo ! S'il s'imaginait que cela lui faisait plaisir de le quitter, tous les matins !

Pourtant, sa conscience lui soufflait qu'il y avait peut-être du vrai dans ces accusations. Idéalement, elle aurait préféré rester avec Mateo durant toute sa première année, mais l'amour-propre avait joué son rôle dans sa décision de cacher à Ramon l'existence de son fils. Puisqu'elle ne comptait pas pour lui, elle avait délibérément choisi d'élever Mateo seule et de reprendre son travail quelques mois seulement après sa naissance, malgré la culpabilité qu'elle éprouvait si souvent en le déposant à la crèche. Et quand Ramon lui reprochait de ne pas avoir agi au mieux de l'intérêt de leur fils, elle devait bien reconnaître qu'il marquait un point.

Soudain, elle se sentit affreusement fatiguée. Une conséquence du virus, sans doute. Elle ravala les larmes qui lui montaient aux yeux. Discuter avec Ramon l'épuisait émotionnellement, même s'ils devaient absolument arriver à un arrangement concernant la garde de leur enfant.

— J'ai toujours cherché à faire tout ce que je pouvais pour Mateo, balbutia-t-elle.

Ramon s'approcha du lit et la toisa si durement qu'elle fut saisie d'un affreux pressentiment.

— Dans ce cas, tu ne devrais pas avoir d'objections à m'épouser ? lança-t-il.

— Tu plaisantes, n'est-ce pas ? répondit après un bref silence Lauren, stupéfaite et mortifiée. Quand nous étions ensemble, tu ne voulais même pas que cela se sache. Tu m'as toujours considérée comme ta maîtresse, et ce n'est pas parce que j'ai donné naissance à un enfant que cela impose entre nous une relation dont nous ne voulons ni l'un ni l'autre. Nous pouvons nous impliquer tous les deux dans l'éducation de Mateo sans jouer la comédie ridicule du mariage.

Ramon continuait à la fixer d'un regard aussi sombre qu'impénétrable.

— De quelle façon ? lança-t-il.

Lauren s'efforçait de réfléchir à toute vitesse, malgré son épuisement. Effectivement, comment pourraient-ils s'occuper tous deux de Mateo s'ils résidaient si loin l'un de l'autre ?

— Peut-être pourrais-tu acheter une maison en Angleterre

où tu l'accueillerais quand tu lui rendrais visite ?, suggéra-t-elle, même si elle appréhendait déjà d'être privée de son fils durant des jours, voire des semaines.

— Je croyais t'avoir expliqué que je tenais à ce qu'il vive en permanence au Castillo del Toro.

— Il me semble très difficile de déménager et de trouver du travail en Espagne. Même si je me débrouille en espagnol, je ne connais pas le système juridique et il faudrait sans doute que je recommence à étudier le droit à la base.

Ramon haussa les épaules.

— Si tu m'épouses, tu n'auras plus besoin de travailler.

— Je n'ai aucune envie que tu m'entretiennes, protesta Lauren. Je me suis démenée pour arriver là où je suis, et je tiens à mon indépendance.

Elle était horrifiée à l'idée de dépendre de Ramon aussi bien financièrement que pour son logement. Elle connaissait d'expérience la précarité de cette situation pour une femme.

— Qu'est-ce qui compte le plus pour toi, ton indépendance ou ton fils ?

— Quelle question ridicule ! répondit-elle, le cœur battant. De toute façon, tu ne peux pas m'épouser : je ne suis pas une aristocrate espagnole et jamais je ne saurai jouer le rôle de *duquesa*.

— Il est vrai qu'idéalement, je ne t'aurais pas choisie, rétorqua-t-il avec une franchise brutale, mais tu es la mère de mon fils et, dans son intérêt, j'ai le devoir de t'épouser pour qu'il puisse grandir entouré de ses deux parents.

Lauren eut l'impression que la porte d'une prison se refermait sur elle. Désespérée, elle avança un nouvel argument.

— Jamais cela ne pourra fonctionner. Et d'abord, comment peux-tu songer à épouser une femme que tu n'aimes pas ?

— L'amour n'a jamais fait partie de mes préoccupations. A mes yeux, il n'est pas la condition indispensable d'un mariage réussi. Nous voulons tous deux vivre avec notre fils et participer à son éducation. Je suppose que nous sommes suffisamment adultes pour faire en sorte de réussir. Naguère, nous étions amis, et nous avons prouvé la nuit du bal de la Saint-Valentin que nous étions toujours sexuellement… compatibles, tu ne crois pas, *querida* ? ajouta-t-il d'une voix soudain si envoûtante que Lauren en fut troublée jusqu'au plus intime de son corps.

Lorsqu'il s'assit au bord du lit et lui effleura du bout des doigts la poitrine, elle dut faire appel à tout son amour-propre pour ne pas s'abandonner. Pourtant, elle réussit à repousser fermement la main de Ramon.

— Cette nuit a été une erreur que je n'ai cessé de regretter.

— Vraiment ? lança-t-il en la fixant d'un œil ironique.

En suivant son regard, elle découvrit les pointes de ses seins tendues sous la soie légère de sa chemise de nuit, et tira le drap sur elle, les joues en feu. Elle se sentait encore très fatiguée et n'aurait pas été étonnée que Ramon en profite pour obtenir d'elle ce qu'il voulait. Néanmoins, elle n'était plus une adolescente, mais une femme en pleine possession de ses moyens et qui se devait de garder le contrôle de la situation.

— Je ne me laisserai pas intimider. Pas question de t'épouser.

— Dans ce cas, il va falloir te battre pour conserver la garde, dit Ramon en se levant. Et prépare-toi à perdre, car jamais je n'abandonnerai mon fils.

A peine avait-il refermé la porte que Lauren se leva, chancelante, en proie à un mal de tête lancinant : il fallait qu'elle emmène Mateo au plus vite. Elle allait devoir emprunter une des tenues que Ramon lui avait achetées, mais elle la lui renverrait dès qu'elle serait rentrée en Angleterre.

Parmi les exquises créations suspendues dans la penderie, elle choisit une robe de soie grise toute simple et des escarpins assortis. Dans un tiroir de la commode, elle découvrit un assortiment de lingerie délicate et, avec un plaisir coupable, elle enfila un slip et un soutien-gorge, en se promettant d'envoyer un chèque à Ramon pour le dédommager.

Maintenant, il lui fallait trouver Mateo et appeler un taxi

qui les emmènerait à l'aéroport. Avec un peu de chance, ils réussiraient à quitter le château sans que Ramon s'en aperçoive.

A peine eut-elle mis le pied dans le couloir qu'une employée surgit, à son grand soulagement d'ailleurs, car elle se sentait complètement perdue.

— Où est le *señor* Velaquez ? demanda-t-elle en espagnol.

Soudain, elle se souvint de son premier dîner avec Ramon et de la surprise de celui-ci quand elle s'était adressée à lui dans sa langue. Ses grands yeux bruns s'étaient éclairés d'une lueur malicieuse, et il s'était immédiatement fait un plaisir de lui enseigner quelques mots qui n'avaient pas cours au lycée. C'est à ce moment qu'avait surgi entre eux cette intense alchimie sexuelle, et, quand il lui avait proposé de venir prendre un dernier verre chez lui, elle avait accepté en toute connaissance de cause, impatiente de tenter l'expérience torride que lui promettait le sourire sensuel de Ramon.

Oui, durant leur liaison, ils avaient partagé de bons moments, songea-t-elle, le cœur serré. Et pas seulement du sexe ! Ils avaient aimé bavarder et rire, visiter des galeries d'art, marcher des kilomètres dans les parcs de Londres…

Son pas se ralentit. Ramon prétendait qu'ils étaient suffisamment adultes pour agir dans l'intérêt de leur fils. Mais comment l'épouser en sachant qu'il ne l'aimerait jamais ? Elle en aurait le cœur brisé, tout comme d'ailleurs d'avoir à se battre pour conserver la garde de Mateo — et cette bataille-là, elle n'était pas certaine de la gagner.

— Savez-vous où se trouve mon fils ? demanda-t-elle à l'employée.

— *Sí*. Je vais vous y emmener.

En d'autres circonstances, Lauren se serait attardée pour admirer la douzaine de pièces qu'elle dut traverser — des pièces aux plafonds peints et aux murs tendus d'admirables tapisseries, décorées de meubles anciens et même d'armures. Pourtant, en dépit de tout ce mobilier, le château ne donnait pas l'impression d'être un musée, mais une véritable maison.

L'héritage de Mateo, se dit-elle en suivant l'employée dans un hall lambrissé de chêne et décoré de portraits sombres et altiers, les ancêtres de Ramon sans aucun doute.

Au fond du hall, elle aperçut soudain une porte entrouverte sur un jardin d'hiver, donnant lui-même sur un immense parc. Le soleil éclairait un groupe de femmes et d'enfants assis sur des canapés — ou par terre pour les plus jeunes —, autour de Mateo riant aux éclats.

Au milieu de tous ces étrangers, il avait l'air parfaitement à l'aise.

A son regard altier, Lauren devina que la femme la plus âgée était la mère de Ramon, et les trois plus jeunes — dont l'une était visiblement enceinte — ses sœurs. Debout sur le seuil, elle regarda son fils, assis sur un tapis au centre d'un groupe d'enfants qui lui enseignaient à faire bravo en riant. Ils parlaient espagnol, et, à sa grande surprise, son fils semblait les comprendre et leur souriait gaiement.

Il était déjà chez lui. Cette pensée l'atteignit au cœur comme une flèche. Avec ses boucles brunes et son teint mat, il ressemblait à ses cousins. Oui, c'était bien un Velaquez, ce château était sa demeure légitime, ces gens faisaient partie de sa famille. Comment aurait-elle pu l'arracher à eux pour lui faire mener une vie étriquée dans un petit appartement ?

Désormais, sa marge de manœuvre était très limitée : accepter un mariage sans amour, abandonner son travail et son indépendance, et venir vivre dans ce château où, au mieux, on tolérerait sa présence. Ou bien choisir de se battre sans espérer obtenir davantage qu'une garde partagée. Sans doute autoriserait-on Ramon à garder Mateo en Espagne où elle aurait le droit de lui rendre visite de temps en temps.

Plutôt mourir que de vivre loin de son fils.

Ramon la trouva dans le grand hall, aussi pâle et froide qu'une statue de marbre, observant Mateo qui jouait avec ses cousins dans le jardin d'hiver.

— Tu as l'air d'un fantôme. Jamais tu n'aurais dû descendre.

Elle tourna la tête vers lui. En voyant ses yeux pleins de larmes, il sentit son cœur se serrer.

— Lauren… ?

— Tu as gagné, lança-t-elle d'une voix tranchante comme un éclat de verre. Je ne peux pas emmener Mateo, l'arracher à sa famille. Je ne peux pas non plus vivre sans lui. J'accepte donc de t'épouser, dans son intérêt.

On aurait vraiment dit qu'elle s'offrait en sacrifice, songea Ramon, exaspéré. *Dios,* il était quand même un *duque* milliardaire prêt à lui offrir une vie de luxe.

— Ce mariage ne sera pas forcément une épreuve, contrairement à ce que tu as l'air de penser. Tu ne manqueras de rien.

— Comment peux-tu savoir ce dont j'ai envie ? lança-t-elle.

Tout en grommelant une imprécation, il la fit entrer dans son bureau et ouvrit un tiroir d'où il sortit une petite boîte.

— Puisque nous allons être officiellement fiancés, il faudra que tu portes ça, dit-il en ouvrant l'écrin de velours.

En voyant la bague qu'il contenait, Lauren ne put retenir un cri : très ancienne, de toute évidence, elle était constituée d'un énorme rubis serti de deux rangées de diamants.

— C'est monstrueux, murmura-t-elle tandis que Ramon prenait sa main glacée pour passer la lourde bague à son doigt.

— Il n'y a vraiment que toi pour trouver monstrueux un bijou qui a été récemment évalué à un million de livres, répliqua-t-il sèchement. Depuis des générations, elle se transmet d'épouse à épouse, et ma famille s'attend à ce que tu respectes cette tradition.

Un million de livres…

— Et si je la perdais ? s'enquit Lauren en fixant la bague avec horreur. Quel besoin ai-je de la porter ? Ce n'est pas comme si nous nous mariions par amour.

— Je doute que l'amour ait été le facteur déterminant

des mariages de mes ancêtres. Dans la plupart des cas, il s'agissait d'un contrat entre deux familles aristocratiques.

Tandis qu'elle ruminait ces derniers mots, il la prit par le coude pour la guider vers le jardin d'hiver.

— Toutefois, ma mère nourrit l'illusion que nous nous marions par amour, dit-il d'un air sombre, et je n'ai pas l'intention de l'arracher à ce rêve romantique.

— Qu'est-ce que cela signifie exactement ?

— Que devant ma famille, il va falloir te comporter en fiancée enamourée, répondit-il en la fixant droit dans ses yeux gris.

— Je crains de ne pas être une très bonne actrice.

— Peut-être cela t'aidera-t-il à mieux jouer ton rôle, dit-il en se penchant brusquement sur elle pour l'embrasser.

En sentant la chaleur de sa langue entre ses lèvres, elle fut, à sa grande honte, traversée d'une onde de désir qui la laissa faible et tremblante. Elle fut contrainte de s'agripper à lui de peur de tomber. Lorsqu'il s'écarta, elle était toute rouge et son embarras s'intensifia encore quand elle découvrit qu'il avait ouvert grand la porte pendant ce baiser et que tous ceux qui se trouvaient dans le jardin d'hiver avaient pu les voir.

— Eh bien, Ramon, si tu ne nous annonces pas tes fiançailles, nous allons être très embarrassées, déclara une des jeunes femmes d'une voix amusée.

— *Madre,* répondit-il d'une voix triomphante en prenant Lauren par la taille pour la pousser en direction de la femme la plus âgée, assise sur un canapé, je te présente Lauren, la mère de mon fils, qui sera bientôt ma femme.

Quand il lui effleura les lèvres d'un léger baiser, le cœur de Lauren se mit à battre la chamade.

— Bienvenue Lauren, répondit en anglais la mère de Ramon avant de lui prendre les mains et de l'embrasser sur les deux joues. Je suis Marisol et voici mes filles : Alissa, Juanita et Valentina qui, comme vous l'avez sans doute deviné, attend des jumeaux.

Marisol Velaquez était grande et élégante, toujours belle malgré ses cheveux d'argent qui contrastaient avec les chevelures de jais de ses filles et de ses petits-enfants. Lauren la trouva tout de suite très sympathique et sa crainte qu'elle n'approuve pas le mariage de son fils avec une Anglaise plutôt qu'avec une aristocrate espagnole fut balayée par son sourire et la chaleur de son accueil.

— Nous sommes ravies de vous connaître, Lauren, et désolées que vous ayez été malade. Ramon nous a expliqué que vous aviez souffert d'une forte fièvre. Heureusement que Mateo n'a pas contracté ce virus, déclara Juanita dans un anglais parfait, en souriant à deux des enfants qui chatouillaient Mateo pour le faire rire. Comme vous le voyez, ses cousins l'adorent déjà.

Oui, la famille de Ramon avait déjà adopté Mateo, surtout sa grand-mère, se dit Lauren, séduite par l'expression pleine de douceur de Marisol Velaquez. Elle s'agenouilla devant son fils, le cœur débordant d'amour, et il tendit les bras vers elle. Elle le serra contre sa poitrine et ferma les yeux pour mieux respirer sa douce odeur de bébé. Cet enfant était sa vie et elle aurait fait n'importe quoi pour rester avec lui, même épouser un homme qui ne considérait pas l'amour comme le fondement du mariage.

Pour se relever avec Mateo dans les bras, elle dut faire appel à toute son énergie. Il lui semblait très lourd, comme s'il avait grandi pendant ces quatre derniers jours, à moins que ce ne soit l'effet de l'horrible faiblesse qu'elle ressentait encore.

— Laissez-moi le porter, dit doucement la mère de Ramon. Vous n'êtes pas encore assez forte pour soulever un poids pareil.

En tendant Mateo à sa grand-mère, Lauren sentit ses yeux s'embuer. Elle avait présumé de ses forces. Jamais elle n'aurait pu l'emmener loin du château, comme elle l'avait imaginé un peu plus tôt.

— Viens, il est temps de te recoucher, lui dit Ramon en la soulevant dans ses bras malgré ses protestations. Plus vite tu seras guérie, plus vite nous pourrons nous marier.

En voyant une lueur moqueuse dans son regard, elle eut envie de le gifler.

— Je peux très bien marcher, rétorqua-t-elle tandis qu'ils traversaient le hall. Maintenant que ta famille ne peut plus nous voir, inutile de jouer l'amoureux transi. Contrairement à ta mère, je ne me fais aucune illusion à ton sujet.

— Peut-être, mais tu as quand même eu le bon sens d'accepter de m'épouser et, dans l'intérêt de Mateo, mieux vaudrait mettre fin aux hostilités et essayer d'être amis.

— N'oublie pas que c'est sous l'effet d'un chantage que j'ai fini par accepter ce mariage, lança-t-elle quand elle fut enfin de retour dans sa chambre. Tu t'es honteusement servi de l'amour que je porte à Mateo pour obtenir ce que tu voulais.

— J'ai agi dans son intérêt. Mateo a besoin de nous deux, déclara-t-il tout en faisant glisser la fermeture Eclair de la robe de Lauren, avant que celle-ci n'ait le temps de réagir.

— Qu'est-ce que tu fais ?

Elle tenta de le repousser, mais il lui ôta la robe, qui tomba sur le sol.

— Cette lingerie te va encore mieux que je ne l'avais pensé en la choisissant.

Sous le regard de Ramon, elle sentit malgré elle son corps s'embraser. Puis il la prit dans ses bras pour la contraindre à lui faire face ; son regard était rivé sur ses seins. Elle ferma les yeux pour échapper à son sourire moqueur.

— Notre mariage est pour bientôt, *querida*, et tu ne saurais mieux te remettre de cette maladie que dans mon lit.

Une fois encore, il n'avait eu qu'à la regarder pour qu'elle brûle de désir, songea-t-elle, désespérée, en frissonnant tandis qu'il la prenait par la taille. Elle leva la tête, croyant qu'il allait l'embrasser et fut tout étonnée qu'il ouvre simplement le lit avant de l'y pousser doucement.

— Je suis ravi que tu partages mon impatience, dit-il en souriant, mais je te trouve trop faible encore pour ce que j'ai en tête.

— Je te déteste, murmura-t-elle, affreusement mortifiée.

Il lui prit le menton pour la forcer à se tourner vers lui et posa ses lèvres sur les siennes comme pour lui faire admettre qui des deux était le plus fort. Elle aurait dû lui résister, mais son corps en était incapable : un sang brûlant courait dans ses veines et elle tremblait de désir. La langue de Ramon s'attarda sur ses lèvres jusqu'à ce qu'elle les ouvre en gémissant. Comme elle s'en voulait de se retrouver ainsi sous son emprise… Et pourtant, elle ne put s'empêcher de prendre sa tête entre ses mains pour mieux répondre à son baiser avec une passion farouche.

— J'aime la façon dont tu me détestes, *querida*, chuchota Ramon en reprenant son souffle. Chantage est un vilain mot. Je t'ai peut-être poussée à m'épouser pour le bien de notre fils, mais, malgré tout le désir que je ressens, jamais je ne t'obligerai à partager mon lit. Heureusement, je n'aurai pas à le faire, n'est-ce pas, Lauren ?

Elle lui jeta un regard furieux.

— Ne fais pas la tête. Le plaisir est une base excellente pour un mariage… du moment que s'y ajoute notre désir commun d'agir au mieux pour Mateo. Que pourrions-nous espérer de plus ?

L'amour ! aurait voulu crier Lauren. Elle aurait voulu qu'il l'aime tout autant qu'elle l'aimait, depuis le jour de leur rencontre. Mais, en cet instant, elle était si exaspérée qu'elle lui aurait volontiers jeté n'importe quel objet à la tête.

— Va-t'en ! s'écria-t-elle, incapable de supporter plus longtemps son sourire arrogant.

— Ce n'est pas une façon de parler à son futur époux, lança Ramon.

Devinait-elle à quel point il avait envie de la déshabiller pour lui faire l'amour ?

Mais les cernes mauves de la jeune femme et sa pâleur le dissuadaient de la rejoindre sur le lit et de lui prouver que leur mariage était une excellente décision. Voyant qu'elle avait du mal à garder les yeux ouverts, il remonta les draps et les couvertures sur elle. Il avait beau la détester de lui avoir caché Mateo, elle était la mère de son fils et cela créait entre eux un lien indéfectible. Au plus profond de son cœur et pour des raisons qu'il se refusait à regarder en face, il était ravi d'avoir une bonne raison de l'épouser, même si elle n'était pas la femme que sa famille s'attendait à le voir choisir.

— Fais-moi confiance, *querida,* je suis certain que notre mariage sera une réussite.

— J'ai du mal à le croire, protesta-t-elle avant de s'abandonner au sommeil qui la gagnait peu à peu.

Y avait-il dans le passé de Lauren un élément qui justifiait le prix démesuré qu'elle attachait à son indépendance et sa difficulté à lui faire confiance ? se demanda Ramon, les yeux fixés sur elle. Au fond, il la connaissait peu : durant leur liaison, il ne l'avait jamais encouragée à se confier à lui car il tenait à maintenir entre eux une certaine distance pour mieux contrôler leur relation. Mais maintenant qu'elle allait devenir sa femme, il pouvait s'autoriser à baisser ses propres défenses. Peut-être, avec l'aide du temps, réussirait-il à la persuader d'en faire autant.

7.

Ils se marièrent deux semaines plus tard, dans la chapelle privée du château. Un mariage célébré dans l'intimité familiale avec comme témoins des amis du marié, mais sans personne du côté de Lauren.

Ramon lui avait proposé d'inviter ses proches, mais elle avait refusé, pensant qu'il lui serait déjà assez difficile de jouer la comédie du bonheur devant sa belle-famille sans que viennent s'y ajouter ses propres amis. Elle aurait sans doute pu avouer la vérité à quelques rares collègues de PGH, mais son amour-propre l'empêchait de reconnaître que ce mariage de conte de fées avec un beau duc espagnol était en fait de pure convenance et consenti dans le seul intérêt de leur fils.

— Je ne veux pas que maman et Alan interrompent leur croisière, avait-elle expliqué à Ramon quand ils avaient discuté des préparatifs de la cérémonie.

— Qui est Alan ?

— Mon beau-père. Maman l'a épousé il y a deux ans et, en quelque sorte, cette croisière est leur voyage de noces différé.

— Et ton père ? avait demandé Ramon non sans remarquer l'expression soudain plus tendue de Lauren. Il est décédé ?

Non, pour autant qu'elle le sache, pensa-t-elle avec amertume. Mais depuis son départ, il n'avait plus donné signe de vie et elle n'avait aucune idée du lieu où il se trouvait.

— Mes parents ont divorcé, et mon père ne viendra jamais en Espagne, avait-elle répondu avant de changer définitivement de sujet.

Et c'est ainsi que, par un beau jour de printemps, elle était arrivée seule à la chapelle sous un ciel sans nuage.

Malgré la chaleur, elle se sentait glacée. Tandis qu'elle avançait vers le chœur, sous les regards curieux des invités, les yeux fixés sur le bel homme qui l'attendait devant l'autel, elle sentit son cœur se serrer. Pendant quelques secondes, elle fut tentée de faire demi-tour. Mais en apercevant Mateo, assis au premier rang sur les genoux de Cathy Morris, elle respira un grand coup. Plutôt mourir que d'être séparée de son fils ! Puisqu'elle refusait d'engager une bataille contre Ramon, elle était bien obligée de l'épouser.

La soie ivoire de sa robe de mariée bruissait sur les dalles. Elle avait voulu porter l'ensemble lilas qu'elle avait acheté pour le mariage de sa mère, deux ans plus tôt, mais, d'après Ramon, ce n'était pas ce qui convenait à une Velaquez et il avait fait venir au château un couturier renommé pour dessiner sa robe. Un fourreau tout simple en apparence, mais qui mettait en valeur la minceur de sa taille et les courbes de sa poitrine, avec autour du décolleté des larmes de cristal qui reflétaient la lumière tombée des vitraux.

Une robe de rêve, avait-elle songé en se contemplant dans le miroir pendant qu'une femme de chambre aplatissait sur sa jupe d'invisibles plis. Mais le rêve s'arrêtait là. Et peut-être cela valait-il mieux, car ainsi elle n'entrerait pas dans la vie conjugale pleine d'illusions, comme tant d'autres, et ne serait donc pas déçue.

D'ailleurs, elle était trop âgée pour croire aux contes de fées, se dit-elle en s'arrêtant à côté de son futur mari, vers qui elle se força à tourner la tête. Une lueur étrange passa dans les yeux bruns de Ramon, sans qu'elle puisse en déchiffrer la signification.

Puis la voix du prêtre retentit dans la chapelle.

— Tu ne vas pas t'évanouir ? chuchota Ramon un peu plus tard, tandis qu'ils posaient pour les photographes, debout sur l'escalier baigné de soleil. Tu es toute pâle. Peut-être n'es-tu pas encore complètement remise de ce virus ?

Elle paraissait si fragile, songea-t-il avec une pointe de culpabilité. Il aurait sans doute dû lui laisser davantage de temps pour se remettre, mais il avait hâte d'assurer l'avenir de Mateo. Et puis, pour tout avouer, son désir pour Lauren était plus exigeant que jamais. Quand elle s'était avancée vers lui dans sa robe de mariée, les cheveux relevés, ses grands yeux gris fixés sur lui, sa beauté éclatante lui avait coupé le souffle.

Ce mariage, elle n'y avait consenti que parce qu'il l'avait menacée de lui disputer la garde de leur fils. Il s'était presque attendu à ce qu'au dernier moment, elle s'y refuse, mais elle était venue jusqu'à lui, et, lorsqu'elle avait enfin esquissé un sourire, sa gorge s'était serrée.

— Je me sens bien, merci, répondit Lauren.

Elle aurait préféré mourir plutôt que de reconnaître qu'au moment où le prêtre les avait proclamés mari et femme, elle avait été submergée par l'émotion. Elle baissa la tête pour respirer l'odeur exquise de son bouquet de roses.

— Merci pour les fleurs, murmura-t-elle. Elles sont ravissantes.

Au moment où elle allait quitter le château, le maître d'hôtel lui avait apporté ce bouquet de la part du *duque*.

Le lendemain de leur première rencontre, Ramon lui avait fait envoyer trois douzaines de roses rouges ainsi qu'un billet l'invitant à dîner, elle ne l'avait pas oublié. Ce bouquet de mariage revêtait-il, pour lui aussi, une signification spéciale ?

— Une mariée sans bouquet, cela aurait paru bizarre, répondit-il froidement.

Aussitôt, le sourire de Lauren se figea sur ses lèvres.

La cérémonie religieuse fut suivie d'un déjeuner donné au château. L'équipe de cuisiniers s'était surpassée et le repas spectaculaire se termina par une magnifique pièce montée glacée qui fut découpée selon la tradition par les jeunes mariés en personne.

Lauren ne doutait pas que, parmi les invités, les ragots

allaient bon train : le duc de Velaquez épousait, presque un an après la naissance de son fils, une femme qui n'était pas issue de l'aristocratie espagnole. Mais, devant elle, personne n'y fit allusion. Les proches de Ramon avaient même l'air heureux de l'accueillir au sein de la famille.

Une seule invitée, une Espagnole d'une éclatante beauté, ne semblait pas partager leur joie et, durant le repas, Lauren sentit peser sur elle le lourd regard de ses yeux noirs.

— Pilar est magnifique, n'est-ce pas ? lui glissa Juanita, une des sœurs de Ramon, en la rejoignant devant la porte-fenêtre qui donnait sur la terrasse.

Un peu plus loin, le nouveau marié était en grande conversation avec cette belle femme brune, svelte et élégante, dotée d'une chevelure splendide qui lui tombait au milieu du dos.

— Vous avez sans doute entendu parler d'elle, ou au moins vu des photos. Pilar Fernandez est un top model de renommée mondiale. D'ailleurs, il faut avoir une silhouette comme la sienne pour se permettre ce genre de jupe, ajouta Juanita, les yeux fixés sur l'ensemble blanc de Pilar, qui contrastait avec le noir de jais de ses cheveux. Maintenant, elle va se concentrer davantage sur sa carrière, je suppose…

Juanita s'arrêta net et parut si gênée, que la curiosité de Lauren en fut attisée.

— Pourquoi, maintenant ?

— Maintenant que Ramon vous a épousée, chuchota Juanita, visiblement confuse d'avoir mis ce sujet sur le tapis. Tout le monde s'attendait que… Enfin, de toute façon, les créateurs du monde entier adorent Pilar, et, désormais, elle ne viendra plus au château aussi souvent, je suppose.

Des paroles peu rassurantes, se dit Lauren. Quand Ramon l'avait invitée à déjeuner, à Londres, il lui avait affirmé que sa relation avec Pilar était purement amicale, mais, si chacun s'attendait à ce qu'il l'épouse, les choses étaient certainement allées beaucoup plus loin qu'une simple amitié.

Logiquement, c'était Pilar qu'il aurait dû choisir, elle qui appartenait au même cercle aristocratique et sophistiqué que lui, elle qui aurait sûrement fait une parfaite *duquesa*.

Sans parler de sa beauté à couper le souffle. Lauren eut l'impression qu'un tsunami déferlait sur elle. En aucun domaine elle ne pouvait rivaliser avec cette femme sublime, se dit-elle en contemplant l'anneau d'or que Ramon lui avait glissé au doigt, à côté de l'énorme rubis que s'étaient transmis des générations de Velaquez.

En voyant l'Espagnole poser la main sur l'épaule de son mari et lui parler à l'oreille, elle se sentit soudain dévorée de jalousie. Et un souvenir lui revint. Elle devait avoir quatorze ans, étrennait une robe neuve et faisait circuler un plateau de tartelettes lors de la fête que ses parents donnaient chaque année pour Noël. Sa mère allait d'un groupe à l'autre, apparemment à l'aise dans son rôle de maîtresse de maison, mais, quand elle avait demandé à Lauren si elle avait vu son père, celle-ci avait perçu une réelle tension sous son sourire.

— Je vais le chercher, avait-elle répondu sans se faire le moindre souci car sa mère s'affolait pour un rien.

Sans lâcher ses tartelettes, elle avait commencé à faire le tour de la maison à la recherche de Donny et avait fini par le dénicher dans la véranda en compagnie de Jane, la secrétaire du club de golf, une grosse femme blonde qui le serrait de près en lui soufflant quelque chose à l'oreille. Son père lui avait souri exactement de la même façon que Ramon venait de le faire.

Sur le moment, Lauren n'avait pas compris ce qui se passait, mais plus tard, quand son père les avait quittées pour partir avec une danseuse exotique, elle s'était souvenue de cet incident, et sa mère lui avait alors révélé que Jane avait été une des nombreuses maîtresses de Donny.

Perdue dans ses souvenirs, elle sortit sur la terrasse et se dirigea vers le coin opposé à celui où se trouvaient Ramon et sa compagne. Mais quelques secondes plus tard, alors qu'elle était perdue dans ses pensées, elle entendit quelqu'un lui adresser la parole. Elle sursauta et sentit son cœur se serrer en reconnaissant Pilar qui la fixait d'un regard plein de dédain.

— Mateo est absolument adorable, déclara l'Espagnole sur un ton très froid. Ramon a l'air très fier de lui.

— Nous le sommes tous les deux, répondit poliment Lauren, mal à l'aise sous ce regard inquisiteur.

— Ramon a donc fini par vous épouser, pour récupérer son fils.

C'était une constatation plutôt qu'une question… Lauren ne sut que répondre, car, au fond, n'était-ce pas la vérité ?

Les yeux noirs de Pilar brillaient d'un éclat aussi dur que le jais.

— Comment réussirez-vous à assumer votre rôle de *duquesa* ? Votre vie en Angleterre ne vous a pas préparée à vous intégrer au cercle fermé de l'aristocratie espagnole.

Une manière de lui rappeler qu'elle n'était qu'une petite juriste anglaise très ordinaire.

— Je suis convaincue que j'y parviendrai.

— Maintenant que Ramon tient son fils, peut-être ne resterez-vous plus très longtemps *duquesa,* répondit Pilar en haussant les épaules avant de s'éloigner, laissant Lauren aussi frissonnante que si un nuage noir venait d'obscurcir le ciel.

Au centre de l'immense chambre de maître se dressait un lit à baldaquin tendu de velours. Un lit énorme pour une personne, mais peut-être Ramon n'avait-il pas l'habitude d'y dormir seul ? songea Lauren. Peut-être l'avait-il partagé avec Pilar Fernandez durant les dix-huit mois de leur séparation.

« Arrête ça ! » Elle était en train de créer un problème de toutes pièces, sous prétexte que cette femme fielleuse lui avait prédit que son mariage serait de courte durée.

Au rez-de-chaussée, son mari raccompagnait les derniers invités, mais, dans quelques minutes, il viendrait la rejoindre. Après ce pénible échange avec Pilar, elle s'était forcée à bavarder et à sourire jusqu'à en avoir mal aux mâchoires. Mais, quand Ramon lui avait demandé si elle était heureuse, l'ironie de son expression ne lui avait pas échappé.

Avec un lourd soupir, elle se dirigea vers la pièce attenante qui, comme il le lui avait expliqué, était traditionnellement la chambre de la *duquesa*. Elle ne savait pas si Ramon et Pilar avaient entretenu une liaison et elle ne voulait pas le savoir. Pourtant, l'image de son mari penché sur la jeune beauté espagnole l'obsédait ; tout dans leur attitude trahissait une évidente familiarité. Pire, pour elle, leur image se superposait d'une certaine façon à celle de son père et de Jane, la secrétaire du club de golf. Etait-elle aussi aveugle aujourd'hui qu'à quatorze ans ?

En s'apercevant dans le miroir, elle regretta de devoir quitter ses beaux atours. Cette robe et ces roses avaient aidé Ramon à tromper tout le monde en créant l'illusion que le duc de Velaquez et sa jeune épouse étaient au comble du bonheur. Mais elle, elle connaissait la vérité. D'une main tremblante, elle ôta sa robe de rêve et son soutien-gorge de dentelle et se mit à fouiller dans un tiroir. Elle en sortit un vieux T-shirt de coton trop grand qu'on lui avait expédié d'Angleterre avec le reste de sa garde-robe.

Lorsque Ramon entra, elle se brossait les cheveux, debout devant la coiffeuse.

— Je ne t'imaginais pas exactement comme ça ce soir, dit-il en découvrant le T-shirt délavé. Mais même si ton choix laisse à désirer, *querida,* ce vieil oripeau ne suffira pas à éteindre mon désir.

Lorsqu'elle lui fit face, elle ne put dissimuler ses seins qui pointaient sous le coton usé. Avec sa cravate desserrée et sa chemise déboutonnée qui laissaient deviner la peau hâlée de son cou, appuyé négligemment au chambranle de la porte, les cheveux un peu en bataille et les yeux brillants de désir, il était si sexy qu'elle se sentit faiblir, à son grand regret.

— Comment envisages-tu la suite ? lança-t-elle d'une voix dure. Tu viens exiger que j'accomplisse le devoir conjugal ?

Ainsi, il ne s'était pas trompé, se dit Ramon en observant la jeune femme avec circonspection. Il pressentait qu'au cours de la journée, quelque chose l'avait bouleversée. Et en ce moment, elle était tout aussi à cran que la première fois qu'ils s'étaient revus à Londres.

— Je n'ai rien demandé, répondit-il. Je ne pensais pas que j'aurais à le faire. Tu es ma femme et, effectivement, je croyais que notre nuit de noces nous permettrait de ranimer la passion qui nous a toujours unis.

— Si je suis devenue ta femme, c'est uniquement pour que tu puisses faire de Mateo ton héritier.

— Il est mon fils et, par conséquent, mon héritier. Jamais je ne l'ai rejeté. C'est toi qui ne m'as pas permis d'être son père.

— Je te rappelle que tu m'avais signifié que je devais me cantonner à mon rôle de maîtresse. A tes yeux, j'étais indigne du duc de Velaquez. J'ai cru que tu réagirais de la même façon vis-à-vis de mon fils.

— Si nous nous sommes mariés, c'est pour permettre à Mateo de vivre avec ses deux parents, et j'avais donc cru que, dans son intérêt, nous étions prêts à bâtir une relation solide…

— Fondée sur le sexe ? lança Lauren avec une ironie amère.

— Le sexe est un début. Après tout, notre liaison a commencé comme ça. Je t'ai rencontrée dans une boîte bondée et je t'ai immédiatement désirée plus qu'aucune autre femme auparavant, dit-il avant de marquer une courte pause. Je te désire toujours autant, et toi aussi, je le sais, même si tu essaies de le nier.

Elle ne releva pas la tête de peur de croiser son regard. Peut-être disait-il la vérité : le sexe était un début. Il les avait unis pendant les six mois qu'avait duré leur liaison, et, si elle ne s'était pas retrouvée enceinte, combien de temps seraient-ils restés ensemble ? Jamais le désir de Ramon n'avait paru se tarir. Et ce n'était pas purement physique… Entre eux, il y avait de l'affection, de la tendresse. Et bien sûr, de sa part à elle, de l'amour.

Fallait-il en vouloir à Ramon parce qu'il n'était pas tombé amoureux d'elle ? Fallait-il le repousser et lui refuser ce dont ils avaient tous les deux envie parce qu'elle redoutait qu'il ne la trompe comme son père avait trompé sa mère ? Il lui avait demandé de lui faire confiance, se souvint-elle. Sans savoir à quel point c'était difficile pour elle. Mais, si elle voulait donner à leur mariage la moindre chance de durer, elle devait au moins essayer.

— Je ne suis pas une belle aristocrate espagnole, murmura-t-elle, incapable d'oublier Pilar.

— Pour moi, tu es la plus belle femme du monde. Et la mère de mon fils. Je me suis engagé vis-à-vis de toi, Lauren, et je veux que notre mariage réussisse, en dépit de ce qui nous sépare. Mais toi aussi, il faut que tu le veuilles.

Elle aurait pu refuser, pour préserver son amour-propre. Mais mieux valait accepter un mariage qui n'était pas parfait, loin de là, mais qui, avec le temps, se transformerait peut-être en une relation plus profonde.

— Oui, souffla-t-elle.

— Alors, viens ici.

Le premier pas fut le plus difficile, mais il avança lui aussi, et ils se rejoignirent au milieu de la pièce.

— Tu étais très belle aujourd'hui, *querida*. Même si je dois reconnaître que ma première pensée, en voyant ta robe de mariée, a été de te l'ôter. Mais je suis plus heureux encore de t'enlever cette monstruosité, dit Ramon en faisant habilement glisser le T-shirt de Lauren par-dessus sa tête pour révéler ses seins ronds et fermes et la minceur de sa taille.

Avec un gémissement de désir, il la souleva pour la déposer sur le vaste lit à baldaquin. Puis il s'allongea à côté d'elle et la serra contre lui dans un long baiser dévastateur.

— Pour nous, il n'y a jamais eu de meilleure façon de communiquer, dit-il d'une voix rauque.

A quoi bon répondre ? songea Lauren. C'était si vrai. Quand ils faisaient l'amour, plus besoin de mots. Leur accord était parfait. C'était ce qui lui avait fait croire, au cours de leur liaison, qu'il s'intéressait vraiment à elle. Mais elle ne referait pas la même erreur, même si elle ne pouvait cacher le désir qu'il lui inspirait.

— Dans ce cas, fais-moi l'amour.

Un instant, leurs regards se croisèrent, avant qu'il ne s'empare de sa bouche dans un irrépressible élan. Elle adorait ses baisers, l'avidité de ses lèvres qui pressaient les siennes, et sa langue qui se glissait en elle. Puis elle cessa de penser et s'abandonna à son instinct, nouant les bras autour du cou de Ramon dans une étreinte si étroite qu'elle percevait les battements précipités de son cœur, à l'unisson des siens.

Il lui prit les seins dans ses paumes.

— Superbes… et tu es à moi…, murmura-t-il d'un air d'intense satisfaction.

Ramon passa le pouce sur leurs bouts roses qui pointaient et sourit en entendant Lauren gémir doucement.

— Je risque d'être un mari très possessif, *querida*.

Sa bouche se referma sur une aréole dressée, puis sur l'autre et s'y attarda jusqu'à ce qu'il la sente trembler sous lui de tout son corps.

Il aimait voir cette fraîche rose anglaise abandonner toutes ses inhibitions et se laisser aller à son plaisir entre ses bras. Aucune autre femme ne l'excitait autant.

Lauren ferma les yeux en sentant la bouche de Ramon descendre de ses seins vers son ventre, puis plus bas encore, là où son désir se muait en une sensation presque douloureuse. Elle releva le bassin pour qu'il puisse lui ôter sa culotte, avide de sentir son érection entre ses cuisses, mais il y enfouit le visage pour lui caresser le clitoris de sa langue. Elle se mit à trembler, les doigts crispés sur ses épais cheveux noirs, en balbutiant son prénom. Dès qu'il perçut les premiers spasmes de son orgasme, il se hâta d'entrer en elle d'un seul mouvement qui arracha un long cri à Lauren.

— Je t'ai fait mal ?

— Non, murmura-t-elle en nouant ses jambes autour de ses reins. Continue…

Comprenant qu'elle était au bord de l'extase, il mit les deux mains sous ses fesses pour la soulever et s'enfoncer plus profondément en elle, allant et venant sans répit, de plus en plus vite, de plus en plus fort.

Lauren s'accrocha à ses épaules, les yeux clos, les lèvres ouvertes, tout à la sensation qui montait en elle. Mais il s'arrêta soudain pour lui relever les jambes et les placer de part et d'autre de son cou.

— Tu vas voir, *querida*, ce sera encore meilleur.

Il avait raison. A chaque poussée, elle était envahie d'un plaisir indescriptible, presque insupportable.

— Ramon…

Dans une dernière série de spasmes d'une intensité inouïe, elle s'abandonna à l'extase qui la submergeait, non sans s'apercevoir cependant que Ramon était lui aussi en train de jouir. Il laissa échapper un gémissement rauque et tout son corps frissonna longuement dans un dernier élan sauvage.

Lauren mit un certain temps à revenir à la réalité, heureuse de sentir peser sur le sien le corps tiède et détendu de Ramon. Il finit par rouler de côté avant de l'attirer dans ses bras.

— Tu pleures, *querida* ? demanda-t-il après avoir effleuré sa joue.

Comment lui avouer que, dans ce moment d'intense passion, elle avait eu l'impression que ce n'étaient pas seulement leurs corps qui ne faisaient plus qu'un, mais aussi leurs âmes ?

— J'aurais préféré que notre relation se construise d'une autre manière, avoua-t-elle en imaginant son propre bonheur s'il l'avait aimée lui aussi.

Il lui aurait murmuré des mots tendres à l'oreille et elle n'aurait plus eu besoin de lui dissimuler son amour.

— C'est donc si insupportable d'être mariée avec moi ?

Il donnait l'impression d'avoir reçu un coup en pleine poitrine.

— Bien sûr que non. Et je reconnais que, pour Mateo, c'est la meilleure solution.

Ramon se demanda pourquoi cette réponse ne le satisfaisait pas. C'était dans l'intérêt de son fils qu'il avait tenu à épouser Lauren et il était heureux de l'entendre reconnaître que Mateo devait grandir avec ses deux parents. Quant à l'étonnante alchimie sexuelle qu'ils partageaient, c'était une chance dont il avait bien l'intention de profiter pleinement.

— Comme tu l'as dit, c'est notre fils qui compte. Mais, cette nuit, je veux satisfaire tous tes désirs, et aussi les miens, dit-il en l'attirant à lui dans un long baiser passionné.

Lauren avait beau l'avoir épousé uniquement pour le bien de leur fils, elle n'en demeurait pas moins une femme extrêmement sensuelle et sans inhibitions. En sentant les doigts de la jeune femme se refermer sur son érection renaissante, Ramon frémit de plaisir.

— Désormais, tu es ma femme, murmura-t-il, incapable de dissimuler sa fierté.

Il glissa une main entre ses cuisses.

— Le désir mutuel, voilà la clé d'un mariage réussi.

Elle ne protesta pas et s'abandonna au plaisir exquis qu'elle sentait monter en elle. Mais un peu plus tard, tout en prêtant l'oreille au souffle calme et rythmé de Ramon endormi, elle se demanda non sans tristesse si elle passerait le reste de sa vie à regretter qu'il ne puisse lui donner davantage.

8.

— Nous devrions partir en voyage de noces.

Lauren ouvrit les yeux et vit Ramon penché sur elle. Malgré le peu de temps qu'ils avaient consacré au sommeil cette nuit, il semblait parfaitement réveillé.

— D'accord, murmura-t-elle.

— Où aimerais-tu aller ?

Après avoir jeté un coup d'œil au réveil, elle referma immédiatement les yeux.

— Faut-il vraiment en décider à 7 heures du matin ?

Le soleil matinal qui filtrait à travers les volets transformait ses cheveux en or liquide. Sa bouche gonflée semblait encore prête à s'ouvrir sous les baisers, et Ramon lui aurait bien fait de nouveau l'amour s'il n'avait pas craint que leur ardente nuit de noces ne l'ait épuisée. La tendresse venait tempérer son désir. Désormais Lauren était sa femme et ils avaient toute la vie devant eux.

— Il faut que je puisse mettre les employés au courant.

Lauren renonça à dormir et se retourna.

— On dirait qu'il s'agit de partir en campagne. Comme si les employés allaient participer à notre lune de miel.

— J'ai une villa à Barcelone. Là-bas, Mateo pourrait aller à la plage, et la ville est réputée pour le shopping. Mais personne ne vit à demeure dans cette maison, et il nous faudra donc emmener le maître d'hôtel et la cuisinière, ainsi que quelques autres employés — et Cathy, évidemment.

— Effectivement, cela fait du monde pour un voyage de noces, murmura Lauren dont l'enthousiasme avait faibli à la pensée que la vie à la villa serait aussi contraignante qu'au château. Pour être franche, je pense que Mateo est encore un peu jeune pour aller à la plage. Nous passerons notre temps à l'empêcher de se gaver de sable. Et j'ai suffisamment fait de courses ces derniers temps.

Durant les deux semaines qui avaient précédé leur mariage, Ramon avait insisté pour l'emmener plusieurs fois à Madrid et sa garde-robe regorgeait de tenues à la dernière mode.

— On ne pourrait pas partir tout seuls, juste Mateo, toi et moi ? Tu te rappelles ce week-end que nous avions passé en Ecosse ? Ce serait bien d'aller dans un endroit aussi tranquille.

Elle gardait un excellent souvenir de leur séjour dans les Highlands un mois avant qu'elle ne découvre sa grossesse. Durant ces deux jours, Ramon s'était montré si détendu et lui avait fait l'amour avec tant de tendresse devant le feu qui brûlait dans la cheminée que son amour pour lui s'était encore renforcé.

Au cours des folles journées qui avaient précédé leur mariage, à peine avait-elle eu le temps de passer quelques moments avec lui, et, comme toute sa famille avait été accueillie au château, ils ne risquaient guère de se voir seule à seul.

— A cette période de l'année, il ferait trop froid en Ecosse, mais, si tu as envie de montagnes, je connais un endroit où seul le bruit d'un torrent trouble le silence. Mais c'est un tout petit chalet et nous ne pourrons emmener personne.

— Cela me semble parfait.

Beaucoup de ses amis londoniens auraient été ravis d'avoir en permanence à leur disposition toute une équipe pour s'occuper de la cuisine, du ménage et des enfants, mais elle trouvait leur présence étouffante et ne pouvait s'habituer à la révérence qu'esquissaient les employées chaque fois qu'elles croisaient la nouvelle *duquesa*.

— C'est décidé, déclara Ramon en déposant sur ses lèvres un léger baiser. Je vais demander qu'on fasse nos bagages. Nous partirons dans deux heures.

*
* *

— Quel endroit magnifique ! s'exclama Lauren en sortant du 4×4 que Ramon avait conduit depuis le château jusqu'aux montagnes de Cantabrie.

Au-dessous d'eux s'étendait une vallée verte et luxuriante, parsemée de fermes et de vergers. Au fond miroitait une rivière, tel un ruban argenté. Du chalet de bois, on apercevait de hauts pics enneigés qui se détachaient sur le ciel d'azur.

La maison, simple mais très confortable, comportait un vaste salon, une cuisine, une chambre et sa salle de bains, et une pièce plus petite dans laquelle ils pourraient installer le lit de Mateo. Lorsqu'ils eurent déchargé la voiture, Ramon prit son fils dans ses bras pendant que Lauren étendait une couverture sur l'herbe et déballait le pique-nique que leur avait préparé le cuisinier du château.

— Un vrai paradis ! murmura-t-elle en contemplant les montagnes. Tu y viens souvent ?

Ramon introduisit avec précaution une cuillérée de yaourt dans la bouche de Mateo qui jouait avec son trousseau de clés.

— Pas aussi souvent que je le voudrais. Mes affaires et la responsabilité du domaine ne me laissent guère de temps, mais, quand j'étais enfant, j'y venais le week-end pour randonner et pêcher dans les lacs.

— Je te comprends. J'adore les pique-niques. Au grand air, je me sens un appétit d'ogre, dit-elle en entamant un second sandwich au saumon. Je dois reconnaître que je préfère ce genre de repas aux dîners qu'on sert au château, en présence du maître d'hôtel et d'une douzaine de domestiques, même quand nous sommes seuls, toi et moi.

— C'est la tradition. Le duc et la duchesse ont toujours dîné dans la grande salle à manger. Et quand nous étions petits, mes sœurs et moi, nos parents exigeaient que nous nous habillions chaque soir pour le dîner. Il y avait cinq services, et nous devions rester là à faire poliment la conversation sans broncher ni avoir l'air de nous ennuyer.

— Jamais vous n'avez mangé une pizza en regardant la télé ? Ou invité des amis à un barbecue ?

— Jamais. On m'a appris à être fier de ma position et à me comporter en conséquence.

— Je ne m'étonne plus que tu aies eu l'air si choqué de me voir manger une glace à même le pot, à Londres. Ou quand j'ai commandé un repas chinois pour pique-niquer par terre, dans le salon.

Evidemment, ce n'est pas Pilar Fernandez qui aurait fait cela. Une fois de plus, Lauren prit conscience que Ramon et elle n'appartenaient pas au même monde.

— J'ai trouvé ça très drôle, lui dit-il en souriant. Jamais je n'avais rencontré quelqu'un comme toi. Tu faisais des choses complètement folles, comme marcher sous la pluie battante ou nous préparer des sandwichs au bacon frit quand nous étions morts de faim après avoir fait l'amour pendant des heures.

— Ne m'en parle pas !

— Avec toi, je pouvais enfin me détendre.

En fait, il n'avait compris à quel point il se sentait bien avec elle que lorsqu'elle avait mis fin à leur liaison et qu'il avait dû rentrer en Espagne pour s'occuper de son père mourant.

— J'aime mes parents, mais mon enfance a été plutôt contraignante, reconnut-il. J'ai surtout été élevé par ma gouvernante, et je ne voyais mon père qu'une heure, le soir, quand il me faisait appeler dans son bureau pour me parler de nos ancêtres, de l'histoire du château, et m'exposer les obligations que j'aurais à assumer le jour où je deviendrais duc de Velaquez.

— Tu avais envie d'être duc ? s'enquit avec curiosité Lauren qui essayait de l'imaginer petit garçon, à peine plus âgé que Mateo, et déjà éduqué aux responsabilités qui l'attendaient.

Ramon hésita. D'après son père, un duc devait toujours être fort et contrôler ses émotions. Dès son plus jeune âge, il avait su qu'il ne devait pas pleurer, même le jour où il s'était cassé le bras en tombant de cheval. Cette leçon était solidement ancrée dans son esprit et il ne lui était pas facile de se confier. Mais Lauren était sa femme, et il comprenait que s'il voulait donner une chance à leur mariage, il fallait qu'il apprenne à se livrer un tant soit peu.

— En réalité, j'aurais voulu être astronaute. J'adorais les sciences, particulièrement la physique que j'ai étudiée à l'université. Lorsque j'ai obtenu mon diplôme, on m'a proposé de poursuivre mes études à l'American Space Agency.

— Tu as accepté ? demanda Lauren, stupéfaite. Non ? Mais pourquoi ?

— C'était impossible. J'étais le seul fils et héritier du duc de Velaquez et je devais passer ma vie au château, m'occuper du vignoble, de la propriété et des intérêts de ma famille.

— Tu as donc sacrifié ton rêve à tes obligations.

On avait dû lui inculquer le sens du devoir dès qu'il avait été en âge de comprendre sa noble ascendance, songea Lauren avec tristesse.. Rien d'étonnant à ce qu'il n'ait jamais donné le moindre avenir à sa liaison avec une simple Anglaise... Elle comprenait enfin que, même s'il s'était senti attiré par elle, jamais il n'aurait fait passer son bonheur avant ses obligations envers sa famille. Jamais il ne se serait autorisé à tomber amoureux d'elle.

— Tu ne venais donc pas ici avec ton père ?

— Non, seulement avec un de mes précepteurs, qui aimait la nature. En fait, j'ai été élevé au château : mon père avait peur qu'à l'école, je me fasse des amis peu convenables. Je n'ai jamais fréquenté que des gens de mon milieu, et ce n'est qu'à la fac que j'ai compris à quel point mon éducation avait été limitée.

— Ton père t'a autorisé à y aller ?

— J'ai eu du mal à le convaincre. Je lui ai d'ailleurs donné une bonne raison de le regretter : je suis tombé fou amoureux d'un mannequin qui posait nue, au point de vouloir l'épouser.

Lauren ressentit une pointe de jalousie à la pensée que ce cœur de pierre était un jour « tombé fou amoureux ».

— Qu'a dit ton père ?

— Evidemment, il a été horrifié et a tenté de m'en dissuader. Mais, à dix-huit ans, je goûtais enfin à la liberté et j'étais bien décidé à me marier avec Catalina, déclara Ramon dont le sourire s'effaça au souvenir de la douleur qu'il avait ressentie en comprenant que la femme qu'il aimait l'avait trahi. Il a engagé un détective qui a découvert qu'elle avait un amant, un drogué qui avait besoin d'argent. Elle avait donc convaincu l'innocent que j'étais de l'épouser pour divorcer ensuite en réclamant un dédommagement important. Mon père m'a donc fait venir à l'hôtel où elle rencontrait son amant et me les a montrés nus, tous les deux, dans un lit.

— Tu as dû passer un mauvais moment.

— Il y en a eu beaucoup d'autres quand la presse a eu vent de cette histoire et que mon humiliation est devenue publique. J'ai compris que je m'étais comporté comme un imbécile, mais, pire encore, j'avais déçu mon père. J'ai vite oublié Catalina, et d'une certaine façon cette expérience m'a convaincu de ne pas accorder ma confiance à la légère. Beaucoup de femmes ont trouvé à la fortune des Velaquez un pouvoir extraordinairement aphrodisiaque.

— Pas moi ! protesta Lauren, horrifiée qu'il ait pu la mettre dans le même sac quand il l'avait rencontrée. J'étais déterminée à avoir un métier qui me permette de ne dépendre d'aucun homme.

— J'apprécie ton désir d'indépendance, même si je regrette qu'il t'ait conduite à me cacher l'existence de notre fils, répondit Ramon d'une voix dure.

— Comme tu venais de m'expliquer que tu avais l'intention d'épouser une aristocrate, j'ai cru que tu ne voudrais pas de ce bébé. Si j'avais su que tu l'aimerais, je t'aurais annoncé que j'étais enceinte le soir où nous avons rompu,.

Le silence tendu qui suivit fut rompu par Mateo qui, las de jouer avec les clés, tenta d'attraper le pot de yaourt dont le contenu se répandit sur la chemise de Ramon.

— Il faut reconnaître qu'il sait ce qu'il veut, déclara

celui-ci en riant pendant que Lauren s'empressait de réparer les dégâts.

Peu après, il reprit :

— Même si tu m'avais révélé ta grossesse ce soir-là, jamais je n'aurais pu imaginer ce que cela représentait d'avoir un enfant, ni combien je pourrais l'aimer. Jusqu'à ce que je voie Mateo, j'avais toujours considéré la paternité comme une obligation destinée à perpétuer le nom des Velaquez. Alors que ce que je ressens pour Mateo, c'est un amour absolu, inconditionnel… Je serais prêt à donner ma vie pour lui.

En percevant toute l'émotion que trahissait sa voix, Lauren sentit sa gorge se serrer.

— Je sais ce que tu veux dire, balbutia-t-elle en échangeant avec son mari un regard plein de fierté partagée. La première fois que je l'ai tenu dans mes bras, j'ai été submergée par un amour à côté duquel plus rien ne comptait, pas même ma carrière.

Oui, Mateo les liait désormais, indissolublement. Pour la première fois depuis leur mariage, Lauren eut la certitude qu'elle avait fait le bon choix. Abandonner sa carrière n'était qu'un petit sacrifice, si cela permettait à leur fils de grandir entre ses deux parents.

Quel dommage que Ramon ne l'aime pas comme elle l'aimait, elle …

— J'ai toujours respecté mon père, mais, au cours de ces derniers mois, j'ai enfin compris qu'il m'aimait et que je l'aimais aussi, reconnut Ramon. On m'a enseigné que les hommes devaient être forts et dissimuler leurs sentiments. Pourtant, les maris de mes sœurs, qui sont d'excellents pères, ne se privent pas de témoigner leur amour à leurs enfants. Je veux être comme eux, même s'il est difficile de changer un comportement enraciné depuis l'enfance. Lauren, il faudra que tu m'aides à être un bon père.

— Tu t'en tires déjà brillamment, murmura-t-elle en se penchant pour l'embrasser sur la joue. Moi aussi, je découvre le rôle de mère. Nous apprendrons ensemble.

— Ce sera merveilleux, *querida,* répondit-il en lui

rendant tendrement son baiser, comme s'ils venaient de se faire la promesse mutuelle de faire ensemble tout ce qu'ils pourraient pour leur fils.

Un peu plus tard, lorsqu'ils eurent couché Mateo et refermé la porte de sa chambre, Lauren réalisa soudain pleinement qu'ils étaient seuls et que c'était leur lune de miel.

Ramon devait avoir lu dans son esprit car il la prit dans ses bras et la porta vers la chambre. Dans ses yeux brillait une lueur passionnée.

— Je trouve que notre fils a eu une excellente idée de vouloir faire la sieste, déclara-t-il en la déposant sur le lit.

— Tu as l'intention de dormir ?

— Non, de passer l'heure qui suit à te faire l'amour, promit-il, le cœur battant.

Lorsqu'il s'agenouilla devant elle et glissa les mains sous son haut pour lui caresser les seins, Lauren fut parcourue par un long frisson de délices. Il se déshabilla à la hâte, avec des mains tremblantes de désir.

Puis Lauren se laissa dévêtir à son tour, heureuse de sentir la douceur des doigts de Ramon sur son corps. Ensuite, il lui fit l'amour avec passion et tendresse jusqu'à ce qu'elle atteigne l'extase dans un cri, avant de se laisser aller contre lui, heureuse de ressentir tant de sérénité entre ses bras.

La semaine qu'ils passèrent à la montagne fut merveilleuse.

Loin de ses responsabilités de *duque* et d'homme d'affaires, Ramon se détendait enfin et redevenait l'amant spirituel et charmant que Lauren avait connu à Londres deux ans plus tôt.

Tout en redécouvrant l'affection qu'ils avaient partagée ensemble, ils se concentrèrent sur les soins que réclamait leur fils.

Et au terme de ses jours délicieux, Lauren décida qu'il leur faudrait s'échapper quelques jours chaque mois pour venir se ressourcer au chalet.

*
* *

Oui, cette semaine avait profondément modifié leur relation, songeait Lauren quelques semaines plus tard en enfilant l'élégante robe de soie crème qu'elle avait choisie pour la cérémonie de baptême des deux derniers neveux de Ramon. Quelques jours après leur mariage, Valentina avait donné naissance à des jumeaux, et la cérémonie devait se dérouler dans la chapelle privée du château. Sachant que sa belle-sœur, désormais mère de quatre enfants, risquait d'être un peu débordée, Lauren lui avait proposé d'organiser la réception.

Ramon, qui sortait de la salle de bains, lui adressa un sourire admiratif.

— Comme tu es belle, *mi corazón,* dit-il sur un ton plein de tendresse.

Ce n'était pas la première fois qu'il l'appelait « mon cœur » et, au fil des semaines, ils étaient devenus de plus en plus proches, sans doute à cause de l'intensité de leur vie sexuelle. Au lit, entre eux, c'était explosif. Et ils y passaient un certain temps, il fallait bien le reconnaître… Ramon travaillait beaucoup, mais ils se couchaient de bonne heure et faisaient la grasse matinée le dimanche. Et puis, assez souvent, la pause-café qu'il s'octroyait après le déjeuner correspondait exactement à la sieste de Mateo.

Il avait beau ne pas être amoureux, il lui faisait l'amour avec une ardeur presque obsessionnelle, et, même si leur relation n'était pas exactement celle dont elle avait rêvé, le play-boy invétéré s'était transformé en mari constant et en père idéal.

— J'espère que je n'ai rien oublié, murmura-t-elle tout en révisant mentalement sa check-list. Je tiens à ce que cette fête soit parfaite pour Valentina.

— Elle le sera, *querida,* je te connais. Je suis certain que tu as tout organisé avec une précision militaire, exactement comme les trois réceptions que nous avons données depuis notre mariage.

Il avait été impressionné par les deux dîners d'affaires et

le déjeuner offert à des personnalités locales qu'elle avait organisés. Elle tenait son rôle de *duquesa* avec autant de détermination qu'elle gérait le reste de sa vie, y compris la maternité. Cependant, même si elle se consacrait entièrement à Mateo, la vie au château lui pesait, il le devinait. La plupart des femmes se seraient satisfaites de pouvoir utiliser une carte de crédit illimité, mais il avait depuis longtemps compris que Lauren n'était pas comme les autres.

Il se dirigea vers elle et tira de sa poche un mince écrin de velours.

— Pour toi. Parce que, quand je les vois, elles me rappellent ta peau crémeuse et nacrée, murmura-t-il en écartant la chevelure de la jeune femme pour lui passer autour du cou un rang de perles séparées par de minuscules diamants.

— Elles sont magnifiques, dit-elle avec émotion. Mais il faut que tu cesses de me couvrir de cadeaux.

— Aujourd'hui n'est pas un jour comme les autres, dit-il en lui effleurant la nuque. Voilà exactement six semaines que nous sommes mariés. Crois-tu que j'aie pu l'oublier ?

Lauren se souvint de la soirée désastreuse, à Londres, où elle avait voulu célébrer l'anniversaire de leur liaison.

— Je croyais que tu ne faisais pas grand cas des anniversaires, lui rappela-t-elle.

— C'était vrai par le passé, mais les choses ont changé, *querida,* et moi aussi. J'estime qu'un mariage vieux de six semaines mérite d'être fêté. Pas toi ?

En guise de réponse, elle lui tendit ses lèvres.

Un peu plus tard dans l'après-midi, lorsque le baptême eut été célébré, tout le monde se retrouva au château pour porter un toast aux deux jumeaux de Valentina, Sancho et Tadeo.

Ils étaient vraiment adorables, se dit Lauren, étonnée d'avoir oublié que les nouveau-nés étaient si minuscules. En comparaison, Mateo avait l'air d'un géant, surtout maintenant qu'il marchait et s'efforçait de participer aux bêtises de ses grands cousins.

Le jour de son premier anniversaire, quand elle avait montré à Ramon des photos de leur fils prises quelques heures seulement après sa naissance, elle avait compris qu'il éprouvait des émotions très contradictoires. Maintenant, en contemplant ses neveux, il devait regretter le temps perdu depuis la naissance de Mateo.

Juanita, qui avait observé son frère, elle aussi, se rapprocha de Lauren et de Ramon.

— Si tu veux nous rattraper, il faut que tu te dépêches d'avoir un autre enfant, dit-elle affectueusement à sa belle-sœur. Alissa en a trois, moi deux, Valentina quatre. A toi de jouer.

A ce moment précis, il y eut justement un silence dans la pièce et tous les invités se tournèrent avec curiosité vers Lauren qui se força à sourire.

— Mateo n'a qu'un an et je tiens à profiter un peu de lui.

Les bavardages reprirent après un instant de flottement, mais cet échange restait gravé dans l'esprit de Lauren. Evidemment, ce serait formidable de donner à Mateo un frère ou une sœur, et Ramon désirait d'autres enfants, elle le savait, même s'ils n'en avaient jamais discuté.

En soupirant, elle s'isola dans son bureau et observa de la fenêtre Valentina qui poussait dans une allée un énorme landau. Pourquoi ne se sentait-elle pas comblée exclusivement par la maternité, comme les sœurs de Ramon ? Elle avait beau adorer Mateo, son travail lui manquait, tout comme l'activité intellectuelle qu'il exigeait. Peut-être, quand il serait plus grand, reprendrait-elle un vrai emploi pour retrouver un peu d'indépendance…

Tout à l'heure, Ramon avait disparu pour répondre à un appel téléphonique. Sans doute des problèmes avec Velaquez Conglomerates. Elle espéra qu'il n'aurait pas besoin de se précipiter au siège de la compagnie, à Madrid, comme cela arrivait de temps en temps.

Soudain, elle le vit fondre sur elle, visiblement furieux.

— A point où tu en es, tu aurais carrément dû avouer

à Juanita que tu ne souhaitais pas d'autre enfant parce que cela risquerait de nuire à ta carrière, lança-t-il d'une voix glaciale.

Elle comprit qu'il faisait un réel effort pour se contenir, sans doute à cause des invités.

— Et en passant, pourquoi ne m'as-tu pas averti que tu pensais reprendre un travail à Londres une semaine par mois ? Pour toi, le bien-être de notre fils compte si peu que tu ne te sens même pas tenue de me mettre au courant ?

— Bien sûr qu'il compte ! Mais comment sais-tu… ?

— Qu'on t'a proposé un poste dans un cabinet de juristes, en Angleterre ? Ma mère m'a demandé de lui montrer l'album de photos de Mateo. Je suis donc allé le chercher dans le tiroir de ta commode et en le prenant, j'ai vu par hasard cette lettre que tu avais cachée dessous.

En le voyant brandir l'enveloppe, Lauren préféra ne pas en contester le contenu.

— Je vais t'expliquer…

— Je n'en doute pas, coupa sèchement son mari. Mais c'est à Mateo qu'il faudra expliquer la situation, dans quelque temps, et surtout pourquoi tu as préféré l'abandonner une semaine, ou davantage, chaque mois.

— Je n'ai aucune intention de l'abandonner. Et d'ailleurs, je te ferai remarquer que tu t'es toi-même absenté trois jours la semaine dernière sans te demander s'il se sentait délaissé.

— Cela n'a rien à voir. Je dirige Velaquez Conglomerates et je ne peux éviter ces voyages d'affaires. Mais toi, tu n'as pas besoin de travailler. Je te donne tout ce que tu peux désirer.

Avait-elle vraiment désiré tous les somptueux bijoux que lui avait offerts Ramon, les sacs à main de couturiers et cette garde-robe pleine de vêtements magnifiques, plus qu'elle ne pourrait jamais en porter ? Elle ne pouvait l'accuser de manquer de générosité, mais cette accumulation de biens matériels suffisait à prouver qu'il ne la connaissait pas.

— J'apprécie de ne pas être contrainte de travailler, reconnut-elle, mais je ne vois pas pourquoi je n'envisagerais pas de reprendre un emploi pour lequel j'ai étudié pendant tant d'années. Et de retrouver une indépendance qui me valoriserait à mes propres yeux.

— Toi et ton indépendance ! s'écria Ramon.

Il avait beau la combler de cadeaux pour tenter de la satisfaire, il fallait toujours qu'elle remette cette histoire d'indépendance sur le tapis.

— Tu es la mère de Mateo et tu es ma femme. Ta place est ici, au château. Je ne te permettrai pas d'abandonner ton fils pour satisfaire ton ambition égoïste.

— Tu ne me permettras pas ? Comme si tu me gardais prisonnière ici…, lança-t-elle avec un rire amer.

Un couple d'invités glissa la tête par l'entrebâillement de la porte du bureau, intrigué par le bruit de voix qui montait, de plus en plus fort.

— Ce n'est pas le bon endroit pour en discuter, conclut Ramon, oubliant que c'était lui qui avait provoqué cet esclandre.

— Tu devrais pourtant savoir…, commença-t-elle.

Mais avant qu'elle ait pu terminer sa phrase, il avait quitté la pièce.

— Mon Dieu ! Y aurait-il un problème au paradis ?

Lauren sursauta en entendant cette voix. Soudain, Pilar Fernandez émergea d'un renfoncement du mur où elle était de toute évidence restée dissimulée depuis le début de l'altercation.

Lauren dut faire appel à tout son sang-froid pour ne pas l'accuser de les avoir espionnés.

— Tout va pour le mieux.

Moulée dans une robe de soie rouge qui soulignait la perfection de sa silhouette, Pilar haussa exagérément ses sourcils parfaitement dessinés pour bien lui faire comprendre qu'elle n'en croyait rien. La famille Fernandez et les Velaquez étaient amis depuis des générations, Lauren le savait, et Pilar était allée à l'école avec Valentina, ce qui expliquait sa présence au baptême. Son père, Cortez, qui avait eu un infarctus six mois plus tôt, ne quittait pratiquement plus la Casa Madalena, leur résidence familiale. Aussi était-elle venue seule à la réception où elle avait passé la plupart du temps à flirter avec Ramon. En les voyant rire et bavarder, Lauren n'avait pu s'empêcher de ressentir la douloureuse morsure de la jalousie.

— Le problème, déclara Pilar, c'est que vous ne pouvez pas comprendre un homme comme Ramon.

— Contrairement à vous, bien sûr ?

— Exactement. Nous sommes issus du même milieu. Moi, je comprends que Ramon prenne au sérieux ses obligations de duc et qu'il ait besoin d'une femme prête à assumer son rôle de duchesse.

— Vous, par exemple ?

— Il est le seul à pouvoir en décider, répondit l'Espagnole en contemplant ses longs doigts parfaitement manucurés. Vous savez où il passe ses vendredis après-midi ?

— A inspecter le vignoble en compagnie de l'intendant du domaine. Pourquoi me posez-vous cette question ?

— Comme ça.

Avec une grâce féline, Pilar traversa en souriant la pièce et s'éclipsa avant que Lauren ait pu lui demander ce qu'elle avait voulu dire.

9.

Furieuse contre Ramon, Lauren évita celui-ci jusqu'à la fin de la réception. Elle souffrait d'une épouvantable migraine et fut soulagée que Cathy lui propose de donner son bain à Mateo.

— Allez vous allonger un moment. Il n'y a pas de meilleur remède, lui dit gentiment la nurse.

Mais, en entrant dans la chambre, elle y trouva Ramon qui faisait sa valise.

— Tu t'en vas ? lui demanda-t-elle, le cœur battant.

— Je dois me rendre à Madrid pour régler un problème urgent, répondit-il d'un air préoccupé.

Ramon lui en voulait encore, mais la jeune femme paraissait si découragée qu'il eut envie de la prendre dans ses bras et de lui faire l'amour. Au lit, entre eux, c'était toujours l'accord parfait, sans la moindre difficulté de communication.

— Quand je reviendrai, il faudra que nous parlions.

— A quoi bon ? J'ai refusé ce poste, comme j'ai essayé de te l'expliquer, mais tu n'as rien voulu entendre.

— Mais tu as été tentée de l'accepter.

— C'est vrai. Avant d'entrer chez PGH, je travaillais chez Pearson's et je suis restée en contact avec le directeur. Il m'a envoyé un mail pour me proposer un travail de consultante. Je lui ai répondu que ça m'intéressait, mais, quand il m'a donné davantage de détails, j'ai compris qu'il me faudrait laisser trop longtemps Mateo, et j'ai refusé.

— Je ne vois pas pourquoi tu as tellement envie de

reprendre ton travail, dit Ramon en fermant sa valise. Je te donne tout ce que tu veux.

Sauf la seule chose qu'elle aurait désirée, songea-t-elle. Même s'ils étaient devenus plus intimes, cette discussion prouvait bien qu'ils restaient très loin l'un de l'autre.

— Tu ne peux pas comprendre, répondit-elle en croisant les bras sur sa poitrine.

— Essaie au moins de m'expliquer ! Si tu veux que notre mariage ait une chance de réussir, il faut me faire confiance.

Il la prit par l'épaule pour la forcer à se tourner vers lui.

— Ce n'est pas facile quand on s'est déjà sentie trahie une fois, murmura-t-elle.

— Que t'est-il arrivé ? Quelqu'un t'a abandonnée ?

— Je t'ai déjà dit que mes parents avaient divorcé. Quand j'avais quinze ans, mon père a quitté ma mère pour une danseuse exotique de vingt-cinq ans avec qui il a disparu au Brésil. Depuis, je n'ai jamais plus entendu parler de lui.

A l'amertume de sa voix, Ramon comprit que cet abandon l'avait profondément blessée.

— Cela a sûrement été très dur pour toi. Avant son départ, vous vous entendiez bien ?

— Je l'adorais, et je croyais qu'il m'aimait, lui aussi, mais je me trompais…

Même après tant d'années, elle souffrait encore de cette désertion et d'un insurmontable sentiment d'abandon.

— Le jour où il est parti a été le pire de ma vie, murmura-t-elle. Mon père était avocat, et il travaillait beaucoup, mais il trouvait toujours du temps à me consacrer. J'étais plus proche de lui que de ma mère. Il m'a initiée aux échecs et à la musique. Souvent, le week-end, il m'emmenait à des concours hippiques auxquels je participais sur mon poney.

Elle baissa les yeux pour tenter de ravaler les larmes qui lui brûlaient les yeux.

— Je n'arrive toujours pas à croire qu'il ait pu m'abandonner comme il l'a fait, sans jamais m'envoyer même une carte d'anniversaire. Comme si je n'existais plus. Même s'il voulait quitter maman, pourquoi m'a-t-il rejetée, moi aussi ? Il ne devait pas m'aimer assez pour désirer que nous restions en contact.

— Le mariage de tes parents posait problème ?

— Non. Ils paraissaient parfaitement heureux. Ma mère était inscrite au Women Institute et jouait au bridge. Mon père passait beaucoup d'heures à son cabinet. Mais ils invitaient souvent des amis à dîner, et leur mariage passait pour une réussite. J'ai découvert plus tard que ce n'était qu'une façade. Apparemment, cela faisait des années que mon père trompait ma mère, et, avant la danseuse brésilienne, il avait eu des douzaines de liaisons. Ma mère supportait ses infidélités parce qu'elle était terrifiée à la pensée de perdre sa maison et le train de vie auquel elle était habituée, si elle cherchait à divorcer. De toute façon, à la fin, c'est bien ce qui s'est produit. Avant de s'envoler pour l'Amérique du Sud, mon père a hypothéqué la propriété et vidé leur compte joint.

— Ça n'a pas dû être facile pour ta mère de se retrouver brutalement toute seule avec une fille adolescente. Elle s'en est sortie ?

— Non. Elle a sombré dans la dépression. Jamais elle n'avait travaillé ni gagné sa vie. Ses parents étaient aisés et elle s'était mariée juste après le lycée. Après le départ de mon père, il a fallu vendre la maison. J'ai quitté mon école privée pour un établissement public. La plupart des amies du club de bridge de ma mère l'ont laissée tomber et elle a tenté de noyer son chagrin dans le gin tonic.

— *Dios !* Et toi ? Tu étais presque une enfant…

Il avait toujours cru que Lauren avait vécu une enfance sans histoire.

— Il m'a fallu trouver du travail — trois jobs à vrai dire — tout en continuant mes études. Pour gagner de quoi manger et payer le loyer, j'ai travaillé comme vendeuse et fait des ménages. Heureusement, comme je réussissais à l'école, j'ai pu entrer à la fac et faire de bonnes études. Tu te demandes encore pourquoi je tiens tant à mon indépendance ? Compte tenu de ce que ma mère avait subi, je me suis juré de ne jamais dépendre de personne. J'ai vite appris à m'en sortir toute seule et, quand j'ai un problème, je préfère le résoudre moi-même que de demander de l'aide.

— Y compris pour élever ton enfant.

Ramon n'avait jamais vraiment compris pourquoi Lauren ne l'avait pas averti de la naissance de Mateo. Pour lui, elle avait agi par désir de vengeance et par cruauté, ce qui l'avait sidéré car il ne la croyait pas méchante. Maintenant, il saisissait mieux les raisons de son silence.

— C'est pour cela que tu m'as dissimulé ta grossesse ?

— Oui. Tu me considérais comme ta maîtresse, et, honnêtement, j'étais convaincue que tu ne voulais pas d'enfant. Je ne pouvais pas supporter l'idée que Mateo allait grandir en se demandant pourquoi tu ne l'aimais pas, exactement comme je me le suis demandé pendant des années à propos de mon père. Cela ne m'empêchait pas d'avoir peur d'être mère célibataire. Mais j'avais un travail qui me permettait de faire face, alors j'ai pris cette décision.

— Tu aurais pourtant pu au moins me poser la question !

Mais Ramon sentit sa colère retomber aussitôt. S'il s'était montré plus ouvert vis-à-vis de Lauren durant leur liaison, au lieu de se comporter en play-boy, elle se serait tournée vers lui et il n'aurait pas perdu les premiers mois de la vie de son fils.

— J'ai cru que si tu ne connaissais pas l'existence de Mateo, riposta Lauren, tu pourrais épouser une femme plus apte à être *duquesa*. Quelqu'un comme Pilar… Juanita m'a avoué que c'était elle que tout le monde s'attendait à te voir choisir.

— Une fois de plus, ma sœur aurait mieux fait de tenir sa langue.

— Tu ne peux nier que, compte tenu de ses origines, Pilar aurait fait une épouse idéale et une parfaite *duquesa*.

— Peut-être, mais c'est toi que j'ai épousée, pas elle. Je serai de retour dans deux jours, conclut-il en prenant sa valise avant de sortir sans se retourner.

*
* *

Durant son absence, Ramon avait téléphoné plusieurs fois, mais leurs conversations avaient toujours porté exclusivement sur Mateo.

— Il n'a peur de rien, dit-il en riant quand Lauren lui apprit qu'elle l'avait surpris en train d'essayer d'escalader les barreaux de son lit.

Le mélange de fierté et d'amour, dans sa voix, lui était allé droit au cœur, mais elle regrettait aussi tellement que Ramon ne l'aime pas autant qu'il aimait son fils…

Il avait annoncé son retour, mais comme il n'était toujours pas arrivé à minuit et qu'il ne l'avait pas appelée, elle décida de se coucher. Après avoir fait une vaine tentative pour lire, elle finit par enfouir son visage dans son oreiller et par se laisser aller à ses larmes.

Au bout d'un moment, elle s'assit pour tenter de se calmer. Lorsque son père les avait quittées, sa mère pleurait sans arrêt et elle s'était juré que jamais elle ne se mettrait dans cet état pour un homme. Sans doute avait-elle sous-estimé le pouvoir de l'amour…

Elle était sur le point d'éteindre la lampe quand la porte s'ouvrit soudain. En voyant Ramon pénétrer dans la pièce, un bouquet de roses rouges à la main, Lauren sentit son cœur battre plus vite.

— Merci, murmura-t-elle en prenant les fleurs qu'il lui tendait. Elles sont magnifiques.

Elle enfouit le visage dans les pétales veloutés pour s'enivrer de leur parfum. Elle aurait aimé qu'il cesse de la contempler avec cette expression indéchiffrable, qu'il dise quelque chose. Mais quand il se décida à le faire, son estomac se noua.

— Il faut que je te parle.

— Je vois.

Elle avait espéré que ces roses étaient un geste d'apaisement, mais peut-être signifiaient-elles seulement qu'il n'était plus décidé à sauver leur mariage. Au moment où il s'assit sur le lit, elle perçut les troublants effluves de son eau de toilette.

— Je suis allé à Bilbao.

— Je croyais que tu étais à Madrid ?

— Oui, mais au lieu de rentrer directement, je suis passé par Bilbao et j'ai appris quelque chose qui va t'intéresser, dit-il en sortant une brochure de son porte-documents. Voilà le programme de l'université de Bilbao. J'ai cru comprendre que tu n'avais pas étudié le droit espagnol ?

— Non. En Angleterre, le système juridique est jurisprudentiel, contrairement aux autres pays d'Europe, y compris l'Espagne.

— Tu peux très bien reprendre des études à la fac, peut-être à temps partiel tant que Mateo est un bébé. Quand tu auras terminé et qu'il ira à l'école, tu pourrais entrer au département juridique de Velaquez Conglomerates ou dans un cabinet juridique espagnol, si tu préfères.

— Je ne comprends pas, balbutia Lauren, stupéfaite. Il y a peu de temps, tu refusais que je retravaille…

— Je veux que tu sois heureuse, affirma Ramon.

Il lui avait fallu deux jours et deux nuits pour reconnaître à quel point il avait besoin que son épouse soit heureuse.

— C'est une merveilleuse idée, murmura-t-elle avec émotion et, dès que Mateo sera un peu plus grand, je vais y penser. Mais reprendre des études, même à temps partiel, m'obligerait à m'absenter au moins deux ou trois jours par semaine. J'ai beau avoir toute confiance en Cathy…

— Je ne parle pas de Cathy, coupa Ramon. C'est moi qui m'occuperai de lui quand tu seras à la fac. J'ai décidé de déléguer une grande part de mes responsabilités dans Velaquez Conglomerates, même si je continue à m'occuper personnellement du domaine. Pour concilier mes obligations professionnelles avec tes études.

En voyant les yeux de Lauren se remplir de larmes, il fronça les sourcils.

— Que t'arrive-t-il, *querida* ? J'aurais cru qu'une femme moderne, comme toi, serait heureuse que nous partagions à égalité la garde de notre fils ?

— Je le suis, mais je ne m'attendais pas à ce que tu comprennes ce que je ressens, balbutia-t-elle.

— Tu es ma femme et il est de mon devoir de te rendre heureuse.

En entendant le mot « devoir », Lauren sentit son cœur se serrer. Elle n'avait nulle envie de faire partie des obligations auxquelles Ramon devait faire face, et elle aurait de loin préféré qu'il ait envie de la rendre heureuse parce qu'elle comptait à ses yeux…

Ramon se mit à déboutonner sa chemise, révélant ses pectoraux impressionnants et sa peau dorée qu'ombrait une légère toison brune. Lorsqu'il se pencha vers elle pour la prendre par le menton, Lauren sentit son cœur s'emballer.

— Je veux que notre mariage soit une réussite. Pas seulement pour le bien de Mateo. Et je suis prêt à tout faire pour y parvenir.

Après deux jours de séparation, elle aspirait à la caresse des lèvres de Ramon sur les siennes et y répondit avec une irrépressible ardeur, soupirant de plaisir lorsqu'il la serra dans ses bras. Quand elle sentit sa langue se glisser sous la sienne, un long frisson la parcourut. Il se redressa pour se débarrasser en hâte de ses vêtements.

— D'ailleurs, l'idée d'être un homme au foyer ne me déplaît pas.

A la pensée que son macho de mari puisse se transformer en homme d'intérieur, elle ne put retenir un sourire. Sans doute ne l'aimait-il pas, mais il se souciait davantage de son bonheur qu'elle n'aurait jamais pu l'espérer.

— Tu sais qu'une femme au foyer se doit d'être une déesse dans la cuisine et une diablesse au lit, murmura-t-elle en l'attirant à elle. Mais dans la même situation, que peut-on attendre d'un homme ?

— Je ne suis jamais entré dans une cuisine de ma vie, reconnut-il en abaissant les bretelles de sa chemise de nuit. Mais je tiens à te prouver une fois de plus qu'au lit, je suis un vrai dieu, *querida*.

Reconnaître que la vie n'aurait pu être plus parfaite, n'était-ce pas déjà tenter le destin ? se demandait Lauren, quelques jours plus tard, en enveloppant Mateo d'une serviette au bord de la piscine. Non qu'il en ait eu besoin pour sécher son petit corps humide et frétillant : un soleil éclatant brillait dans le ciel sans nuage. Mais il fallait qu'elle l'enduise de crème solaire et lui mette un chapeau. Dès qu'elle l'eut remis sur pied, il se mit à trotter dans l'herbe en riant tandis qu'elle faisait mine de le poursuivre.

Un jardin magnifique planté de jasmin odorant et de bougainvillées entourait la piscine. Au loin s'élevaient les pics de Cantabrie, verdoyants à la base mais dont les sommets rocheux étaient d'un gris argenté. Lauren avait récemment découvert que Ramon pratiquait assidûment la randonnée et il leur arrivait souvent de partir marcher en montagne le week-end avec Mateo, juché dans un porte-bébé sur les épaules de son père.

Tout en profitant pleinement de cet été en compagnie de son fils, Lauren se préparait à reprendre des études de droit espagnol dès septembre. Ramon l'avait emmenée passer un entretien à Bilbao, avant de lui faire découvrir le musée Guggenheim et ses célèbres collections d'art contemporain. Puis ils avaient passé une nuit magique dans un cinq étoiles.

Ces derniers temps, elle avait de plus en plus de mal à lui dissimuler ses sentiments, se dit-elle une fois de retour au château pour la sieste de Mateo.

— Toi, je peux au moins te dire : « Je t'aime », chuchota-t-elle à son fils.

En le voyant sourire, elle sentit son cœur fondre et déposa un baiser sur la joue du bébé avant de s'éloigner à pas de loup.

Au moment où elle entrait dans sa chambre, la sonnerie du mobile de Ramon retentit. Sans doute l'avait-il oublié, se dit-elle avant de décrocher, après une seconde d'hésitation. C'était Maria, son assistante, à qui elle expliqua qu'il était dans le vignoble et ne rentrerait qu'en début de soirée.

— Je vais essayer de le trouver pour lui apporter son téléphone, promit-elle à son interlocutrice lorsque celle-ci lui expliqua qu'elle devait lui parler de toute urgence.

*
* *

Le vignoble Velaquez s'étendait sur des dizaines d'hectares, mais Lauren crut se rappeler que Ramon avait rendez-vous ce jour-là dans le bureau de l'intendant. Il faisait trop chaud pour qu'elle y aille à pied. Elle s'installa donc dans le cabriolet qu'il venait de lui offrir, ouvrit le toit et se mit à rouler sur les chemins de terre, les cheveux au vent et le sourire aux lèvres.

Comme la Jeep de Ramon n'était pas garée devant le bureau, elle se dit qu'il pouvait se trouver n'importe où dans les vignes. Elle resta quelques instants à les contempler et vit avec soulagement un employé s'approcher d'elle.

— Le patron n'est pas là, répondit-il à sa question. Avant, il venait tous les vendredis, mais plus maintenant.

« Vous savez où il passe ses vendredis après-midi ? » La question que lui avait posée Pilar Fernandez le jour du baptême des jumeaux lui revint soudain à l'esprit et, malgré le soleil brûlant, Lauren sentit un frisson glacé courir le long de son dos. Mais non, l'absence de Ramon était sûrement justifiée.

— Vous savez où se trouve *el Duque* ? s'enquit-elle en souriant.

— Parfois, il prend cette route.

— Et où conduit-elle ?

— A la Casa Madalena.

Lauren vit tout à coup son horizon s'obscurcir comme à l'approche d'une tornade. Elle croisa les bras en frissonnant, prise d'une incoercible nausée. Ainsi, Ramon passait tous ses vendredis après-midi chez Pilar Fernandez, depuis des semaines, alors qu'il prétendait visiter le vignoble…

Le passé se rejouait… Pendant des années, son père avait raconté qu'il jouait au squash tous les vendredis soir alors qu'en réalité, il avait une liaison avec sa secrétaire, c'était sa mère qui le lui avait raconté…

Elle sentit la douleur déferler sur elle et dut s'appuyer à la voiture. Quelle idiote elle était ! Quand elle avait rencontré Ramon, c'était un play-boy qui n'avait jamais été fidèle à aucune de ses nombreuses maîtresses. Il l'avait épousée pour garder son fils, tout en reconnaissant qu'elle n'était pas la femme idéale. Mais il prétendait vouloir tout faire pour que leur mariage réussisse, et elle, comme une idiote, avait été aveuglée par l'amour au point de croire que s'il était si charmant, c'était qu'il commençait à s'attacher à elle.

Peut-être ne l'avait-il encouragée à s'inscrire à la fac que pour bénéficier de deux jours par semaine d'une totale liberté ? Peut-être avait-il l'intention d'inviter Pilar au château pour que Mateo s'habitue à elle, avant de demander le divorce pour se remarier avec cette épouse parfaite ?

Et pourtant, Ramon, tout en entretenant cette liaison, trouvait encore l'énergie de lui faire l'amour chaque nuit… Elle remonta en voiture et contempla le chemin qui menait chez les Fernandez. Elle aurait pu rentrer au château et feindre de ne pas avoir compris où se rendait Ramon tous les vendredis. Sa mère, elle, avait bien accepté sans protester les multiples liaisons de son père… Pour la première fois, Lauren comprenait à quel point cette dernière avait dû aimer son mari pour avoir toléré cette situation aussi douloureuse qu'humiliante.

Un instant, elle fut tentée de faire comme elle. Si elle perdait Ramon, cela lui briserait le cœur, elle le savait. Mais elle ne pouvait pas vivre dans le mensonge. Il fallait qu'elle sache la vérité.

Le cœur battant, elle démarra en direction de la Casa Madalena.

10.

En découvrant la Jeep de Ramon garée dans la cour de la maison de Pilar, Lauren serra le frein à main si violemment que ses articulations blanchirent.

Les jambes chancelantes, elle gravit les marches du perron.

— *Sí,* le *señor* Velaquez est ici, vous le trouverez dans le pool house, lui confirma le maître d'hôtel en désignant un bâtiment au toit de verre qui jouxtait la maison.

En hâte, Lauren traversa la cour, le cœur battant de rage et d'anxiété à la perspective de trouver Ramon et Pilar ensemble. Nul doute qu'elle porterait un Bikini exigu destiné à mettre en valeur la perfection de ses formes. A moins qu'elle ne soit complètement nue ?

Lauren ouvrit la porte du bâtiment et se figea sur le seuil. Ramon était bien là. Avec l'aide d'un autre homme vêtu d'une blouse d'infirmier, il installait dans un fauteuil roulant un vieillard invalide qui ne pouvait être que Cortez Fernandez.

— Oh ! balbutia Lauren en scrutant la piscine. Je croyais que… Pilar…

Elle s'arrêta net en croisant le regard de Ramon.

— Pilar est à l'étranger pour une série de photos. Qu'est-ce que tu as cru, au juste ? demanda Ramon d'une voix dure.

A cet instant, elle comprit qu'elle avait commis une épouvantable erreur.

— J'ai cru… Je suis désolée de vous avoir dérangés, dit-elle en s'adressant au vieil homme dans son fauteuil roulant.

— C'est à moi de vous présenter des excuses, dit Cortez Fernandez en inclinant la tête avec un sourire fatigué. J'aurais dû savoir qu'une jeune mariée a besoin de la compagnie de son mari.

L'infirmier emmena bientôt Cortez, et Lauren se mordit la lèvre en voyant Ramon s'avancer vers elle. Son boxer moulait ses cuisses musclées, et des gouttes d'eau étincelaient sur son torse. Il ne la trompait donc pas avec Pilar, se dit-elle avec un intense soulagement. Mais, quand il lui fit face, elle comprit qu'il était furieux.

— Qu'est-ce que tu t'attendais à trouver en débarquant ici ? demanda-t-il d'une voix trop calme.

— Pilar m'avait dit… enfin, elle a laissé supposer que… que tu passais tous tes vendredis après-midi avec elle. Mais jusqu'à aujourd'hui, je n'y ai plus pensé. Quand je suis allée dans le vignoble pour t'apporter ton téléphone, j'ai pensé que tu m'avais menti et que tu allais chez elle, chaque vendredi.

— C'est effectivement le cas. Il y a six mois, Cortez a subi une attaque qui l'a laissé paralysé. Son médecin lui a conseillé de nager régulièrement pour renforcer les muscles de ses jambes, mais cette maladie l'a beaucoup déprimé. Pilar m'a demandé de l'aider. Nous avons toujours été amis, Cortez et moi, et j'ai réussi à le convaincre de nager chaque semaine. C'est un homme fier qui souffre de se voir diminué, et il m'a fait promettre de ne révéler son handicap à personne. J'ai respecté sa volonté.

Lauren baissa les yeux, submergée de honte. Ramon inspira un grand coup.

— Comment as-tu pu croire qu'il pouvait y avoir quelque chose entre Pilar et moi ? demanda-t-il avec dureté. Jamais je ne t'ai donné la moindre raison de douter de ma fidélité.

Dévorée de culpabilité, Lauren devait reconnaître qu'il avait raison. Tout était dû à son incurable manque de confiance en elle.

— Pilar s'est arrangée pour me faire douter de toi, bredouilla-t-elle. Pour provoquer un différend entre nous.

— Eh bien, elle a réussi, répliqua Ramon en s'éloignant

pour prendre une serviette. Une fois de plus, j'ai l'impression que je dois expier les fautes de ton père.

— Que veux-tu dire ?

— Tu ne me fais pas confiance. Et sans confiance, je ne suis pas certain que notre mariage puisse survivre. Rentre au château, je suis trop en colère pour discuter maintenant. Au cas où cela t'intéresserait, il n'y a dans cette maison qu'une seule femme, une ancienne intendante âgée de quatre-vingt-dix ans !

Ramon ne dîna pas au château, mais fit prévenir Lauren qu'il passerait la soirée avec Cortez Fernandez.

S'il lui en voulait encore, elle ne pouvait l'en blâmer.

Mais, à 23 heures, il n'était toujours pas rentré, alors qu'en général ses colères ne duraient guère. Dans l'espoir de lui faire oublier cet esclandre, elle prit un bain, s'enduisit d'huile parfumée et enfila un déshabillé noir suggestif, qu'elle avait acheté pour lui plaire.

Elle lui devait des excuses, songea-t-elle en s'asseyant sur le vaste lit à baldaquin pour contempler le portrait de Mateo que Ramon lui avait offert. Même si cet homme ne l'aimait pas comme elle l'aimait, il lui avait prouvé à maintes reprises qu'il éprouvait à son égard de l'affection et du respect. Et voilà qu'elle l'en avait récompensé par un doute et une méfiance qui menaçaient de détruire leur mariage.

Submergée par la culpabilité, elle enfila une robe de chambre avant de descendre pour pouvoir l'accueillir quand il rentrerait au château — s'il y revenait…

En passant devant le bureau de Ramon, elle vit de la lumière sous la porte et y frappa d'une main hésitante. Il était allongé sur le canapé, un verre à la main — sans doute pas le premier, à voir la bouteille à moitié vide posée sur la table basse.

— Je… je ne savais pas que tu étais rentré.

— Et où crois-tu que j'irais ? Inutile de répondre, tu as certainement ton idée là-dessus, je le sais. Tu m'imaginais déjà dans les bras d'une des nombreuses maîtresses que je dissimule ici et là.

— Je regrette vraiment d'avoir douté de toi, balbutia Lauren. Jamais je n'ai eu la moindre raison de le faire, mais quand j'ai vu que tu n'étais pas dans les vignes, comme je m'y attendais, j'ai repensé à tous les mensonges de mon père, à toutes ses liaisons qui ont brisé le cœur de ma mère. Mais je sais que tu ne lui ressembles pas.

Ramon se leva et s'approcha de la fenêtre pour observer le parc et l'ombre des montagnes qui se détachait sur le ciel nocturne.

— Jamais je n'aurais dû te forcer à m'épouser.

Lauren sentit son cœur se glacer.

— Tu ne m'as pas forcée…, commença-t-elle.

— *Dios mio*, je t'ai menacée de réclamer la garde de Mateo. Maintenant, tu as l'impression d'être prise au piège. Tu m'as même demandé un jour si tu étais prisonnière ici. Mais non, je ne veux pas t'y retenir plus longtemps contre ta volonté.

Elle aurait voulu qu'il se retourne pour pouvoir scruter son visage car elle était effrayée par la mélancolie de sa voix.

— Je ne comprends pas…

— Je vais te rendre ta liberté. Ni toi ni moi ne serons jamais heureux si tu restes obsédée par la conduite de ton père. Ce manque de confiance finira par détruire notre relation. J'accepte donc que nous divorcions et que tu emmènes Mateo en Angleterre. Je vous achèterai même une maison là-bas, à condition que tu m'autorises à venir souvent vous rendre visite.

Cette décision laissa Lauren sans voix, pantelante.

— Je ne veux pas divorcer, protesta-t-elle enfin. Jamais je n'emmènerai Mateo loin d'ici, loin de toi, de sa famille et du château. Tu l'aimes trop, je le sais.

En voyant Ramon tourner la tête vers elle, elle ne put plus retenir ses larmes. Ce dont elle avait besoin, ce n'était pas de liberté. Elle se devait de lui révéler, en toute honnêteté, l'amour qu'elle éprouvait pour lui. Par lâcheté, en le jugeant à l'aune de son père, elle le lui avait caché, mais ce qu'ils partageaient était trop fort pour qu'elle accepte de le perdre.

— Jamais je ne me suis sentie prise au piège. Si je veux rester mariée avec toi, c'est parce que… je t'aime.

Il y eut un silence et Ramon baissa les yeux, sans qu'elle puisse lire la moindre réaction sur son visage.

— Drôle de façon d'aimer, finit-il par lancer. Tu en avais l'air moins convaincue tout à l'heure, quand tu croyais que j'avais une liaison avec Pilar !

Désespérée, Lauren fixa le plancher pour tenter de retenir ses larmes, sans voir que Ramon se rapprochait d'elle. Elle sursauta en sentant qu'il lui prenait le menton pour la forcer à relever le visage.

— Le véritable amour, celui qui dure toujours, est profond, tendre et passionné. Il repose sur la confiance et l'amitié, et se nourrit d'une affection durable qui permet de surmonter les tracas, les déceptions, et de vivre heureux.

Il marqua un temps d'arrêt et la fixa droit dans les yeux.

— C'est cet amour que je ressens pour toi, *mi corazón*.

C'était trop beau, trop inattendu pour qu'elle puisse encore ravaler ses larmes. La flamme qu'elle voyait briller dans les yeux bruns de Ramon envahit son âme et, enfin, elle reconnut le sentiment que proclamait son regard.

— Tu… tu m'aimes ?

— De tout mon cœur, *mi preciosa*.

L'émotion qu'elle perçut dans sa voix la toucha davantage que les mots eux-mêmes.

— Pourquoi ne me l'as-tu pas dit ?

— Au départ, je ne l'ai pas compris moi-même, avoua-t-il en passant la main dans ses cheveux. Tout ce que je savais, c'est que j'avais une terrible envie de coucher avec toi. Et quand tu n'étais pas là, tu me manquais horriblement. Tu n'étais pas comme les autres… Tu te rappelles ce qui s'est passé l'unique autre fois où j'ai été amoureux : je me suis vite guéri de Catalina, mais j'ai eu honte d'avoir déçu mon père et j'ai décidé d'épouser une femme de mon milieu, une femme qu'il approuverait. Alors, quand je t'ai rencontrée, je ne me suis pas autorisé à m'engager vis-à-vis de toi.

Lorsque j'ai découvert que tu m'avais caché la naissance de notre enfant, j'ai été furieux, mais secrètement ravi de tenir un prétexte pour faire de toi ma femme. Je me racontais que je ne t'épousais que dans l'intérêt de Mateo, mais, quand je t'ai vue venir vers moi dans l'église, j'ai su que tu avais ravi mon cœur, à jamais. Ne pleure pas, *mi corazón*, chuchota-t-il en lui effleurant les lèvres. Tu n'es donc pas heureuse que je t'aime ?

— C'est mon plus cher désir… Moi, il ne m'a pas fallu cinq minutes pour tomber amoureuse de toi. Si je pleure, c'est parce que j'ai trop douté de notre bonheur. Pourquoi ne m'as-tu pas dit que tu m'aimais ?

— Tu ne m'aurais pas cru. Il fallait d'abord que tu puisses me faire confiance. J'ai pourtant essayé de te montrer tout ce que tu représentais pour moi.

— En me couvrant de cadeaux, murmura Lauren qui comprenait qu'il avait tenté ainsi de lui prouver son amour. Oh ! Ramon, tu ne voulais pas vraiment divorcer, n'est-ce pas ?

— Bien sûr que non, chuchota-t-il en la prenant dans ses bras. Au moment même où je t'en parlais, je n'avais qu'une idée en tête : trouver le moyen de te faire rester près de moi. Je ne veux plus jamais que tu me quittes, *querida*. Mais ce mariage, je l'ai obtenu par un chantage : il faut maintenant que tu me dises si tu veux vraiment rester ma femme.

— Je t'ai choisi, répondit Lauren, le cœur débordant de joie. Et je resterai à jamais ta femme, ton amie et ton amante.

Dénouant la ceinture de sa robe de chambre, elle laissa celle-ci glisser à terre, dévoilant le déshabillé qu'elle portait dessous. A la vue de ses seins blancs, mis en valeur par la dentelle noire, Ramon baissa la tête pour l'embrasser avec une ardeur qui la fit immédiatement vibrer. Elle noua les mains à son cou pour mieux se blottir contre lui.

— J'ai quelque chose pour toi, dit-il lorsqu'il releva la tête, le souffle court, avant de se diriger vers son bureau.

Il en tira un écrin plat qu'il ouvrit.

— Cela fait des semaines que j'ai l'intention de te la donner. Mais j'avais peur que tu refuses.

Le souffle coupé, Lauren découvrit une exquise bague de diamants étincelants.

— Un jour, notre fils offrira à son tour cette vieille horreur à sa fiancée, lui dit Ramon en ôtant du doigt de Lauren l'énorme rubis pour le remplacer par l'anneau de diamants. Mais cette bague sera éternelle, tout comme mon amour pour toi.

Après avoir séché les larmes qui inondaient les joues de Lauren d'un tendre baiser, il la souleva dans ses bras, sortit du bureau et monta l'escalier à une vitesse qui témoignait de la force de son désir. Après l'avoir déposée sur le lit, il lui ôta lentement son déshabillé noir, se dénuda à son tour et s'allongea à côté d'elle.

— Je ne peux plus attendre, *tesoro,* murmura-t-il.

Pourtant, il s'obligea à se montrer patient et voulut prendre un préservatif dans le tiroir de la table de nuit.

— Je crois qu'il est temps que je rattrape tes sœurs, dit-elle en souriant timidement. Mateo sera ravi d'avoir un petit frère ou une petite sœur. Et cette fois, tu participeras à tout, de la conception jusqu'à la naissance.

— Tu es certaine de vouloir un autre enfant au moment où tu vas reprendre des études ?

— Je peux très bien étudier pendant ma grossesse. Un jour, quand les enfants seront grands, je recommencerai à travailler. Mais pour moi, ce qui compte le plus, c'est d'être sûre que tu m'aimes autant que moi, je t'aime.

— Pour toujours, souffla Ramon avant de lui manifester de tout son corps la passion qui lui emplissait le cœur.

Retrouvez en juin 2018,
dans votre collection

Azur

Un héritier pour les Di Savo, de Carol Marinelli - N°3960

ENFANT SECRET

Il ne lui a laissé espérer ni romance, ni champagne, ni bougies... Mais il lui a promis une nuit de passion inoubliable. Lydia aurait dû se détourner de Raul Di Savo quand elle le pouvait encore. Mais, captive de la magie de Rome et surtout de l'aura de son ténébreux Sicilien, elle a cédé à la tentation. Une folie qu'elle regrette aussitôt : sa rencontre avec Raul n'est en rien due au hasard et, s'il l'a séduite, c'est par pur esprit de vengeance. Bouleversée par cette trahison, Lydia fuit, avant de découvrir qu'elle est enceinte – et liée à Raul pour la vie...

Séduite par l'ennemi, d'Elena Rose - N°3961

Une rencontre troublante à Miami. Une nuit de délices. Alors qu'elle se réveille dans les bras d'Ethan Brenford, Emma prend conscience de l'étendue de sa naïveté. Si l'homme d'affaires lui a prodigué mille caresses durant cette nuit d'extase, ce n'est pas pour lui jurer ensuite un amour éternel, oh non ! Depuis leur rencontre, Ethan n'a cherché qu'à la séduire pour mieux la manipuler. Or hier comme aujourd'hui, Emma est résolue à lui faire abandonner son projet de construire un odieux complexe hôtelier à Crescent Square, sur les ruines d'une civilisation perdue. Et ce ne sont pas les baisers de son ennemi qui pourront la museler, si bouleversants soient-ils...

Trahie par son amant, de Julia James - N°3962

UNE NUIT AU BOUT DU MONDE

Il a suffi d'un regard... Eloïse vit un conte de fées depuis que Vito Viscari lui a proposé de le suivre à travers toute l'Europe, de Lisbonne à Saint-Pétersbourg. Ce voyage d'affaires s'est vite transformé en escapade amoureuse. Chaque nuit, dans les chambres des plus luxueux hôtels, son amant lui fait découvrir des délices insoupçonnées. Chaque jour, à ses côtés, elle goûte au bonheur. Mais c'est à Rome que s'achève cette parenthèse enchantée. Alors qu'Eloïse se prend à rêver que Vito puisse être l'homme de sa vie, elle apprend qu'il est sur le point d'en épouser une autre... Le cœur en miettes, elle quitte l'Italie et l'homme qui l'a trahie – mais comprend bientôt qu'être la maîtresse de Vito n'a pas été sans conséquence...

Le rêve d'une maîtresse, de Dani Collins - N°3963

Cela fait deux ans que Cinnia espère que sa relation avec Henri Sauveterre évoluera vers un amour sincère. Depuis qu'elle a accepté d'être sa maîtresse, cependant, il ne lui offre rien d'autre que des nuits aussi exquises que redoutables. À cause de cette passion qui les lie en une intimité bouleversante, elle ne parvient pas à le quitter, alors qu'elle sait à présent qu'il ne partagera jamais ses sentiments ! Aujourd'hui, pourtant, elle doit partir. Car son rêve de fonder une famille est sur le point de se réaliser. À un détail près : elle attend des jumeaux d'un homme qui n'a aucune envie d'être père...

Un dangereux marché, de Maya Blake - N°3964

« Je veux un héritier. Et tu vas me le donner. » Les mots de Ramon Acosta sont durs, glaçants, bien trop troublants. Malgré les années, Suki n'a jamais oublié cet homme, ni la nuit qu'ils ont partagée. Alors, sur une impulsion, elle se surprend à accepter ce marché odieux. Une terrible erreur, comme elle s'en rend bien vite compte. Car venir s'installer à Cuba avec Ramon, le temps de concevoir un enfant, est la proposition la plus folle et la plus dangereusement excitante qu'elle ait jamais reçue. Une proposition qui la met aujourd'hui à la merci de celui qui l'a conduite aux cimes de l'extase, sans jamais lui ouvrir son cœur...

L'héritière de Minorque, de Susan Stephens - N°3965

Alors qu'elle découvre l'île luxuriante de Minorque, Annalisa savoure son bonheur et sa chance. Héritière d'un vaste domaine aux Baléares, planté d'orangeraies parfumées, elle voit soudain s'ouvrir devant elle un avenir radieux. Jusqu'au jour où elle fait la connaissance de Ramon di Crianza Perez, son nouveau voisin. Le splendide Espagnol, dont la peau hâlée par le soleil méditerranéen est une invitation au fantasme, se révèle être aussitôt un redoutable adversaire. L'homme n'a qu'un but : racheter la finca Fuego Montoya, la maison où Annalisa a élu domicile. Et, pour l'en déloger, il n'hésitera pas à user contre elle de sa séduction et de son pouvoir...

Une princesse incognito, de Caitlin Crews - N°3966

Obéir aux ordres. Pour la princesse Valentina de Murin, c'est une première. Obnubilée par l'idée de mener une vie normale, elle a échangé sa place avec celle d'une simple secrétaire – son sosie parfait. Mais, alors qu'elle imaginait échapper quelques semaines à ses obligations royales, et à son insupportable fiancé, Valentina se retrouve contrainte de subir les humeurs d'Achilles Casilieris, son patron improvisé. Une mission qui lui paraît d'autant plus difficile que le milliardaire, qui exhale le pouvoir et l'autorité, se révèle être un tyran bien trop sexy...

Captive de Felipe Cortez, de Maisey Yates - N°3967

SÉRIE : PRINCES ET SÉDUCTEURS - 2E VOLET

Lorsque Briar ouvre les yeux au royaume de Santa Milagro, dans un château entouré de montagnes majestueuses, elle prend peur. Ainsi, c'est donc vrai : elle est la princesse disparue Talia de Verloren ! La nouvelle, hélas, n'a rien de réjouissant. Loin d'être l'héroïne d'un conte de fées, Briar n'est là que pour accomplir son destin. Un destin digne d'un autre temps, où elle doit épouser de force le prince qu'elle vient de rencontrer. Le prince Felipe Carrion de la Viña Cortez – ce traître qui s'est évertué à la charmer, avant de l'enlever…

Pour l'amour de Bella, de Lynne Graham - N°3968

SÉRIE : ROYALES DESTINÉES - 3E VOLET

Depuis deux ans, Lucy hait Jax Antonakos avec la même passion qu'elle l'a aimé autrefois. Jamais elle ne pardonnera à cet homme de l'avoir séduite pour mieux l'abandonner ensuite, après leur brève aventure. Elle n'était qu'une gamine naïve à l'époque et lui, un play-boy doublé d'un imposteur ! Cette humiliation est restée gravée dans son âme et, pis encore, dans son cœur. Aussi, lorsque, à Athènes, Lucy retrouve par hasard Jax, est-elle bien décidée à ne pas succomber de nouveau au désir qui la pousse vers lui, à son corps défendant. Elle a bien trop à perdre, aujourd'hui qu'elle est maman d'une petite Bella, dont Jax ignore qu'il est le père…

Délicieuse provocation, de Bella Frances - N°3969

« Je suis le fruit défendu. Si tu me touches, tu te perdras. » Lorsque Stacey susurre ces mots à l'oreille de Marco Borsatto, elle se veut provocante, bien sûr. Et rester maîtresse de la situation, surtout. Cet homme, qu'elle vient de retrouver après de longues années, était son univers, quand elle était adolescente. Lui seul l'écoutait, la protégeait et voyait en elle autre chose qu'une gamine rebelle. Elle n'était pas un ange, alors, mais aurait donné le peu qu'elle possédait pour conserver l'amitié de Marco. Il avait fini par l'abandonner, hélas – comme tous les autres –, la poussant à fuir leur ville natale. C'est pourquoi, aujourd'hui, face à l'homme qui a gardé le pouvoir de la bouleverser, Stacey n'a d'autre choix que de dicter sa propre loi, au risque de souffrir encore…

L'enfant secret du cheikh, de Sharon Kendrick - N°3970

SÉRIE : *LA COURONNE DE SANTINA* - 3E VOLET

Ella est désespérée. Alors qu'elle fait tout, depuis deux mois, pour oublier le cheikh Hassan Al Abbas et la folle nuit de passion qu'elle a vécue entre ses bras, elle vient d'apprendre qu'elle est enceinte… Tandis que la panique menace de la submerger, Ella se résout pourtant à annoncer cette incroyable nouvelle à cet homme qui, après l'avoir séduite, a disparu à l'aube, sans daigner lui donner un seul mot d'explication. Comment réagira Hassan, qui n'éprouve visiblement que du mépris pour elle, quand il saura qu'elle attend un enfant de lui — son héritier ?

Composé et édité par HarperCollins France.

Achevé d'imprimer en avril 2018.

BLACK PRINT

Barcelone

Dépôt légal : mai 2018.

Pour limiter l'empreinte environnementale de ses livres, HarperCollins France s'engage à n'utiliser que du papier fabriqué à partir de bois provenant de forêts gérées durablement et de manière responsable.

Imprimé en Espagne.